名もなき少女に墓碑銘を

香納諒一

PHP
文芸文庫

○本表紙デザイン＋ロゴ＝川上成夫

名もなき少女に墓碑銘を

主な登場人物一覧

鬼束《おにづか》啓一郎…………探偵。元新宿警察署の刑事

綿貫《わたぬき》／藤木…………新宿警察署の刑事

牛沼康男…………窃盗の常習犯。麗香の再婚相手

助川《すけがわ》麗香《れいか》…………牛沼の元妻。絵里奈の母。占い師

田中絵里奈…………牛沼の娘

田中修平…………慈慧寺《じけいじ》の住職。修一の父

田中修一…………麗香の最初の夫。交通事故で死亡。故人

田中誠司…………神奈川県会議員。修一の息子。智古の弟

田中拓郎…………誠司の弟。病死。故人

漆原《うるしばら》智古《ともひさ》…………麗香の息子。絵里奈の兄

漆原良蔵《りょうぞう》…………政治家。麗香の再々婚相手。故人

吉崎愛菜《まな》…………智古の彼女

山名信子…………東洋技研に務める絵里奈の同僚

貝原　博…………ボクシングジムのオーナー

里村弘江…………医師

武藤　明《あきら》…………信用調査会社の調査員

友寄《ともより》…………都内暴力団の幹部

三井容子…………水商売の女

1

十二月。街は寒く、私は不機嫌だった。いつも仕事がひとつ終わると、こういう気分になる。デカだった時にも同様の傾向があったが、今はいっそう顕著《けんちょ》だった。たぶん、おのれが世の中からそれほど必要とはされていないという事実を、嚙《か》み締めざるを得ないからだろう。

新宿駅東口と西口のブックオフをはしごした。本当はブックオフは好きではなかったが、今から高田馬場《たかだのばば》界隈《かいわい》の古本屋まで足を延ばすのは億劫《おっくう》だった。歴史・時代小説の棚から面白そうな文庫本を何冊か選び出したあと、特価本のコーナーにあった写真集を気まぐれで一冊抜き取り、一緒にレジに持っていった。

タカシマヤの前で明治通りを横断し、細い路地に入った。新宿四丁目の交差点まで、何軒もの小さなビジネスホテルや旅館、それに最近ではゲストハウスと呼ばれる宿泊施設などが建ち並ぶこの細い路地は、夜になるまではほとんど人通りがない。

気ままな散歩を楽しみつつ、部屋に帰って本を読むか、どこかで酒を飲みながら読むかを考えた。暑い季節ならば、間違いなくどこかに立ち寄り、買ったばかりの文庫本をぱらぱらとやりながら生ビールを飲み出すところだが、結局、私は新宿一丁目の賃貸マンションに帰ることにした。ありあわせのものでつまみを作り、バーボンの薄い水割りをちびちびとやりながら本を読むのが、お気に入りの時間だった。

だが、エレベーターもない安マンションの階段を三階まで上がり、通路に出た途端に後悔した。どこかに立ち寄るべきだった。

私の部屋のドアの前には、特徴に乏《とぼ》しいスーツを着た男がふたり立っていた。こうした格好《かっこう》の男たちを見ただけで嫌気《いやけ》が差すのは、かつての自分そのままだからだ。向こうでも私に気づき、何か囁《ささや》きあったあと、こちらに近づいてきた。

「鬼束啓一郎《おにづかけいいちろう》さんですね」

私は無言でうなずいた。

「新宿警察署の綿貫《わたぬき》です」

四十前後のほうがまず名乗り、

「藤木《ふじき》です」

と、三十前後のほうが続けた。

私はまだ黙ったまま、ふたりの顔に値踏みするような視線を注いだ。こっちはかつて同じ署に所属した先輩なのだ。それぐらいのことをする権利はある。

「実は、ちょっと確かめたいことがあって来たんですがね、部屋に入れていただいてもいいですか?」

綿貫が言った。

私との年齢差からして、同じ時期を新宿署で過ごしていてもおかしくはなかったが、面識はなかった。私が辞めたあとで、よそから異動してきたクチだろう。

偏見がありそうな様子はなかったが、私に関するわかりやすい噂《うわさ》は、当然、耳に入っているはずだった。

――デカを馘《くび》になって死のうとした男。

馘になったことも、死のうとしたことも事実だったが、ふたつをつなげると嘘《うそ》になる。そういうことは、世にごまんとあるものだ。一々否定する気にもならないまま時が経《た》っていた。

「立ち話では済まないのかい?　散らかってるので、人を入れるのは嫌なんだ」

「ここでは、話がちょっと――」

綿貫は、廊下《ろうか》に並ぶドアを視線で撫《な》でるようにした。

確かに、安普請《やすぶしん》の賃貸マンションだ。外廊下での立ち話は、住人に内容が筒抜けになる。

「表の路地を少し左に歩いたところに、喫茶店がある。先に行っててくれ。俺は、荷物を置いてすぐに行く」

「わかりました」

綿貫たちは、礼儀正しく頭を下げて階段へと向かった。

私は自室の鍵《かぎ》を開けて中に入った。入ってすぐがキッチンで、奥は元は横にふたつの部屋が並んでいたが、大家が間《あいだ》の壁を取り払って広めの1DKに造り変えた。広めとはいっても、十二畳程度に過ぎないのだが、独り身の中年男としてはちょっとした贅沢《ぜいたく》だった。

向かって左側の壁には、四つの本棚が並んでいる。ひとつ目が本でいっぱいになってふたつ目を買ったが、ふたつ目がいっぱいになる時にふと考えた。壁の寸法を改めて測り、合計四つの本棚を並べた横にテレビを置くとちょうど壁が塞《ふさ》がることがわかり、今度は二個を一遍に買い足したのだった。

最初はすかすかだった本棚が、少しずつ本で埋まっていくと充実感があった。だが、そろそろすべての本棚から本が溢《あふ》れそうになってきた今では、こうして熱心に本を集めたことで、自分は人生の何か大事なものから目をそむけてきたのではないかという感慨に時折襲われる。

私は本棚の端《はし》っこにブックオフの袋を置き、ふと考えた。あのふたりの刑事たちが、この本の山を見たらどう思うだろう。

そして、そんなことを思った自分に苦笑した。

彼らは何の関心も示さないにちがいない。

「牛沼康男《うしぬまやすお》を知ってますね？」

喫茶店の向かいの席に坐《すわ》った私に、綿貫が訊《き》いた。

「牛沼……」

苗字を口の中で転がしてもわからなかったが、「康男」のほうに反応して記憶がつながった。

「ああ、牛ヤスか」

「そう呼ばれてたようですね」

「やつがどうした？」

「死にましてね」

「なぜ？」

「昨日の夜、多摩川《たまがわ》河口の浮島《うきしま》付近で、土左衛門《どざえもん》になって見つかりました」

「事故なのか？　それとも、事件なのか？」

「わかりません。昨夜は、激しい雨だったでしょ。それに、やつは片方の足が不自由だった。誤って落ちた可能性もある。河口ですからね。いったい、どこから流されてきたのか。まだそれも特定できていない状況でしてね」

浮島ならば、多摩川の向こうで、神奈川県警の管轄《かんかつ》だ。県警本部から警視庁へ、そして新宿署へと協力要請があり、そして、こうして刑事がふたり出向いてきたというわけだ。

私が暮らすのは新宿一丁目であり、そこは四谷《よつや》署の管轄だが、大方はそのどこかの過程で「鬼束啓一郎」が元新宿署の刑事だったことが明らかになり、古巣にお鉢《はち》が回ったのだろう。

注文したブレンドが運ばれてきて、口をつけた。味に何か変化があることを期待したが、今回もまた、どう考えても自分で淹《い》れたほうが美味《うま》いと思うしかなかった。

そんな店だから、ひとりでは決して来ないし、話し込みたい相手とも来ない。

「で、教えてくれよ。なんでおまえさん方が、こうして俺のところに？」

「死体のポケットに、あなたの携帯の番号を書いたメモがあった。それに、身に着けていた携帯から、あなたに電話をかけている」

「俺にかけた――？」

「心当たりがないですか？」

綿貫が言うと、その横にじっと黙って坐っていた藤木が手帳をめくり、

「三日前の、十三時十六分。昼過ぎですね」

と、初めて口をきいた。

心当たりがなかった。

携帯を抜き出して着信履歴を表示すると、確かにその時刻に、見知らぬ携帯番号があった。

「確かに着信があるな。牛ヤスの携帯番号は？」

藤木が告げ、私はうなずいた。

「その番号だ」

「見せてください」

油断なく身を乗り出してくる綿貫の前に、私は自分の携帯を差し出した。

「覚えはないんですね」

私は三日前の行動を思い出し、

「ちょうど仕事で忙しい時だった」

と、正直に言った。

対象者を尾行《びこう》した挙句《あげく》、ひと悶着《もんちゃく》起こり、体を張らざるを得ない事態に陥っていたのだ。

携帯は当然、切っていたし、その後、着信履歴に未通話の番号があるのをちらっと目にした気がするが、目の前の仕事にかまけてすっかり忘れてしまっていた。

「どんな用件だったんでしょう？」

「わからない。ほんとだ。やつとはもう、長いこと会ってない」

「最近は、全然？」

「ああ」

「それじゃあ、どうして携帯の番号を知ってたんです？」

「わからない。メモがあったってことは、誰かに聞いたんだろ」

「誰に？」

「わからないよ」

「鬼束さんに、何か仕事を依頼するつもりだったとか？」

私が黙って見つめると、綿貫はあいまいな笑みを浮かべた。

敵意はない、という意味らしい。

「万《よろず》トラブル引き受け業というんでしょ。どんな人間の依頼でも受けると、聞いてますよ」

どんな、のところに力が込められている意味は、明白だった。私の依頼主の一部は、かつて私が取り締まっていたスジの人間たちだ。新宿で暮らせば、そういうことになる。

「ま、連中の誰かが、教えたのかもな。だが、最近、牛ヤスとは会ってない。携帯への電話は、それ一度だけだろ」

私の携帯の着信履歴に、牛沼の番号が出てくるのは一度だけだった。

「ええ、やつの携帯からは。でも、その後、別の電話を使ったかもしれないし、直接、会いに来たのかもしれない」

私は苦笑した。

「仕事柄《がら》、疑ってかかるのはわかるが、ほんとだ、嘘はついてない。俺にこだわっても、時間の無駄《むだ》さ」

綿貫は、カップをつまんで口に運んだ。私よりも前に頼んでいたコーヒーは既に空《から》で、そうしているのは考える間を置くためだった。

「念のために伺っておきたいのですが、牛沼とはどんな関係なんです？　やつは、窃盗《せっとう》常習犯だった。そうですね」

「空き巣狙いさ。二度パクった。最初は、俺があんたぐらいの時だった」

私は、藤木を目で指した。

「若い頃、三課にいたんですか？」

問い返す若い刑事の口調は、今の私にとっては微笑《ほほえ》ましいものだった。

「あんなに手こずった取調べはなかった。俺は慣れなかったし、やつはあることとないこと、面白おかしく並べ立てる常習犯だった。その時は結局、余罪が多くて、結構長く食らい込んだはずだ。二度目は、十年ちょっと前。その時にはもう、俺は一課に移っていたし、逮捕はまったくの偶然だった。ドジを踏んで逃げてくるあいつと鉢合わせしたんだ」

「そんなことが……」

藤木が釣り込まれたように身を乗り出してきたが、私の気持ちは反対に引いた。

「あいつが足をだめにしたのは、その時だ。よせばいいのに、無理をして工事現場に逃げ込み、建設中のビルの地下に落ちたんだ。左足の膝《ひざ》の骨が粉々《こなごな》になって、二度とちゃんと歩けなくなった」

いつの間にか私のカップも空になっていて、今度は私がそれを啜《すす》る振りをする番だった。

「やつは、今は、何をしてたんだ?」

「さあ、わかりません。そういった情報は、特には来なかったので」

綿貫が答え、テーブルに立つレシートをつまみ上げた。

「時間を取って貰《もら》って、ありがとうございます。助かりました。ここは、持たせて貰いますよ」

「じゃあ、お言葉に甘えておく」

私たちは席を立った。

綿貫が先にレジへと急いだ。マスターに向かい、小声で領収書を頼むのが聞こえた。

その後ろを通り、一足先に店を出た私に、藤木のほうがついてきた。

「ナベさんが、よろしくと言ってましたよ」

「元気なのか？」

「ええ、元気です」

若い刑事は、はにかむように微笑んだ。

「お会いできて、よかったです。なんというか、その……、噂ではもっとすさんだ感じの方かと思っていたので……、全然違いました……」

私は店を出てくる綿貫を待つのをやめると、微笑み、改めてコーヒーの礼を述べて背中を向けた。

2

薄い水割りを飲みながら本を読んだ。最近の私のお気に入りは、中村彰彦《なかむらあきひこ》だった。骨太の物語が魅力だし、文体そのものも、男っぽいごつごつしたものに感じられる。会津《あいづ》という、江戸から明治に移り変わる世に於《お》ける敗者にこだわり、その敗者の側からの物語を執拗《しつよう》に書き続ける姿勢も好感が持てた。

だが、今日はあまり夢中になれなかった。

空腹を覚え、缶詰のオイルサーディンを温めてマヨネーズをかけたレタスに載せてつまみ始めてからは特に、読書の手を休めて飲むだけの時間が増えた。

それにつれ、頭の片隅で考えていた牛ヤスのことが、段々と頭の中心へと移動した。どこか憎めない男だった。取調べに手こずらされた時も、嘘や口からの出任せにどことなく愛嬌《あいきょう》があり、それをとがめて叱りつけると、はるか年下の私に向かって、いたずらを見つかった子供のような表情でかしこまり、ぺろりと舌を出して見せるのだった。

工事現場で地下へと落ちて膝の骨を折った時だって、逃げる姿がどことなくふざけているようでもあっておかしかった。いきなり牛ヤスの姿が視界から消えた時、私は何かの冗談《じょうだん》かと思ったのだ。

——旦那《だんな》、旦那、足をやっちまったよお。助けてくれよお。

足場から身を乗り出して見下ろした私に向かい、牛ヤスは必死で助けを求めたものだった。

漠然とした物思いが過ぎると、私の注意はさっき刑事たちから聞いた話へと向いた。そして、落ち着かない気分がぶり返した。

気になることは、ふたつあった。

牛ヤスは、どうやって私の携帯番号を知ったのだろう。

そして、私に何の用があったのだろう。

それに関していえば、私の携帯にやつからの着信があったのが三日前で、しかも、着信はその一度きりだというのも気になっていた。何か相談事があったのならば、どうして二度目、三度目をかけてこなかったのか……。単に、私にうるさがられ、叱りつけられるだけだと思ったのだろうか……。携帯に着信があってから、昨夜、死体が多摩川河口で見つかるまでに二日経っている。その間、やつはどこで何をしていたのだろう……。

こんなふうに考えるのが、デカだった頃の悪い癖《くせ》だとわかっていた。

それに、最近の私は、もうひとつ別のことだってわかっている。こうして酒を飲んで思い悩むのも、せいぜいが今のうちだけで、もう少し酔いが回りさえすれば、面倒な物思いなどどこかへ消えてなくなってしまうのだ。そして、明日には綺麗《きれい》さっぱり忘れているか、少なくとも忘れている振りをして、何気ない日常というのを続けていける。

その意味では、電話はちょうど悪いタイミングで来た。

テーブルの充電器に差しておいた携帯を取り上げると、ディスプレイに虫の好かない男の苗字が表示されていた。

――友寄《ともより》

新宿を中心にして、都内のあちこちに勢力を伸ばす暴力団の幹部だった。

私はどう聞いても機嫌の悪そうな声で電話に出たのだが、友寄はどこ吹く風で、

「まだ、新宿にいるのか?」

と訊いてきた。

新宿署を馘になった人間が新宿で暮らしていれば、デカだった頃に相手をした人間の誰彼から必ずこう言われる。デカを辞めた人間は、とっととこの街から出ていけ、という意味だ。

挨拶代わりの台詞《せりふ》だった。

「用件を言え」

「牛ヤスのことさ。覚えてるか。牛沼康男。もしかして、あいつのことで、何か気にしてるんじゃないかと思ってな」

「――なぜ、そう思うんだ?」

「やつが死んだことは?」

「ああ、ついさっき知った」

「で、やつからの頼まれ事は？」

「何の話だ？」

「やつから、何か依頼を受けただろ、と言ってるんだよ」

「くそ、俺の携帯をあの野郎に教えたのは、おまえか」

　友寄は、ふふんと鼻を鳴らした。


　冬の太陽は早々と沈み、忘年会に浮かれる夜が始まっていたが、二丁目界隈はまだ目覚めていなかった。

　二丁目のメインロードから太宗寺《たいそうじ》の裏手へと向かって延びる路地に、カウンターに七、八人も坐ればいっぱいになってしまう小さな静岡料理の店がある。

　店の引き戸を開けると、案の定《あんじょう》、他にはまだ誰も客のいない店内に、友寄がひとりで陣取っていた。この店が満員になるのは、終電が行ってしまってからだった。

「おお、待ってたぜ。今日みたいな寒い日は、黒おでんだ。な、そうだろ」

　友寄は、我が物顔で私を手招きした。虫が好かない男だし、暴力団の幹部だが、しゃくに障ることに、この店では常連同士の仲なのだ。

　やくざが常連になることを、店の親爺《おやじ》も、我々、他の客たちも黙認したのは、この男がここに現れる時には決して誰も連れず、組の車を、少なくとも付近の目につく場所に駐《と》めておくような真似《まね》もしないためだった。

私は店の親爺に熱燗《あつかん》を頼むと、友寄と間をひとつ置いて坐った。

「なんで牛沼を知ってる？」

友寄は、眉《まゆ》の片方を持ち上げた。

「偶然だよ。うちは、健全に手広く商売をしてる反政府勢力なんでね。口入れ屋の手伝いもしてる。で、そこを任せてるうちの若いやつが、健全な労働者のひとりが元は空き巣狙いだったことを知った。しかもそいつは結構、愛嬌のある野郎だったので、酒を奢《おご》ってやったことも何度かあるらしい。それが牛ヤスさ。ところが、この牛ヤスが数日前、青い顔をして現れて、あんたの連絡先を知らないかと訊いてきた。あんたが性懲《しょうこ》りもなく新宿に暮らし、トラブルの解決を飯のタネにしてることは、噂で聞いて知ってたらしい。それで、若いのがどうしようかと俺にお伺いを立ててきたんでな、あんたにとっても新しい客は大事だろうと思い、携帯の番号を教えてやった」

私は親爺に礼を言い、つきだしの小皿とおしぼりを受け取った。今日のつきだしは、マグロの漬《づ》けにとろろをかけたものだった。

「で、教えろよ。どんな依頼だったたんだ？」

「依頼は、受けてないと言ったろ」

「なんでえ、正義の味方の探偵さんにしちゃぁ、冷てえじゃねえか」

「携帯の履歴に、野郎からの着信があったが、ちょうど別の仕事にかかりきりになってる時だったので、気にも留めずにいた」

「――じゃあ、牛ヤスと話してねえのか？」

「そうだ。おまえ、やつが死んだのは、どうやって知ったんだ？」

「うちの若いやつがさっき、言ってきた。牛ヤスの携帯の通信履歴に、そいつの番号も残ってたんで、警察に調べられたそうだ」

「俺に何を頼みたがってたのか、そいつは何か聞いてるのか？」

「いいや。詳しいことは何も聞いてねえみたいだな。ただ、娘がらみだそうだ」

「娘……」

私は、記憶を呼び起こした。

もう、十九年前になる。最初に逮捕した時、確か牛ヤスには年端《としは》もいかない娘がいたはずだ。だが、思い出せるのはそれだけだった。あまりにも遠い昔の話だ。

「おまえんとこのその若いやつを、ここに呼べるか？」

「ああ、呼べるよ。だが、やつも詳しい話は聞いてないぜ」

私はちらっと友寄を見た。

このヤクザ野郎が、こっちの反応を面白がっているのは間違いない。

「親爺さん、きな臭いやつをひとり呼んでも構わないか。なあに、用件が済んだらすぐに引き揚げる」

「俺は、お客は選びませんよ」

店主は私の前に熱燗を置き、猪口《ちょこ》を添えた。六十半ば、若い頃には、どこか大きな料亭で修業をしたことがあるというこの男は、口数が少なく、誰にでも公平に愛《あい》想《そ》がない。

友寄が携帯を抜き出して命じる横で、私は店主に黒おでんを適当に見繕《みつくろ》って出してくれと頼んだ。

若造は、すぐに飛んできた。組の事務所から来たにしては早すぎた。予《あらかじ》め、どこか近くで待機させていたのだ。

鼻ピアスをしている以外は、普通の身なりの若者だった。目の光がちょっとないぐらいに強く真っ直ぐなのは、そういう若者を集めたがる友寄の好みだ。

若造は「山方達治《やまかたたつじ》です」とフルネームを名乗り、さっそく答え始めようとしたが、店主の野太い声にさえぎられた。

「親分さん、俺は、お客は選ばないと言ったんですぜ。客なら客らしく、ちゃんとカウンターに並んで坐ってくれませんか」

出鼻をくじかれた若造は硬くなってうつむき、友寄は苦笑した。

「親爺さん、俺は親分じゃねえよ。おい、ここに坐れ。何を飲むんだ？」

「ウーロン茶を……」

山方は蚊《か》の鳴くような声で答え、固まって動けずにいたが、

「馬鹿野郎、早く坐れ」

と怒鳴りつけられ、友寄と私の間におどおどと坐った。

「で、牛ヤスは、俺に何を頼みたかったんだ？」

「それが……、俺も詳しくはわからないんです。ただ、娘を捜して欲しいと言うだけで、それ以上の話は、鬼束さんに直接したいって……」

「やつは、娘と暮らしてたのか？」

「いえ、それは違います。あの爺《じい》さんは、ムショを出てからずっと、山谷《さんや》のドヤ住まいでしたよ」

「娘のほうの住所は？」

「俺はわかりません……」

「娘は、いつから行方《ゆくえ》が知れないんだ？」

「それもわかりません。とにかく、鬼束さんに会って話したい、の一点張りだったんです」

私は、平手で下顎《したあご》を撫でた。

「娘の名は？」

「あ、それはわかってます。田中《たなか》エリナ」

苗字が牛沼と違うのは、別れたかみさんの苗字ということか。

「どんな字を書くんだ？」

「エは絵ですよ。絵を描くっていう絵、リは里《さと》っていう字で、ナは奈良《なら》の奈」

よくできましたと、褒《ほ》めてやるのは略した。

「娘について、おまえが何か聞いてることはないのか？」

「さあ、そう言われても――」

「どんなことでもいい。知ってることを話せ」

「――先月でした。やっと居場所を見つけ出して会ったと喜んでました。娘と一緒に撮った写真を、嬉しそうに財布に入れてましたよ」

「娘の仕事は？」

「さあ、そういうことは……」

「やつはいつムショを出たんだ？」

「ええと、半年ほど前だと思います」

「で、おまえさんから、どんな仕事を貰ってたんだ？」

「普通の力仕事ですよ。変な仕事をやらせてたわけじゃないです。それに、俺はまあ、用心棒というか――」

ようするに、上前《うわまえ》をはねるため、業者につきまとっているのだ。

私が質問を切り上げると、若造はウーロン茶をかしこまって飲み干し、礼儀正しく頭を下げた。

「ちょっと待て」

私は、店を出ようとする若造を呼びとめた。

「牛ヤスのやつは、なんで俺に頼み事をしようとしてたんだ？」

若造は、きょとんと私を見つめ返した。

「なんでって言われても……、俺にゃわからないですよ。鬼束さんがわかるんじゃないんですか？」

若造は改めて頭を下げて姿を消し、あとにはニヤニヤと薄ら笑いを浮かべた友寄が残った。

「で、どうするんだ？　依頼人は死んじまった」

「依頼人なんかじゃない。携帯に着信があっただけだ。そもそも、もう十年以上も本人と話してないんだ」

「じゃ、どうするんだ？」

「酒を飲み、酔ったら部屋に戻って眠っちまう。それだけだ」

私は、空になった徳利《とっくり》を、親爺に向かって振って見せた。

3

いわゆるドヤと呼ばれる簡易宿泊所が多い地域には、必ず美味い昼飯を食わせる店がある。デカだった頃、聞き込みの途中などにそういった店で食事をすることを、私は内心、楽しみにしていた。そういった場所の住人や店主は、デカの匂いを見分ける嗅覚《きゆうかく》に優れており、毛嫌いされている雰囲気が感じられる時もあったが、気にしなかった。

翌日、地下鉄を乗り継いで山谷へと向かった私は、職業安定所近くの定食屋が込む昼時前に、朝昼兼用の食事を済ませた。そうする前に回った簡易宿泊所が四軒、そのどれも外《はず》れだったが、食事のあとで回った二軒目で当たりが出た。

牛ヤスの性格を考えて、できるだけ昭和の匂いがするような年代物の宿泊所を優先的に回ったのだが、そこは意に反し、ちょっとしたビジネスホテル風の小綺麗な宿だった。

だが、エントランスを入った先の小さなカウンターに坐る初老の女は、建物の外観よりもずっと昭和の匂いがした。

痩《や》せて、青白い肌をしているくせに、どことなく丈夫そうに感じさせる女だった。

「ああ、その人なら、うちの常連よ」

私が牛沼康男の名前を出すと、女は眠たげに応じた。

「間違いありませんか？　比較的小柄な男で、年齢は六十五前後」

「それに、片足を引きずってるんでしょ。間違いありませんよ。うちの常連さん。もう半年ぐらいになるんじゃないかしら。仕事が地方の現場になった時は別だけど、そうじゃない限りは、ここから通ってるわ。でも、この三、四日戻らないので、どうしたのかと思ってたんですよ」

話すうちに、午後の眠気がすっきりしたのだろう、常連客へのそれなりの愛情や関心が感じられる表情になってきた。

「まだ御存じなかったですか。実は、亡くなったんです」

私がしんみり告げると、女は目を丸くした。

「牛沼さんが……。あらやだ。どうしちゃったの？」

「一昨日、多摩川の河口で、水死体で見つかりました」

「そんな、どうして……」

「詳しいことは、私にもまだわからないんです。警察がこちらには来ませんでしたか?」

「いいえ、来ませんけど——」

神奈川県警は、牛ヤスの死を、事故の線で考えているということか。事件性があると判断したならば、当然、すぐにねぐらを探すはずだ。それとも、単に私のほうが、いくらか先んじただけなのか。

「で、あなたはどういう方なんですね?」

「古い知り合いです。実は、彼に頼まれて、お嬢さんの居所を捜しているんですが、何かそういったことをお聞き及びでは?」

私は用意してきた答え方をして、訊き返した。

「ああ、そういえば牛さん、お嬢さんがいるみたいなことは言ってたわね。古い知り合いなら、牛さんの過去は?」

「知ってます」

「それなら、わかるでしょうけれど、過去に傷がある人っていうのは、お互いにあまり家族の話はしたがらないのよ。だから、私も、お嬢さんがいるってぐらいしか聞いてないの。それ以上詳しい話は、あんまりね」

「彼の荷物は、残ってませんか?」

「それなら、あるわよ。うちは、ロッカーを月極《つきぎ》めにしてるの。ベッドを月極めで借りて荷物を置いておくと、高くついちゃうでしょ。牛さんみたいに、この街に腰を据《す》えてかかってる人たちには、結構重宝して貰ってるわ。なかには、二十年以上の常連さんだっているぐらいよ」

「見せて貰いたいんですが、いいですか？」

何か訊き返された時の答え方は何通りも用意してあったが、必要なかった。

「ちょうどいいわ。中身を持っていって貰えるかしら。でも、あとで何かトラブルがあると嫌だから、身分証明書とかはちゃんと確認させて欲しいんだけど」

女は、私が呆《あき》れるほどにあっけらかんと言ってのけた。

「それならば、名刺を渡しておきますよ」

でっち上げの名刺を、私は何種類か持っている。

彼女は私が差し出した名刺を、一応は両手で大事そうに受け取り、何に使っているのかわからない大学ノートに挟んだ。たぶん、そのまま忘れてしまうのだろう。

老眼鏡を取り上げてかけ、慣れた手つきでパソコンを操ると、デスクの抽斗《ひきだし》からキーを取り出して腰を上げた。

「ついて来て。開けてあげるから」

かなり大きな部屋だとはわかったが、ロッカーが規則正しく並んで視界を塞いでいるために、正確な広さまではわからなかった。天井灯の光をロッカーの上部がさえぎってしまうため、ロッカー同士の間の通路は全体に薄暗く、空気もよどんで感じられた。

鍵を開けてくれて去る女に礼を述べ、私は牛ヤスの所持品を見回した。

ロッカーは、高さが百八十センチぐらい、幅は六、七十センチといったところ。上部には服をかけるためのハンガーパイプが渡してあった。掛かる服はわずかだった。足元には、引っ越し用の段ボール箱がふたつ積み重なっていた。これが、やつの全財産か。

屈《かが》み込み、上の箱を取り出そうとした私は、その途中でハンガーパイプの上の棚に載った黒い手帳に注意を引かれた。

手帳としては大きめでA４判ぐらいはあり、むしろ黒革のカバーがついたノートと呼ぶべきかもしれない。カバーにはフックがつき、とめられるようになっている。携帯用のパソコンが普及する以前には、御用聞きや集金人がこういったノートを持ち歩いていたものだった。

フックを外し、中身をぱらぱらとやってじきに苦笑した。

いくつかの隠語を交えつつ記された家々の記録は、プロの空き巣狙いが入りやすい家を物色してしたためたメモに他ならなかった。

片足を引きずるようになってもなお、慎重に〝お勤め〟を果たしていたのだろうか。それとも、今ではもう果たせなくなったかつての本業への未練から、ついつい家々を物色したのか。

懲《こ》りないやつだ。

他のあるページには、日雇い労働の日給と、食事や酒代等の支出とが細かくメモされていた。基本的に、几帳面《きちょうめん》で細かい性格だったのだ。

最近のメモの中に、私は気になる名前を見つけた。奈良の奈を丸で囲み、テツというカタカナが添えてある。

――奈良鉄夫《てつお》だ。

その横に、十日前の日付があった。

もし奈良と会ったのだとしたら、目的は何だったのか確かめる必要がある。

とりあえず気になる記述はそれだけだったので、きちんとしたチェックは、あとで改めてすることにした。

だが、カバーを閉じかけて、そのカバーの折り返し部分に突っ込まれてあるものに気がついた。

スピード写真で撮影した履歴書用の証明写真が、切り取られないまま三枚残っていた。十年分老《ふ》け込んだ牛ヤスの顔を私は眺《なが》めて、戻した。

他に、写真が一枚と、それに新聞記事の切り抜きが一枚。こちらのほうがずっと興味を引いた。

写真は、三、四歳ぐらいの幼い女の子だった。おかっぱ頭に、ピンクの大きなリボンをつけていた。これでもかというぐらいにフリルが目立ち、あちこちに金糸で刺繡《ししゅう》がほどこされた、やはりピンク色のドレスを着ている。着せ替え人形のような格好だった。

写真は室内で撮られており、少女の背後に写る年代物の簞笥《たんす》には、子供が好き勝手にシールを貼っていた。一緒に写った柱時計も、いかにも年代物に見える。裕福とはいいがたい部屋と、そこに立つ少女の服がアンバランスなことが、着せ替え人形のような印象を強めているのだと気がついた。

背景や服の雰囲気から、十年以上、いや、二十年は前のものだとわかる。だとすると、これが娘の絵里奈《えりな》だろうか……。私が牛ヤスをパクって取調べに当たった時、小さな女の子がいたことはうっすらと覚えている。年齢的には、この女の子と一致する。

逮捕時には、当然、被疑者の戸籍を調べるが、何しろ大昔のことなので、戸籍上の家族構成がどうなっていたのかは、まったく思い出せなかった。

昔の写真にしては綺麗すぎると感じ、写真をよく見直した私は、それが最近取られたコピーらしいと気がついた。

私は写真をノートに戻し、今度は新聞記事の切り抜きに目をやった。

二週間ほど前に、山名信子《やまなのぶこ》という二十七歳のOLが、勤め先の会社が入った商業ビルの屋上から転落死したと告げる記事だった。場所は虎ノ門《とらのもん》で、勤め先の名は東洋技研《とうようぎけん》、遺書の類《たぐい》はなかったが、防犯カメラの映像や、勤め先の人間の証言などから、警察は自殺と見て捜査を進めているとあった。

新聞記事を戻すと、コートのポケットに手帳を突っ込み、次にロッカーの中に重ねて置かれた段ボール箱を順番に開けてみた。だが、上の箱の中身は缶詰の他、レトルトのカレーやカップラーメン、パックの御飯、梅干しや瓶詰などの食料品で、下の段にはどれもよれた衣類に交じり、何冊かの本とラジオが入っているだけだった。

それらを全部元通りに戻し、引き揚げることにした。

「あら、荷物を持っていってくれるんじゃないの？」

受付の女が、私が手ぶらで帰るのを見て、訊いた。

私は、改めて人を寄越《よこ》すと嘘をついた。

「さっき、牛沼は三、四日前から戻らなかったと言いましたが、正確にいつからか、思い出せますか？」

女は、考えた。

「ちょっと待って。四日前だわね。五日前は、いたわ」

「牛沼がいなくなる前、何か気になるようなことは言ってませんでしたか？」

今度は、もう少し長く考えたが、

「――いいえ、何も言ってなかった。くだらない話は、いくらでもする人だったのに」

駅までの道を引き返しながら、考えた。

――何か事件が起こっているのだろうか。

牛ヤスが死んだのがただの事故なのかどうかわからなかったし、絵里奈という娘が本当に行方知れずになっているのかどうかもわからなかった。それより何より、依頼人もいないのに、自分がこうして何かを嗅《か》ぎ回る必要があるのかどうかもわからなかった。

4

奈良鉄夫のような男の居所を見つけるのは、造作《ぞうさ》もなかった。誰にでも見つけられやすいように生きているから、商売が成り立つ。

何本か電話をしたあと、秋葉原のガード下にある電機部品の小売店を訪ねた私が、間口一間《いっけん》ほどの店内を覗《のぞ》き込むと、レジの奥にずんぐりとした男が坐っていた。

「こりゃ、珍しいお客さんだ」

私を見て、微笑んだ。だがその目は、決して笑ってはいなかった。細かい皺《しわ》がいくつも連動して動き、確かに微笑みらしきものを作るのだが、目だけはいつも深い沼のようによどんで変わらない男だった。

私は商品棚に寄せて置かれた丸椅子《まるいす》を持ち上げ、奈良と適当な距離の場所に移して坐った。

「聞きたいことがある。牛沼にチャカを売ったのか？」

普通の声で尋ねると、さすがにあわててきょろきょろした。チャカは拳銃の隠語だが、今やテレビや映画の影響で、ほとんど隠語の役割を果たさなくなっている。

「やめてくれよ、旦那。もうそんな商売はしてねえ。この店を見てくれ。俺は昔から電気関係が好きでね。貯めた金で、やっとこさ店を持った。今はもう、やばいことからは足を洗ったんだ」

嘘であることは、考えるまでもなかった。奈良鉄夫は、拳銃の密売で何度も食らい込んでいた。組同士の抗争に巻き込まれ、誰にブツを売った売らないと勘繰《かんぐ》られてリンチを食らったようなこともあるが、この男は間違いなく今でも同じ商売を続けている。

こっそりと拳銃を必要とする人間がいる限り、こういう男は足を洗えないものなのだ。死んで初めて商売をやめられることを、この男自身も、周囲の人間も知っている。

私は丸椅子から上半身を乗り出した。

「知っての通り、俺はもうデカじゃない。おまえさんの商売をうんぬんする気はないよ。ひとつだけ、教えてくれ。牛ヤスに売ったのか？　売ってないのか？」

「本人に訊けよ。デカを辞めた人間に、べらべら情報を話すやつなんかいねえぜ」

「牛ヤスは死んだ。だから、本人に訊くことはできない」

「それなら、ますます喋《しゃべ》る必要はねえや」

なぜ死んだのかとも、どう死んだのかとも訊いてはこなかった。そういうことには、関心のない男だった。

私は微笑んだ。相手ほど見事な作り笑いを浮かべられたとは思わなかった。奈良が身構えるのが、見て取れた。

「なあ、長いつきあいだろ。協力してくれよ」

「しつこくつきまとうなら、警察を呼ぶぜ」

「それじゃ、お互い面倒が増えるだけだ。牛ヤスは、娘の行方を捜していたようだ。そのためにチャカを必要とするような厄介事《やっかいごと》に巻き込まれていたのかどうか、俺は、それを知りたいだけだ」

奈良は、値踏みするような目つきになった。こういう目つきをする人間で、心豊かに暮らしている例を私は未《いま》だに知らない。

「――やつは、殺されたのか?」

「それはまだ何とも言えない。多摩川の河口で、水死体で見つかったということしかわかってはいない」

私は、相手に顔を近づけた。だが、それ以上言う必要はなかった。

「盗聴器だよ。俺がやつに売ったのは、チャカじゃねえ。盗聴器だ」

「――盗聴器?」

「ああ」

この男が、昔から、チャカ以外のものも用立てていることは知っていた。

「チャカは求められなかったんだな?」

「ああ、盗聴器だけだ。誓っていい」

「牛沼と会ったのは、いつだ?」

「一週間ぐらい前になるかな。いや、十日ぐらいいか」

「盗聴器の種類を教えてくれ」

奈良テツは手元のメモ用紙にさらさらとしたため、差し出した。私は受け取り、礼を言って腰を上げた。

「もう、来ないでくれ」

冷たく言うのに、うなずいて見せた。

いつか必要が生じればまた来ることを、私も相手も知っている。うなずくことは、最低限の礼儀だろう。

5

私には友人と呼べる新聞記者が少数だがおり、新聞社には容易《たやす》く入るが世間にはオープンにされていない情報を、酒を一晩奢るとか、ちょっとした小遣い銭を渡す程度で流して貰える関係にあった。そんなひとりに電話で連絡を取り、自殺した山名信子の自宅を探り当てた。

京急青物横丁《けいきゅうあおものよこちょう》の駅から池上通《いけがみどお》りを大井町《おおいまち》方向に向かった先にある、年代物の賃貸マンションだった。

エレベーターのない四階建てを階段で最上階まで上《のぼ》ると、西日が当たる屋外廊下の先に、小学校一、二年生ぐらいの女の子がしゃがんで人形と遊んでいた。

　今日のような快晴の日でも、三時が近づくともう師走《しわす》の風は身を切るような冷たさになっていた。女の子はちゃんとコートを着て可愛《かわい》らしい襟巻《えりまき》を巻いてはいたが、そこは大人ならば決して好き好んでしゃがんだりしないような風の通り道だった。

　近づく私に、何の警戒もない目を向けてくる。私は、彼女の手前で立ちどまった。女の子がいるのは、私が目指してきたドアのすぐ横だった。

　お名前は、と訊くと、山名明海《あけみ》、とはきはき答えた。

　何をしてるの、と訊くと、

「ママを待ってる」

　名前を答えた時と同じ、はきはきとした口調だった。

　尋ねた時、玄関ドアが開き、私と同年配ぐらいの女が姿を見せた。

「明海ったら、何度も言わせないで。風邪《かぜ》を引いちゃうよ。寒くなるから、もうお入り――」

　少女に呼びかける途中から、私のほうへと視線を移し、事問いたげに見つめてきた。

「失礼ですが、山名信子さんのお母様ですか？　鬼束と申します。少しお話を伺いたいんですが、よろしいでしょうか?」

「ええ、確かに信子の母ですが……」

彼女は曖昧《あいまい》に言葉を切り、いったい何を訊きたいのか、と、その先は目で訊いてきた。

私は、ちらっと明海を見下ろした。彼女はまだ元の場所にしゃがんだまま、私のことを見上げていた。

「実は、田中絵里奈という女性を捜しているのですが、何か御存じありませんか?」

とりあえずそう切り出してみると、

「ええ、もちろん知ってますよ。子供の頃から知ってますし、それに、娘と同じ会社で働いていましたので」

私は驚き、牛沼が持っていた写真のコピーをポケットから出した。

「これは、田中絵里奈さんですか?」

彼女は目を細めて写真を見てから、手元を探り、老眼鏡を出してかけた。

「たぶん、そうだと思いますけれど……。そうですね。こういう、可愛い子でしたから――」

「現在の田中絵里奈さんの写真は、お持ちではないですか?」

「いえ、それはちょっと。亡くなった娘ならば、一緒に撮っていたかもしれませんが」

「現住所は?」

「それもちょっと、私には……。絵里ちゃんが、どうかしたんでしょうか?」

「私もまだ、はっきりしたことはわからないのですが、行方が知れないようなんです。それに、彼女のお父さんに起こったことは御存じですか?」

「いえ、どうかされたんですか?」

私がもう一度、足元の明海を見下ろすと、祖母が意図を悟《さと》ってくれた。

「まあ、ここでは何ですから。どうぞ、お入りになってください。明海、おじさんにお茶を淹れてあげたいの。手伝ってくれるわね」

目を輝かせる明海を先頭に、その小さな体を背中から抱き締めるように身を屈めた若い祖母が続き、私は最後に玄関に入った。

失礼します、と断って靴を脱いだ先は、ダイニングキッチンの奥に二部屋が横に並んでいた。ダイニングキッチンが十畳ほどで、奥の部屋がともに六畳ぐらい。だが、昭和の終わりぐらいまで存在したいわゆる「団地サイズ」というやつで、どこも少しずつ小ぶりに感じられる。

私は、ダイニングキッチンの椅子を勧められた。

「すみませんが、ちょっと待っててくださいね」

祖母はそう言い置き、流しで明海と一緒に水を汲《く》み、薬缶《やかん》をガス台に載せた。

おじさんに、何のお茶がいいか訊いて、と促された少女が、お茶は何がいいですか？　紅茶ですか？　コーヒーですか？　日本茶ですか？　と、丁寧に可愛らしく訊いてくるのに、

「日本茶をお願いします」

と、私は答えた。

ふたりが茶筒を開け、急須に茶葉を入れ、沸《わ》き上がったお湯を急須へと入れる間、さり気なく部屋を見渡していた。

几帳面に整頓された部屋だった。調度類がテーブルや床に置きっぱなしになっているようなことは一切なく、子供のオモチャも、ちゃんといくつかの箱に分けて入れてあった。オモチャの数が多いのは、祖母の愛情故だろう。取り込んだばかりらしい洗濯物が、きちんと重ねて奥の部屋の窓際に置いてあった。

祖母は明海に手伝わせて、揚げ煎餅《せんべい》を菓子皿にもった。孫を寄り添わせてお盆を運び、テーブルにお茶と茶菓子を置いた。

そろそろテレビの時間ね、と、孫娘のお気に入りらしいアニメのタイトルを口にし、明海を奥の部屋にあるテレビの前に坐らせた。

テレビの横の箪笥の上に、仏壇があった。

私の前に坐った時、その顔には娘を亡くしてまだ間もない母親のやつれた様子が色濃くにじんでいた。

「信子の母の里子《さとこ》と申します」

礼儀正しく頭を下げる彼女に、私は頭を下げ返して名刺を差し出した。田中絵里奈の父親が亡くなったことと、絵里奈の行方がわからないらしいこと、そして、その亡くなった父親に頼まれて、彼女を捜していることを説明した。

里子はそれを黙って聞き、ためらいがちに口を開いた。

「でも、私、絵里ちゃんの行方については、何もわからないんですよ。娘が亡くなったことを気にして、ちょうど一週間ぐらい前に訪ねてくれたんですが……、それだけです。鬼束さんは、なぜ、うちへ――?」

「絵里奈さんのお父さんの持ち物の中に、お嬢さんの自殺を伝える新聞記事があったんです」

「まあ……」

「お父さんは、こちらには?」

「いえ、私は、会ったことはありません」

「以前にも、ですか?」

「はい」

「絵里奈さんがここに来た時のことを、もう少し詳しく聞かせてくださいますか。なぜ訪ねてきたんでしょう？」

「それはもちろん、お線香を上げさせて欲しいと」

「その時、どんな話をされましたか？」

「どんな、と訊かれても、別段、取り立てては何も。私も、あまり話せるような精神状態ではありませんでしたし……」

私はしばらく無言でうなずくことで、同情を示した。

「新聞で拝見したのですが、お嬢さんが亡くなったのは、二週間ほど前ですね。絵里奈さんが訪ねてきたのは一週間前というと、もうお葬式とかは済んでいらしたわけですね」

「はい。そうです」

「そうすると、同じ会社にいらしたのに、お通夜《つや》やお葬式には出席しなかったんですか？」

「ええ。そうでした」

「なぜ？」

「いいえ、わかりません。そういえば、ちょっと用があったみたいに言ってましたけれど」

「少し、順を追ってお尋ねしたいんですが、お嬢さんと絵里奈さんがともに東洋技研という会社で働くことになったのは、偶然だったのでしょうか？」

「ええ、それは、ほんとにまったくの偶然だったそうです。娘は、亡くなるまで三年ちょっと働いてたんですが、去年、絵里ちゃんが入社してきて、それはもう驚いたって言ってました。私らも元は絵里ちゃんと同じ川崎《かわさき》に住んでたんですね。でも、絵里ちゃんは高校に入ってじきに転校して、それ以来、連絡が途絶えていたそうなんです。六、七年ぶりだったたんじゃないかしら。ふたりとも喜んで、時々、一緒に、御飯とかにも行ったりしてたみたいです」

「お宅は、いつからここに？」

「ここに移り住んだのは、信子と孫のためですよ。離婚した信子が、まだ生まれて間もなかった明海を連れて泣きついてきたんです。亭主が死んで、部屋も余ってましたから、しばらくは川崎の借家で一緒に暮らしてたんですが、三年前、信子にパートじゃない正式な勤め口が見つかったので、もうちょっと都心に近いところに越そうってことになって、こっちに移ったんです。孫が小学校に行ってる午前中は、私も近所のスーパーでレジを打ってますよ。これからは、何か家でやれる仕事も探さなくっちゃならないでしょうけど」

里子は、ひっそりと笑った。

「ところで、お嬢さんは生前、会社のことで、不満を漏《も》らしていたようなことはありませんでしたか？」

私の問いかけを聞いて表情を曇《くも》らせた。

「ええ、まあ……」

とだけ応じて、言葉を探す。私が訊き方を変えてみようとすると、強い目でこちらを見つめてきた。

「知り合いが連絡をくれて聞いたんですけれど、会社で、何かあったんでしょうか？　ネットに、ずいぶんあの子の会社のことが出てると言ってました。それに、あの子が自殺したのも、会社のせいではないかって――」

「ネットにですか？」

「ちょっと待っててください」

里子は一旦席を立つと、ノートパソコンを持って戻ってきた。電源を入れ、おぼつかない手つきで操作して、モニターを少し私のほうに向けた。

「ちょっといいですか。失礼します」

私は断り、モニターが見やすいように坐る位置を変え、みずからキーボードを操作した。

彼女が指摘した通り、ネットはかなり賑《にぎ》やかだった。東洋技研について、残業代や休日出勤手当の不払い、パワハラ、セクハラといった文言が飛び交い、ブラック企業を糾弾《きゅうだん》するいくつかのサイトには、頭文字を使ったり、業務形態や所在地を書き込むことで、おそらくは東洋技研を指すと匂わせる投稿があった。その中には、働き過ぎやセクハラが原因で、女性社員が自殺したと指摘する書き込みも交じっていた。

だが、大手新聞社が配信しているようなニュースサイトでは、山名信子の自殺と東洋技研の労働環境を結びつける記事は見当たらなかった。

つまり、里子が目にしたものはどれも、あくまでもネット上の噂に過ぎないという見方もできるだろう。

それが真実なのかどうか、自分の足で確かめる必要がある。

「そういえば、ひとつ思い出しました。絵里ちゃんは、娘のパソコンを見たがってました。見せて欲しいって頼まれました」

「このパソコンをですか？」

「いえ、これは、私が使ってるお古です。娘が使ってたパソコンは、なくなってしまったんです」

「なくなった――？」

「あの最後の日も、パソコンを鞄《かばん》に入れて出たはずなんですけれど、会社にはないと、会社の方がそう」

「お嬢さんが亡くなられたあと、警察が来たのでは？」

「はい」

「警察にも、パソコンの話はしましたか？」

「しました。それで、警察の方が、会社で調べてくださったんですが」

「会社の人間が警察に対して、パソコンはないと返事したわけですね」

「はい」

「会社の誰がそう答えたのか、おわかりですか？」

「さあ、そういうことまでは……。ただ、総務の田所《たどころ》さんという方が、何度か連絡をくださいました。葬儀にお花を出してくださったのも田所さんでしたし、会社に残っていたあの子の品も、田所さんが部下の方に言いつけてここまで届けてくださいました」

ネットには、東洋技研をブラック企業とする噂が出回っている。それを打ち消すため、遺族に色々気を遣ったということか。

それにしても、パソコンがなくなったというのが気になった。

「携帯電話は、どうでしょう？」

「それは娘が身に着けておりましたので、警察が返してくれました。でも、落ちた時に壊れてしまっていましたので」

「警察は、携帯のデータを復元して調べなかったのですか？」

「――どうでしょう。特にそういった話は聞きませんでしたけれど」

「お嬢さんが亡くなられた時の状況を、どんなふうに説明していましたか？　新聞では、遺書はなかったと伝えられていたのですが」

私は単刀直入に訊いた。こういった質問は、変に持って回った言い方をしないほうがいいと、経験から知っていた。

「ビルの防犯カメラに、娘がひとりでふらふらと屋上に上る姿がはっきり映っていたそうです。屋上に出て、三、四十分後の出来事だったと聞きました。覚悟の上で屋上に上がり、そして、飛び降りたのだろうと……。それと、会社に残っていた品の中から、抗うつ剤と精神安定剤が見つかりまして……」

「残っていた品は、まだお手元にありますか？」

「はい」

「見せていただけますか？　お嬢さんの携帯も、よろしいでしょうか？」

里子は私の求めに応じて席を立ち、孫娘がいるのとは別の部屋へと入った。私は、こちらに背中を向けてテレビを観る小さな背中を見つめた。子供は大人が予想する以上に様々な事柄を理解しており、そして、素知《そし》らぬ振りで会話を聞いているものだ。

里子が持って戻ったのは、宅配便のMサイズの箱だった。

礼を述べ、テーブルに置いてくれた箱の上蓋《うわぶた》を開けた。調剤薬局の袋に入った薬が、真っ先に目を引いた。中を開けると、薬の説明書が一緒にあり、抗うつ剤と精神安定剤だと知れた。

「――こういった薬のことは、御存じだったんですか？」

里子は、目を伏せたままで首を振った。

「知りませんでした……。こっそり服《の》んでたんですね……。私がいけないんです。亡くなる前も、変化に気づいてやれませんでした。ちょっと疲れているような気がした程度で。でも、休みが取れたら、三人でどこかへ行こうと言ったりもしてたんですよ……。なんでこんなことになったのか……」

ふいに言葉を途切れさせた。

肩の震《ふる》えを、意志の力でなんとか抑えようと努めていた。

調剤薬局の住所は、虎ノ門になっていた。薬を貰っていることを母親に隠しておくため、自宅付近を避けて、会社の傍《そば》の医者にかかっていたのかもしれない。

調剤された日付は、三週間ほど前。亡くなる約一週間前で、薬はまだかなりの量が残っていた。一緒に箱に入っていた札入《さつい》れを出して中を見ると、やはり会社の傍にある神経内科の診察券が見つかった。診察券に書かれた発行の日付は、半年以上前だった。おそらくは、その頃から、これらの薬を必要としはじめたのだろう。

私は薬局の袋と札入れを箱に戻した。他には、コーヒーカップと、机に置いていたらしい犬の小さなぬいぐるみがふたつ、クオーツの置時計、化粧ポーチ、それに可愛らしい柄《がら》のついたピンク色の小袋などが入っていた。

「お嬢さんは、会社ではどんな仕事を？」

「最初の一年ちょっとは、事務職でした。毎晩、遅い日が続いたんですけれど、二年前から受付に変わり、定時に帰れる日が増えて喜んでました」

私はうなずきながら、可愛らしい小袋を手に取った。

中には風邪薬、胃腸薬、頭痛薬などとともに、生理用品が入っており、頭痛薬の数が最も多かった。

里子の目を気にして生理用品を手早く袋に戻したあと、それと並べて一緒に入っていたさらに小さな布袋をつまんで開け、一層里子の目を気にすることになった。十センチ四方ほどの布袋の中身は、コンドームだった。

小袋を元通りに戻し、直接相手の目を見ないようにしつつ、私は口を開いた。

「お嬢さんには、誰かつきあっていた相手は？」

「――いえ、もしそういう人がいたのなら、私に話していたはずです」

まるで悪事を語るように潜《ひそ》めた声だった。里子はちらりと孫娘のほうを見たあと、手元の急須を手にし、私の湯呑《ゆのみ》を引き寄せた。

「それに、お通夜にも葬儀にも、そんなふうに思わせる人は現れませんでしたし……」

ぼんやりとした疑惑が、胸に広がっていた。それは、自殺して命を落とした娘の母親には聞かせたくない類のものだった。

「鬼束さん、娘は、誰か社内の妻子ある方と、良からぬ関係に……」

里子のほうから指摘され、私は言葉を選ばねばならなかった。しかも、それが信子本人の望んだものではなく、誰か社内で力を持つ人間に強要されたものである可能性はないだろうか。そして、それが自殺の原因になった可能性が……。

「そういえば、受付になってからも、なぜか水曜日だけは帰りの遅い日が多かったんです。翌日の会議の準備があるとか、そんなふうに言ってたんですけれど……」

里子はもう一度孫娘に目をやった。こみ上げるものを必死で抑えつけているように見えたが、抑えきれなかったようだ。

「警察に話したら、どうなるでしょう……？」

声が震え、大きくなった。

「もしも無理強《じ》いをしてそういった関係を続けることで、お嬢さんに精神的な負担をかけていたのだとすれば、人道的な責任は免《まぬが》れないと思えます。ですが……」

「そうか……。そうですよね……。信子は、みずから死を選んだわけですから……、最終的な責任は、あの子にあるわけですから……」

「――」

事件性がない限り、警察は何もできないのだ。人道的な責任を法的に追及したいのならば、民事裁判に訴えるほかはない。

だが、孫娘を抱え、家でやれる仕事を探したいと言っているこの女性に、その余裕があるとは思えなかった。

「調査員というのは、そういった事実関係を調べて貰えるのでしょうか？」

「ええ、私の仕事の範疇《はんちゅう》です」

「そうしたら、お願いできませんか。代金は必ずお支払いしますので」

「今、別の調査をしているところですから、代金は要《い》りませんよ。付随して何かわかったら、お知らせします」

「そんな、でも……」

「ただ、問題は、調べて、それでどうなるかということです」

里子の目の中を、様々な表情がよぎっていった。ここまでの人生で得たあらゆる判断の尺度や気持ちの持ち方、あるいは身の処し方などを総動員して、答えを導き出そうとしている。

だが、導き出せる答えなどないのだ。

「わかりました。とにかく、お願いします」

私はうなずき、里子がさっき箱の隣に置いた携帯を手に取った。モニターにひびが入ってしまっていたが、メモリーカードの収納部付近もふくめ、本体に大したダメージはなさそうだった。

電源スイッチを押したが反応がなかったので、充電器のことを尋ねた。里子がしばらく手間取って持ってきてくれた充電器につないで再び押すと、ひび割れたモニターに反応があった。

「壊れてはいないんですか?」

「もうちょっと待ってください。完全に立ち上がれば、はっきりします」

やがてモニターに「Hello」の文字が表示され、ローディングが始まった。情報が読み込まれるのを待って、まず着信履歴を開けた。

ひび割れた見にくいモニターでも、繰り返し何度も現れる名前に気づくのは容易かった。それはついさっき、母親の口から聞いたばかりの名で、かけてくるのは必ず火曜の夜か水曜の昼間に限られていた。

発信履歴を調べると、もうひとつ気になる名前があった。

亡くなる数日前から、岬美貴《みさきみき》という女に頻繁《ひんぱん》にかけている。

「この名前の女性は、御存じですか?」

里子は目を細めて携帯のモニターを見たのち、首を振った。

「いえ、知らない人です」

6

虎ノ門に向かう前に寄り道をしたため、東洋技研の受付に着いたのは、夕方六時近かった。そろそろ終業時間のはずで、日が暮れた師走の街には勤めを終え、解放感を身にまとったサラリーマンの姿が交じり始めていた。だが、東洋技研の受付ロビーには、街へと解き放たれていく人間たちの賑わいはなかった。

このオフィスビルには、ワンフロアに三つとか四つの事務所が入っていた。東洋技研はそのふたつ分、もしくは三つ分のスペースを一社で占めていた。小綺麗《こぎれい》な受付を訪ね、調査員の名刺を出して、山名信子さんのことで田所さんに会いたいと告げた。

丸顔の受付嬢は、「お約束ですか?」と尋ね、私は、違うが大事な用件だと応じた。彼女は社内電話で、おそらくは本人と思える相手に私の来訪を告げたのち、「ええ、調査員の方だそうです」と口にした。そう、確認を受けたのだ。その後、しばらくして電話を切り、それほど大きくはないロビーの壁際に置かれた椅子を私に勧めた。

「じきに田所が参ります」

私は、その場を動かなかった。

「山名さんも受付をしていましたね。親しかったんでしょうか?」

「ええ、まあ」

目を合わせようとせずに応じる雰囲気が、喋りたがっていないように感じさせた。

「それじゃあ、亡くなってショックだったでしょうね」

「ええ、まあ」

と、同じ返事を繰り返した時、奥からキツネ目の男が現れた。年齢は四十代の半ばぐらい。眉が薄く、口が小さく、不健康にたるんだ顔の肉が顎《あご》の下でだぶついていた。ネクタイだけ派手めの赤。右手に、黒いファイルフォルダーを持っていた。

丸顔の受付嬢は、男の姿を認めて、ほっと胸を撫《な》で下ろしたようだ。かといって、その男に心を開いているようにも見えなかった。

「総務の田所と申します。調査員とのことですが、山名のことで、何を調べておいでなんでしょう？」

田所の声は、見かけから連想させるよりもずっと甲高《かんだか》かった。

「亡くなった時の状況を」

私は端的にそれだけ答えた。受付嬢が、私の名刺を田所に渡す。田所は、キツネ目を細めてその文字を読んでから、

「ま、ここでは何ですので、こちらへどうぞ」

先に立って歩き出した。案内をするというよりも、入れてやるからついてこいと言いたげな態度だった。私よりも背が低いため、禿《は》げて五円玉ほどの大きさに広がったつむじが目についた。

受付の奥はかなり広い部屋になっていて、そこには机を向かい合わせに四、五個ずつ並べた島が、合計十列以上並んでいた。ほとんどの机は空《あ》いており、壁のホワイトボードには、様々な行き先が書いてある。机の主は、外回りの最中らしい。

集中的に人がいるのは手前のふたつの列で、そこでは制服姿の女性社員たちがパソコン画面に向かい、黙々と事務仕事をこなしていた。

私は、その広い部屋の隅っこにある小部屋へと案内された。中は六畳ほどの広さで、屋外に面した窓はなく、大部屋との間のガラス壁にはブラインドが下りてい

た。

「どうぞ」

田所は部屋の真ん中に置かれた会議机の椅子を勧め、お互いが坐るとすぐに言った。

「社としてお答えできる限りのことは、お答えしますが、山名信子が亡くなった時の状況について、いったい何をお聞きになりたいんでしょうか？」

礼儀正しいが社交的な態度ではなかった。私は、持ってきた紙袋を足元に置いた。

「社としてではなく、あなたに答えて貰いたいことがある」

「どういうことでしょう。ちょっと、仰《おつしや》っている意味がわからないが」

顎を引き、いくらか上目遣いになって見つめてくる田所に、私はポケットから壊れた携帯を出して見せた。

「山名信子が死亡した時に身に着けていた携帯です。警察から、母親のもとに戻されました。モニターは割れてしまっていたが、データ自体は無事だった」

そこでわざと一度、言葉を切った。

「携帯には、あなたからの着信が、定期的にありました。毎回、火曜の夜か、水曜の昼間だった。一方、母親によると、信子さんは水曜の夜、遅くなることが多かったそうだ。母親には、仕事だと告げていたそうだが、私は疑問を抱いている」

キツネ目がさらに吊《つ》り上がり、やがて、

「――母親に頼まれたんですか？」

低い声で訊いた。

「それもある」

「電話の記録など、何の証明にもならない」

「そんな開き直りが通ると思わないことだ。二年前、山名信子は残業の多かった事務職から、定時に上がれることが多い受付へと配置換えになった。そういうことを条件に、彼女を自分の女にしたんじゃないのか？」

私は、冷たく言い放った。

「そして、彼女がこのビルから身を投げて自殺し、すっかりあわてたあんたは、総務の立場を利用して、自分と彼女の関係を隠蔽《いんぺい》にかかった。だが、会社に残っていた彼女の品を遺族に届けさせる時、中身を確認するべきだったな。彼女があんたのために使わされていた避妊具が残っていたぞ」

「――」

「それに、この携帯は、警察から遺族に戻されたものだということを忘れるな。警察は、当然、着信履歴を見ているはずだ」

「だから、何だと言うんです……」

「彼女が当日、持っていたパソコンはどこだ？　自分と彼女の関係が公《おおやけ》になるのを恐れ、隠したんだろ。ほんとは携帯だって隠したかったんだろうが、遺体が身に着けていたために、警察に押収《おうしゅう》されてしまった。そうだな」

「――何の話をしているのか、わからない」

「とぼけるのは、きちんと考えてからにしたほうがいいぞ。パソコンは、生前の山名信子がどんな状況にあったのかを知る、貴重な手がかりだ。それを隠蔽したとなれば、警察はあんたを正式に取調べるはずだ。この意味がわかるか？　警察に呼ばれ、事情聴取を受けるってことだ。当然、あんたが女性社員と何をしていたのかが、会社にも、家族にも、ばれることになる」

田所が頬《ほお》を小さくひくつかせ始めた時、部屋のドアをノックする音がして、事務服を着た女がお茶をふたつ載せた盆を持って現れた。

「失礼します――」

と頭を下げかけて、何か異様な空気を感じ取ったらしい。あわてて湯呑を机に置き、逃げるようにして消え去った。

「僕らは、おつきあいをしていただけだ。僕は、彼女のことを愛していた――」

田所は、人の気配が完全に遠ざかるのを待ってから、四十代のぶよぶよした体形の男の口から出ると、やけに不潔で嘘くさい言葉を平気で口にした。

「妻子があるんだろ」

「――」

「パソコンはどこだ？」

「車のトランクに積んである。中のデータが誰かに見られたらと思うと不安で、捨てられなかった」

「ほんとだな？」

「ほんとだ。待っててくれ、すぐに取ってくる」

「あとで俺も一緒に行く。まずは、もっと話してからだ。なぜ山名信子は自殺した？　ここの会社は、パワハラ、セクハラ、サービス残業、不当解雇、なんでもありらしいな」

「――違う。彼女が自殺したのは、俺のせいじゃない。あの女とは、とっくに切れてた。ほんとだ。信子には、とんでもない男がついてたんだ。ネットに会社の中傷を書き込み、俺のところにも脅《おど》しに現れた。こっちだって、ほんとに迷惑したんだ」

　私は黙って腕を組み、口から出任せを言うんじゃない、というポーズを取った。

「ほんとだ。口から出任せを言ってるわけじゃない」

こいつはエスパーか、と感心する私の前で、田所はさっき机に置いたファイルフォルダーを開き、クリップでとめられたコピーの束を取り出した。

「これはみな、ネットにあった中傷をプリントしたものだ。うちの会社の悪口ばかり書かれてる」

私は受け取り、めくった。いくつかは初見のものも交じっていたが、ほとんどはここに来る前に、山名里子に見せられたものだった。

「それはみんな、同じ人間によってアップされたものだ」

「調べたのか？」

「ああ、調べた。プロバイダーに、情報開示を求めたんだ。相手は、信子につきまとってる男だった」

「嘘を言うんじゃない」

「ほんとだ。信子に直接確かめたのだから、間違いない」

「その男の名は？」

「漆原智古《うるしばらともひさ》。こいつが、あの女からうちの社についてあることないこと話を聞き、いい加減な書き込みを繰り返してたんだ」

「字はどう書くんだ？」

「漆原は普通に漆に原だ。下の名前はちょっと変わってて、知るに日の智に古いと書いて『ともひさ』だ」

「それが本当なら、会社が告訴してるはずだ」

「もちろんさ。そう言って脅したら、尻尾を巻いてすごすごと引っ込んだよ」

私は、田所の顔を見つめた。

「なあ、あんたがそこに持ってるような書き込みを、俺は今日、ネットで見てるんだ。司法が介入し、削除命令が出たなら、全部消えているはずだろ」

田所は、机のファイルに載せた右手の人差し指を立て、指先をコツコツと躍らせ始めた。視線は部屋の隅へと向け、ぼんやりとそこを凝視《ぎようし》している。私は、この男が隠していることを察した。

「漆原という男は、会社にではなく、あんたに接触してきたんだな」

ちらっと私のほうを見た。

「強請《ゆす》られた。そういうことか？」

「――そうだ」

「で、どうしたんだ？　金を渡したのか？」

「一度だけはな……。信子の男だと言って、俺のところへ乗り込んできたんだ。人の女に手を出して、ただで済むと思うのかと凄《すご》みやがって、チンピラそのものだった。だが、二度目はないさ。警察に訴えてやると突き放した」

「そんなことで引き下がる相手とは思えんがな。どんなやりとりがあったのか、きちんと正確に話すんだ」

「――何も疚《やま》しいことはない。信子にネットの書き込みを突きつけ、男に手を引かせなければ、会社を馘《くび》にすると言った。総務の人間として、当然言うべきことを言ったまでだ」

「だが、相手は、あんたが会社での権威をかさに着て、無理やり男女の関係にあった女だ」

「彼女だって、同意してたんだ。俺とつきあえば、仕事が早く上がれる受付に回れる。終業時間が早くなれば、娘と過ごせる時間だって増える」

「続けろよ。で、それで漆原とはどうなった？」

「それだけさ。もう、俺のところへは現れなかったよ」

「信子が話をつけたと言うのか？」

「知らんね」

「なあ、いいことを教えようか。俺はあんたに反吐《へど》が出る。きちんと話さないと、後悔するぞ」

「――信子が自殺した原因は、漆原って男にある。俺じゃない。本当だ」

「なぜそう言える？」

「俺が漆原を突き放した直後さ。信子が顔に痣《あざ》を作って現れたことがあった。ファンデーションで必死に隠してたが、すぐにわかった。あいつにやられたに決まってる。ああ、それから、もうひとつある。あの女は、死ぬ前、漆原のために金の工面《くめん》に奔走《ほんそう》してた。彼女が亡くなった夜、私は借金を申し込まれたんだ。いや、あれはちょっとした強請りだった。自分との関係を家族にばらされたくなかったら、三百万貸せと迫ってきた」

「三百万も、何のためにだ？」

「わからんよ。訊いたが、具体的なことは言葉を濁《にご》して何も言わなかった。とにかく、どうしてもすぐに三百万が必要だとしかな」

「もっと詳しく話せ。会社で、借金を頼まれたのか？」

「正にこの部屋でだよ。そっと耳打ちして、話があると言うんで、ここで話したんだ」

　私は山名信子がそんな頼み事をした部屋に今、自分が身を置いていることに落ち着きの悪さを感じたが、目の前の男にはそんな様子は微塵《みじん》もなかった。

「それが何時頃だったんだ？」

「六時過ぎだった。受付の仕事が終わったあと、こそこそと私の所に来たんだ」

「で、あんたは何と答えた？」

「決まってるだろ。ふざけるなと答えたさ。そんな脅しに乗ってたまるか」

私は目の前の男を冷ややかに見つめた。力のない女に対しては、どこまでも高飛《たかび》車《しゃ》に出られる男だ。

「そのあとは？」

「七時頃だった。ビルの外が騒がしいと思ったら、あの女が飛び降りていたんだ。警察から教えて貰ったが、その四十分ほど前には上りのエレベーターに乗り、ふらふらと屋上への階段を上る姿が、防犯カメラに残っていたらしい」

「あんたに冷たく突き放され、屋上へ上ったんだな。そして、そこで寒風に吹かれて苦しんだ末に、身を投げた」

「――」

「で、咄嗟《とっさ》にパソコンを隠したわけか？」

「私とやりとりしたメールが、残っていると困ると思ったんだ――」

腰を上げかける田所の肩を押して、坐り直させた。

「どこへ行く？」

「パソコンが必要なんだろ」

「まだ、話は終わっていない。田中絵里奈のことを話して聞かせろ」

「――彼女はもう、うちの社員じゃない。三カ月ほど前に辞めてるよ」

「嘘を言うな」

「ほんとだ。嘘を言う理由なんかないだろ」

「山名信子と田中絵里奈が昔からの友人同士だったことは知ってたか？」

「――まあな」

「何をどう知ってたんだ？」

田所は少し椅子を引き、足を組んだ。

「田中絵里奈を入社させてやったのは、私だ。信子から、そう頼まれたんだ」

私は黙って相手を見つめることで、先を促した。

「信子がばったりと再会した時、田中絵里奈はふたつアルバイトを掛け持ちしてた。ワーキングプアってやつさ。昼間、いい仕事が見つからず、夜も週に何度か飲み屋で働いてたらしい。見かねて、信子が私に相談してきたんだ。パート採用だが、それだって週に五日働けば、少なくとも夜のバイトを辞められる。感謝されたよ」

山名信子は、母親に隠し事をしていたらしい。ばったり再会したという話だけをして、自分が頼んで働き口を世話したことは言わなかったのだ。話せば、田所との秘密の関係を疑われると思ったのかもしれない。

「それなのに、三カ月前に辞めた理由は？」

「わからない。一身上の都合としか、聞かされていない」

「円満な退職だったのか？　ほんとは何か過度の精神的、あるいは肉体的な重圧がかかり、追いつめられて退職したんじゃないのか？」

「そんなことはない。ほんとだ。信じてくれ。なあ、これぐらいでいいだろ。すぐパソコンを取ってくるから、待っててくれ」

「まだだ」

私は足元に手を伸ばし、紙袋を取り上げて机に置いた。中から取り出した機材を見て、田所は目を丸くした。

ここに来る前、自宅に立ち寄り、押し入れから引っ張り出して持ってきたのだ。仕事柄、時折、こういう物を必要とする時がある。

盗聴器の探索器だ。

「無料サービス期間中だ。あんたの周りが盗聴されてないか、調べてやる。それと、田中絵里奈の自宅の住所を教えろ」

7

田中絵里奈が東洋技研に提出した履歴書の住所は荻窪《おぎくぼ》だったが、訪ねた先の賃貸マンションの部屋には、絵里奈ではない別の住人が住んでいた。

それは美大に通う女子大生で、先月、越してきたとのことだった。念のために田中絵里奈の名前を出し、履歴書のコピーの写真を見せ、心当たりはないかと尋ねたが無駄だった。

その部屋を管理する駅前の不動産屋へ行って確かめると、田中絵里奈は東洋技研を辞めたのと同じ三カ月前に部屋を出ており、引っ越し先はわからないとのことだった。

賃貸マンションに戻って聞き込みをすれば、引っ越し業者のトラックを見て覚えている住人が見つかるかもしれないが、三カ月前では心もとない。

私は、ＪＲで神田《かんだ》に移動した。


パソコンについて、必要以上に詳しくはないし、器用に使いこなせもしないが、その代わり、私には困った時に頼れる知り合いがいた。

幸田幸男《こうだゆきお》は、その苗字と名前の双方を裏切り、それほど幸せな男には思えなかったが、故障した精密機器をいじっている限りに於いては、いつも幸せこの上ない顔をしている。そろそろ三十近いはずだが、運動不足と極端な偏食のせいで、顔中にいつもにきびができ、そのいくつかは爪でつぶした痕になっていた。体重は確実に百キロはあり、腹の周りを締めつけないような、柔らかいトレパン以外を穿《は》いているのを見たことがなかった。

圧縮レンズでもなお厚いレンズのはまった黒縁眼鏡《くろぶちめがね》をかけ、電気バリカンで切りそろえる千円床屋で、ただ「短く」と頼んで切ったとしか思えない髪型。異性とつきあったことがないばかりか、商売女を相手にしたこともないのではないかと思わせることが、時々、さり気ない世間話の端々《はしばし》に感じられる男だった。

神田の迷路のような路地裏にある雑居ビルの最上階に住み、二十畳ほどはありそうなワンルームは、修理を待つ機器と、修理済みの機器、さらには使える部品を取り出すために貯め置かれた様々な機器で溢れ返っていた。

幸田幸男は古いパソコンのみならず、ファックスでも、電話でも、音響関係のオーディオアンプやラジカセ、レコードプレイヤーなど、何でも直す。メーカーがすでにアフターケアを放棄したような品々の修理依頼がかなりの数舞い込み、しかも、近年はその数が増えているそうだ。

そんな状況なので、本来ならば持ち込んだ品をその場で見て貰うことは難しいのだが、私はかつてこの男の依頼でちょっとしたもめ事を解決してやったことがあり、優先権を与えられている人間のひとりだった。

私の申し出を引き受けた幸男は、田所のところから持ってきた山名信子のノート型パソコンを電源につなぎ、スイッチを入れかけた。

だが、本体側面のスイッチに人差し指を伸ばした状態で固まり、動きをとめた。

「どうしたんだ――?」

私の問いかけに答えず、将棋の「山崩し」に挑むような慎重さでスイッチを戻した。

みずからの指先を見つめてから、手の向きを変えて私に見せた。

「濡《ぬ》れてる。あんた、どうやってパソコンを運んできた?」

「このままさ」

「中から出てきた水かもしれない」

幸男が言うのを聞いた瞬間、嫌な予感に襲われた。それは、駐車場へと案内し、車のトランクから取り出したこのパソコンを私に差し出す田所のどこかに、そこはかとない違和感を覚えたからだった。

それに、今にして思えば、何度も話を切り上げてはパソコンを取りに行こうとしたこともおかしかった。やつは、パソコンを渡しても、使い物にならないとわかっていたのだ。くそ、水につけたにちがいない。

「水は、一番厄介だぜ。まして、濡れたまんまで電源を入れたりしたら、あっちこっちショートして使い物にならなくなる」

幸男はその言葉とは裏腹に、どこか嬉しそうな口調で言いながら、椅子を回して作業机へと向き直った。

作業机の抽斗《ひきだし》からドライバーセットを出し、パソコンの裏面にあるネジを回す。

本体を開き、基盤を見つめ、低くうなった。

「濡れてるな」

私は、黙ってうなずいた。

「鬼さん、あんたは、このパソコンの電源は入れてないな？」

「ああ、入れてない」私は、つけたした。「だが、わざと入れたやつがいるかもしれない」

「このパソコンは、どこにあったんだ？」

「車のトランクだ」

「どれぐらい？」

「おそらくは、二週間ほど。どうすりゃいい？」

「まずはとにかく乾かすことさ。急ぐのか？」

急ぐ、と答えると、にんまりした。

「追加料金だぜ。それに、データがいかれてるとすると、費用はちょいとかさむ」

「構わない」

「いかれてた場合、どういうものから優先的に復元すればいいんだ?」

メールを頼むと、私は答えた。

8

幸田幸男の部屋をあとにした時、時刻はすでに夜の九時を回っていた。夕食を食い逃したままだった。私は駅を目指して細い路地を歩きながら、自分が正しい方向に調査を進めているのかどうかを自問した。

山名信子という女の自殺が気にかかっていたし、牛沼もそうだったから、新聞記事の切り抜きを持っていたのだと思われた。彼女のパソコン・データの中から、何らかの手がかりが見つかる可能性もあるだろう。

だが、それが田中絵里奈の行方を知る手がかりになるとは限らない。

東洋技研の田所の周辺からは、盗聴器は見つからなかった。田所の様子から、盗聴器に気づいて撤去《てっきょ》したことを隠しているとも思えなかった。牛沼は衰《おとろ》えたとはいえ、元々空き巣狙いのプロだ。大概の場所ならば潜《もぐ》り込み、盗聴器を仕掛けられたはずだが、その標的から田所はとりあえず外して考えるべきだ。

田中絵里奈が三カ月前に東洋技研を辞めたのと同時期に、部屋も引き払ってどこかへ越したことが気になっていた。

しかし、ただ職を変えて引っ越しただけとも考えられる。

そもそも、田中絵里奈が本当に失踪《しっそう》したのかどうか、まだわからないのだ。空腹を抱えて歩き回っているよりも、どこかで食事をしながら飲み出したほうがいい時刻だ。

私は携帯を抜き出すと、「岬美貴」にもう一度電話をしてみることにした。

山名信子の携帯には、岬美貴の携帯電話と固定電話の番号が登録されていて、私は彼女の自宅から東洋技研へと向かう途中、両方に電話をかけていた。だが、携帯は電源が切られていて、固定電話は応答がなかった。

今度も携帯は相変わらず電源が切られたままだったが、固定電話はつながった。

ＪＲで東中野《ひがしなかの》に移動した。電話で聞いた住所にあったのは、賃貸マンションやアパートの類ではなく、ごく普通の一軒家だった。その玄関に近づき、インターフォンを押した。

若い男の声が応答し、岬美貴の住まいはこちらかと私が訊くと、

「あ、そうですよ。電話をくれた人ですね。ちょっと待ってください」

と気さくに言った。

玄関を開けてくれたのは、瘦せて背の高い男だった。こざっぱりと髪を刈り上げ、年齢は二十代の半ばぐらい。毛玉がたくさんまとわりついた深草色のセーターに、ジーンズだった。声の雰囲気そのままに、明るくて優しげで、そして、どことなく優柔不断な雰囲気もした。

「鬼束といいます。川口さんですか？」

さっき電話を受けてくれた男の名前を出して訊くと、若者は首を振った。

「いえ、僕は藤岡《ふじおか》といいます。川口君は、バイトで急に出なければならなくなって、代わりに僕が待ってました。岬美貴さんのことですよね。とにかく、どうぞ、上がってください」

私は礼を述べた。

「それで、岬さん本人は？」

「それなんですけれど、川口君から、聞いてませんか？　彼女、もう五日も戻ってこないんですよ」

靴を脱ぎかけていた上半身を起こし、私は藤岡の顔を見つめた。

「その間、何の連絡もないんですか？」

若者は、顔を曇らせた。

「いえ、一度だけメールが来たんですけれど……。それっきりなんで、心配してるんです」

「どこへ行くといったようなことも？」

その場で立ち話になった。

「いえ、誰も聞いていません」

「誰も、とは――？」

私はやりとりをしながら、彼の背後のリビングへと視線を巡らせた。玄関の真向かいにある襖《ふすま》が開け放たれているので、二十畳はありそうな広さのリビングも、その奥のキッチンも見渡せる。リビングには、三十前後ぐらいの髪の毛が長い男がひとり、テレビを観ながらフライドチキンをかじっていた。

「失礼ですが、彼女とは、どういう御関係なんですか？」

「どうって、友人ですけど……」

「ここは、その――？」

「ああ、そのことでしたら、ここはシェアハウスなんです。今は、男三人、女三人でシェアしてます」

「なるほど」と、一応うなずいた。テレビや週刊誌などで、最近は名称をよく見かけるようになったが、そういった場所を訪ねるのは初めてだった。

「彼女から来たメールというのを、見せて貰えますか？」

私の求めに、若者はすぐにうなずいた。

「いいですよ。まあ、どうぞ。とにかく上がってください」

促され、リビングへと上がった。テレビの前のソファに陣取った男が、なんとなく私のほうを見て会釈《えしゃく》する。

「美貴さんのことで、来た人ですよ。彼は桜木《さくらぎ》君」

藤岡が引き合わせようとしたが、フライドチキンをかじるのに忙しく、それ以上会話が発展しそうになかった。

藤岡は私を、キッチン寄りに置かれたダイニングテーブルへといざなった。ジーンズのポケットから携帯を取り出し、操作して差し出した。

「これなんです。でも、なんとなく文面がよそよそしくて変だし、それに、このあともいくら電話をしたって、出ないんですよ」

私は礼を言って携帯を受け取り、ディスプレイを見た。

――考えてみたいことがあるので、しばらく旅行します。

「メールは、これ一通だけですか？」

「そうです」

「あなたから彼女への電話は、どれぐらいの頻度で？」

「はい、一応、毎日。最初のうちは留守電になってて、今では電波の届かないところにあるか電源が切れてるっていう応答があるだけなんです」

私は、考えた。

「五日前の、何時頃からいないんですか？」

「さあ、それは、ちょっと……。夜の食事の時にいなくて、何だろうって思ってたら、それっきり……」

「どこへ行くのか、誰にもまったく何も告げずに出ていったんですか？」

「そうです。心配になって、他の住人たちにも確かめました。誰も、何も知りませんでした。旅行に出るような準備をしてるのを見た人もいません」

テレビの前でフライドチキンをかじっていた男が、同意を示してうなずいた。だが、話に加わろうとはせず、食べ終わったチキンの骨をぽいと袋に戻すと、

「時間なんだ。バイトに行くけれど、テレビ消すかい？」

藤岡がうなずいたのを確かめてテレビを消し、私に軽く会釈して階段へと向かう。どうやら、住人の誰もが、藤岡という青年ほどに彼女のことを心配しているわけではなさそうだった。

私は、長髪の彼を呼びとめた。

「ちょっと、きみはあまり、彼女の行方が知れないのを気にしてないようだけれど」

　桜木は、いくらか心外そうに髪を掻《か》き上げた。

「そんなことはないですけれど。美貴ちゃんって、結構ワイルドなとこがあるから、ふらっと旅行にでも行ったんじゃないかって。だって、藤岡君にそんなメールが来たわけだし」

「前にも、似たようなことがあったとか？」

「いや、それはないけれど」

「彼女がいなくなる前、何か気になるようなことはありませんでしたか？」

「いや、特にはないですよ」

「藤岡君、きみはどうです？」

「――いえ、僕も特にはそういうことはなかったですけれど」

「ごめん、ほんとにバイトに間に合わなくなるから」

　桜木が藤岡に拝《おが》む仕草をし、私に軽く頭を下げて、階段を上る。

　不満顔の藤岡が、取り残された。

「彼女は、仕事は何を？」

「アルバイトをいくつか掛け持ちしてたみたいです」

「そういった勤め先には、届け出をしてないんでしょうか？」

「――さあ、そういうことはちょっと」

「岬美貴さんは、いつからここに？」

「そろそろ三カ月ぐらいになるかな」

「田中絵里奈という名前に、心当たりは？」

「いえ、ありません」

「山名信子という名前はどうです？」

「いえ、聞いたことはないですね……。ふたりとも、美貴ちゃんの友人なんですか？」

「山名信子は、岬美貴さんと何度か携帯で通話してます。ここの固定電話にもかけてたようです」

話すうちに、頭が小さな溝を飛び越えた。騙《だま》し絵の風景が、ふっと女の横顔に見え出すように、同じ絵柄が違って見えた。

「岬美貴さんの写真はありますか？」

「ええと、ホームパーティーで撮ったのがあるから、そこに彼女も写ってると思いますけど。ちょっと待ってください」

藤岡はジーンズのポケットから携帯を出し、操作した。

「これですね。これが、美貴ちゃんですよ」

私は携帯のモニターに表示された顔を見つめ、田中絵里奈の履歴書のコピーを出した。

「これを見てください。コピーですし、顔がわかりにくいとは思いますが、どうでしょう」

長く時間はかからなかった。藤岡は困惑《こんわく》した顔を上げた。

「どういうことですか？　これは美貴ちゃんですよ」

9

「鬼束さんは、彼女とはどういう御関係なんですか？」

藤岡が訊いた。

「彼女の父親に頼まれて、行方を捜しています」

「お父さんも、彼女を心配して？」

「そのようでしたが、亡くなりました」

「亡くなったって……、なぜ？」

「多摩川の河口で、水死体で見つかった。それ以上の詳しいことは、まだわかりません」

藤岡は口をつぐみ、視線を微《かす》かに左右に揺らした。

私は相手がもう少し何か言うか待ってみてから、話を進めた。

「彼女の部屋を見せて貰いたいんですが、どこですか？」

「それならば、二階の突き当たりです」

階段は、リビングの端っこにあった。私は、案内に立とうとする藤岡を手で制した。

「あ、結構です。何かあったら、またあとでお尋ねします」

「——でも、鍵は？」

「預かっています」

とのみ告げた。嘘は、短いに越したことはない。

不得要領《ふとくようりょう》な顔でうなずく藤岡を残して、階段を上った。

二階には、短い廊下の周辺に、合計五つのドアがあった。ひとつはトイレらしく、もうひとつはドアと廊下の位置が不自然なことからして、ここをシェアハウスにする時に、大きめの部屋をふたつに分け、ドアをつけ足したのではないかと察せられた。

一番奥というのは、そのつけ足されたドアを指していた。私はポケットから開錠工具を出し、左右を素早く見回した。鍵穴に向かって屈み込み、手早く開けた。

三課で牛ヤスたちを相手にしていた時に学んだ技術だった。先輩刑事から、これもデカの心得のひとつだと言われた時には、到底、素直に受け入れることができず、どこか疚しささえ感じたものだが、今ではこうして我が身を助けている。

立ち上がり、開錠工具をポケットに戻したところで、バイトに向かう桜木がすぐ横のドアを開けて飛び出してきた。私が鍵穴の前から立ち上がったのが見えたようだが、特に関心を払うことはなかった。

ドアを開けて中に入った。廊下から見て思った通り、広さが四畳半に足りないぐらいの部屋は、縦と横の比率が変だった。窓と壁の配置もおかしく、元は一部屋だったものをふたつに切った片割れっぽい。

部屋にあるものは少なかった。洋室にカーペットを敷き、真ん中に炬燵《こたつ》が置いてあった。三段式のカラーボックスを横にして置いた上に、薄型の小さなテレビが載っていた。その隣には、小さな鏡とわずかばかりの化粧道具。ボックスの中には、数冊のファッション雑誌とコミックス。

壁にはジャニーズのなんとかいうアイドルグループのポスターとともに、風神《ふうじん》ライカのポスターが貼ってあった。私は格闘技ファンではなかったし、まして女子格闘技にはほとんど興味がなかったが、その顔やおよその経歴はテレビで見たりして知っていた。何年か前に引退したのではなかったか。

クロゼットを開け、驚いた。服の隣に並べて、ボクシングのグラブが掛かっていた。軽く服をよけてみたが、他には取りたてて気になるものは見つからなかった。

ノックの音がして、藤岡がドアを開けた。

「――何かわかりましたか？」

遠慮がちに訊く青年に、グラブを見せた。

「これは？」

「ああ、美貴ちゃんのですね。彼女、中野にあるジムに通ってるみたいです。ただの趣味だって言うんですけれど、毎朝走ってたし、食事制限もしてるし、結構、本気だと思うなあ。僕なんか、のされちゃいますよ」

「ボクシングは、ここに来る前からやってたのかな？」

藤岡は、目を輝かせた。

「やってたと思います。来た時から、毎朝走ってましたよ。ジムで訊けば、何かわかるんじゃないでしょうか？」

「そうだな」

「今から行くんですか？　それなら、僕も連れていって貰えませんか？」

私は自分の名刺を出して、藤岡に渡した。肩書はシンプルに調査員となっていて、連絡先には、携帯番号のみが書いてある。

「仕事に、誰かを連れて歩くことはないんだ。何か気づいたり思い出したりしたら、連絡をくれ。きみの連絡先も、教えておいてくれると助かる」

藤岡は私の名刺を大事そうにポケットにしまってから、メモ用紙に自分の連絡先をしたためた。

「邪魔はしないので、だめでしょうか？」

「だめだ。それよりも、ひとつ頼みがあるのだが、田中絵里奈が岬美貴として入居した時の保証人を知りたいんだ」

「それならば、管理してる会社に訊いてみますよ。係の人がいるんです。同居の女性が帰らないので、保証人に連絡を取りたいって言えば、教えてくれるかもしれません」

10

ＪＲの高架橋沿いの道だった。時間は十一時近くになっており、すでに閉まっていることも覚悟して足を運んだところ、窓に明かりがあった。

だが、磨《す》りガラスを障子のようにぼんやりと浮かび上がらせる程度の明るさで、天井灯のどこか一部だけをつけているのだと察せられた。中央線の窓明かりが、ジムの建物全体を途切れ途切れに照らして行き過ぎた。

名前が記された入り口のガラス戸に顔を寄せると、男がひとり、人気《ひとけ》のなくなったボクシングジムの床をモップで磨いていた。初老の小柄な男だった。天井灯の一角だけが灯っていたので、男の顔は陰っていた。

ドアを引くと開いた。男が私に気づいて、こちらを見た。小柄であるにもかかわらず、そうして黙っているだけで、威圧感を放つ男だった。

私は会釈し、中に入った。

「こんな時間に、申し訳ない。ちょっとよろしいでしょうか？」

「何です？」

男は、その場を動かないままで静かに訊いた。

「こちらの練習生の岬美貴さんを捜しているんです。五日前から、家に戻っていないのですが、何か御存じありませんか？」

「あなたは、どなたです？」

訊きながら近づいてきたので、私も何歩か近づいた。気配とか、雰囲気というしかないが、戸口付近でやりとりをすると、そのまま押し帰されてしまうような気がしたからだった。

「鬼束といいます。父親に頼まれて、彼女の行方を捜しています」

男は無言で私を見据《みす》えた。そうされれば、こっちだってそうする。かなり白いものが交じった短髪で、鼻には折れた痕《あと》があり、瞼《まぶた》も、形がいびつになっている。だが、みずから何も名乗らなくても、この男が元ボクサーだったことを最も雄弁に物語っているのは、相手を見据えるこの目つきだった。こういう目をした男と、拳《こぶし》でやり合おうと考える人間は愚か者だ。

「申し訳ないが、俺は何も知らない」

「失礼ですが、ここのオーナーですか？」

「一応はな。今は掃除夫だが。床にゃ、選手たちの汗が飛び散ってる。毎日綺麗にしないと、すごい臭《にお》いになる」

ぎこちない笑みを浮かべたのは、軽口《かるくち》だと示しているつもりだろう。話しながら、何か別のことを考えている。

「美貴さんから、何か連絡は？　それとも、無断でジムを休んでいるのでしょうか？」

「連絡があったよ。少し考えたいことがあるので、旅行する。そんな内容だった」

「連絡は、メールですか？」

「そうだが」

「来たのは、四日前？　それとも、五日前？　もしかして、何の連絡もないので、心配してあなたから何度か彼女の携帯に連絡してみたのではないですか？」

再び無言で見据えてくる。私は、何も言わずに待った。そうされれば、こっちだってそうするのだ。

「――なんでそう思う？」

「彼女が、三カ月前から、シェアハウスに住んでるのは御存じですか？　そこの住人のひとりに、やはり同じようなメールが来ました。だが、嘘くさいと感じて、彼女の身を案じてる。あなたは、どうです？」

男はモップを右手から左手に持ち替えたのち、結局、両手で持って体の前に立てた。

「私は、彼女を見つけ出したい。協力して貰えませんか？」

体の前のモップを、右に左に揺らし始めた。

「彼女の本当の名前は、田中絵里奈だ。だが、なぜだか三カ月前から、岬美貴と名乗って暮らすようになった」

私がそこまで告げてみると、モップがぴたりと止まった。

「それまでの住居も引き払い、仕事も辞め、アルバイトを掛け持ちしながらシェアハウスで暮らしている。なぜそうしなければならないのか、理由を知りたい。あなたは、たぶん、それを知っている。そうですね？」

「なぜ、そう思うんだ？」

「シェアハウスの住人から聞いたが、彼女はあそこに越してきた時にはすでにボクシングをやっていたようだ。彼女は元々、荻窪に住んでいた。今現在暮らすシェアハウスは、東中野だ。何らかの理由で住居を引き払わざるを得なかったが、ここでボクシングを続けるのに便利なので、東中野に越した。そう想像しました」

男は私の前を離れ、壁際にモップを立てかけた。そのまま、奥に向かって歩きつつ、

「こっちへ来てくれ」

と、私を手招きした。

建物の奥のドアを開けて天井灯をつける。中は、事務所だった。この男のための事務机の他に、応接ソファがあるだけ。壁には何人かのボクサーの写真が、額に入れて飾られていた。

私は応接ソファを勧められて坐った。男は、事務机のほうに陣取った。

「あんたの想像は、当たっている。絵里奈は確かに、ここに通いやすい場所をと願って、今の所に越したようだ。元々、荻窪から上りの電車に乗るたびに、ここの看板を車内から見てたらしい。ある日、思い切って、やって来た。そう言ってた」

「来たのは、いつです？」

「二年ちょっと前さ。体を鍛《きた》えることには、元々、興味があったらしい。最初から

走り込みができていたし、必要な筋肉もついていた。それに、何より、あいつは気持ちが強い。ボクサー向きさ。六戦やって、三勝三敗のタイだが、うちふたつはKOだ。ものになるかどうかはまだわからんが、俺は期待してる」

口を開きかける私を手で制し、男は言葉を継いだ。

「そういう話ならば、聞かせることができる。だが、あんたが知りたいようなことは、俺は何も話せない。逆に訊きたいが、三カ月前に絵里奈が住居を替わったり、偽《にせ》の名前を名乗るようになったことと、今、あいつが行方知れずになっているかもしれないこととは、どう関係してるんだ？」

「どう関係してるかは、わからない。だが、関係しているのは確かだと思う。そろそろ、名前を訊いてもいいですか？」

「ああ、失礼してしまった。貝原《かいばら》です。貝原博《ひろし》」

「三カ月前に起こったことについては、何も知らないのか、それとも、話す気がないのか、どっちです？」

「知らないんだ。本当さ。だが、あいつから、こう頼まれた。もしもここに、田中絵里奈という女を知らないかと訪ねてくるおかしな人間がいたら、そんな人間は知らないと突っぱねてくれとな。十一時近い真夜中に、こうしていきなり訪ねてきたあなたは、それに当たる」

「その通りだな」

私は、苦笑した。

ソファで体の位置を直し、貝原と正対した。

「田中絵里奈の父親が亡くなったことは、知ってますか？」

「――いや、知らない。何があったんだ？」

「多摩川の河口で、水死体で見つかった。一昨日のことです。事故なのか、事件なのか、まだわからない」

貝原は黙って考えた。こうして何かを考える時には、自分には何ができるのか、何ができないのかを、余計な回り道をせずに考える類の男に見えた。

「質問に答える前に、俺からもひとつ訊きたい。絵里奈を見つけ出したら、どうするんだ？」

「手を差し伸べる必要があるなら差し伸べるし、トラブルを終わらせる必要があれば、終わらせる。そして、元の日常に戻れるようにする」

私は話しながら、名刺を差し出した。

貝原はそれを受け取ったが、ちらっと見ただけで机に置いた。こんなものに何の意味がある、と言いたげな態度だった。

「なぜそうするんだ？」

「仕事だ」

「依頼人というのか。それはもう、死んだんだろ？」

絵里奈の父が依頼人というわけじゃないと説明するのは、面倒だからやめた。

「トラブルを解決すれば、金はどこかから入るものさ」

「――」

貝原は、黙って私を見つめた。何を言いたいのか、わかった。金というものは、天から降ってくるみたいにして容易《たやす》く手に入るものじゃないぜ。

だが、にやっとして、別のことを言った。

「多くのことは答えられないと思うが、何を訊きたいんだ？」

「名を偽る前の彼女の生活について、何か知っていることは？」

「ない。ほとんどない。ほんとだ。この歳《とし》になると、若い女にそういうことを尋ねるのは、億劫になる。ただ、いいファイターならばつきあうだけだ。それでも選手との間には、気持ちの結びつきができるもんだ。――それに、あの子は、自分のことを喋りたがらなかった」

「ジムに入会する時、履歴書は？」

「一応、提出して貰ってる」

「見せてくれるか？」

個人情報を盾《たて》に拒まれるかと思ったが、貝原は事務机に立ったファイルを出してめくり、中から田中絵里奈の履歴書を抜き出してくれた。

私は机の前に移動し、礼を言って受け取った。

父親の欄には「田中修平《しゅうへい》」とあり、保証人もこの男が兼ねていた。母親の欄は空白だった。私は貝原に断ってメモを取った。田中の住所は、横浜市の港北区にある慈慧寺《じけいじ》という寺だった。住職なのか。

「この田中修平という男が、水死体で見つかったわけか？」

「いや、彼は義理の父親だ。ほんとの父親は、長いこと刑務所にいた。何か聞いてなかったか？」

「いや、初めてだ」

「母親については、どうだ？」

「父親以外の男と暮らしていて、もう長いこと会ってない。確かそんなふうに言ってたことがあった」

勤め先には、「東洋技研」の名前があった。

「勤務先について、何か聞いてることは？」

「いや、特にはないな」

「山名信子という名前に聞き覚えは？」

「ない。誰なんだ、それは？」

「彼女をこの東洋技研に紹介してくれた友人だ。昔からの知り合いだったそうだ。彼女は、二週間前に自殺した」

「あいつの周りに、自殺した人間がひとりと、水死した人間がひとりか。――ただ偶然、悪いことが重なっただけなのか？」

「水死した父親の持ち物の中には、山名信子の自殺を伝える新聞記事があった」

「……」

「どんなことでもいい。絵里奈の行動や口にした言葉で、何か気になったことはないか？」

「ない……。すまない」

「男につきまとわれていた、というようなことは？」

「いや、ないと思う。毎日、ここに通ってた。もしあったとすれば、なんとなくわかるはずだろ」

「たぶんな」

「何か知らないか、ジムの若い連中に訊いておこう」

私は感謝の言葉を述べた。

11

新宿通りの楽器店は、もう当然閉まっていた。終電間近の電車を目指して駅へと急ぐ人波に逆らって歩いていた私は、暗い店内に並ぶ楽器をちらっと横目にした。

この楽器店の前を通るたびに、胸によぎる小さな望みがあった。電子ピアノを購入し、自宅でコツコツと練習してみたい。小学校で縦笛を吹いて以来、いかなる楽器にも触ったことなどなかった男の新しい趣味として、それはちょっとしたものではなかろうか。

しかし、そう気楽に考えたそのすぐあとには、そんなことをしても過去の傷を再びえぐり出すだけだといった辛気臭《しんきくさ》い思いが浮かび、深刻に考え始める堂々巡りが、ここ数カ月続いていた。

楽器など練習すれば、死んだ妻のことを思い出すにちがいないと思えてならないのだ。死んだ妻は、歌い手だった。そして、彼女が妻になるはるか以前から、私の人生に於ける大切な時間はずっと、この女のために存在していた。愚かな女だった。おのれの苦悩から逃れられずに、死んでしまった女だった。今なお、それが不憫《ふびん》でならなかった。

行方の知れない田中絵里奈という女のために、今日、自分は本当に充分なことをしたのかどうかを考えた。

明治通りを渡り、酔客《すいきゃく》たちが騒ぐメイン通り以外は夜の闇《やみ》が濃く立ちこめる一角に足を踏み入れた辺《あた》りで携帯が鳴った。

幸田幸男からだったが、電話の内容は、期待したようなものではなかった。

「今夜中にはできないね。どんなシチュエーションだったのかわからないけれど、あっちこっちデータがぱあになっちまってる」

「わざとやったんだろうさ」

「とにかく、こういうのを復元するのが、俺の楽しみなんだ。でき次第、また連絡を入れるから待っててくれ」

よろしく頼む、と言って電話を切った。

自宅が近づいた頃にまた携帯が鳴り、モニターを見ると、馴染《なじ》みのない携帯番号が表示されていた。通話ボタンを押して、耳元へ運んだ。

「夜分にすみません。今日お会いした藤岡です。夜のバイトが終わるのがこの時間で、今まで電話をすることができなくて……。御迷惑だったですか……」

若者は、早口で告げた。

「構わないさ。今、自宅への帰り道だ」

「ありがとうございます。美貴ちゃんの保証人がわかりましたよ。田中修平という人で、間柄は彼女の祖父だそうです」

「祖父なのか？」

「ええ、それが何か？　横浜市にある慈慧寺という寺の住職だそうです」

念のために住所を聞いて確かめた。田中絵里奈がボクシングジムの履歴書に書いた、おそらくは義父らしき男と同一人物にちがいない。一度、話を聞く必要があるだろう。

「それで、美貴ちゃんのことで、何かわかりましたか？」

「すまない。まだだ」

私が答えると、明らかに落胆《らくたん》した雰囲気が伝わってきた。

12

翌朝八時過ぎ、幸田幸男の仕事場兼自宅を再び訪ねた。朝起きて携帯をチェックすると、データの一部を修復して取り出せたとの伝言が、メールで届いていたためだった。メールの到着時刻は、早朝の五時前。さすがに私も、ぐっすり眠っていた頃だった。

入り口のドアをノックすると、何の返事もなかったが、中から地鳴りのような鼾《いびき》が聞こえた。

試しにノブに手をかけると回ったので、「開けるぞ」と断ってドアを開けた。

部屋は明かりが消え、ブラインドの隙間《すきま》から入り込む冬の外光で、すべてがぼんやりとした影の中に沈んでいた。壁際に置かれた長椅子に横たわる幸男のアンバランスな肉体が、宝物を守る伝説の野獣のように感じさせた。

「おい、伝言を聞いて来たぞ」

私は、遠慮がちに声をかけた。おそらくは私への誠意からではなく、修復作業そのものに夢中になったためではあろうが、明け方まで、不眠不休で取り組んでくれたにちがいない。

深い眠りの底から引き戻すため、肩に手をかけて軽く揺さぶると、幸男はいきなり目を開けた。

怖い夢を見た子供が親にすがるような顔で私を凝視してから、はっとし、辺りをきょろきょろした。髪が額《ひたい》にべったりと張りつくほどの寝汗をかいており、眠りから覚《さ》めたばかりの人間とは思えない緊張の只中にあった。

この男は時折こんなふうにして、自分にも他人にも修復が難しい何かを、心のどこか奥底に溜《た》め込んでいることをうかがわせるのだ。だが、その正体を決して明かそうとはしなかった。

「ああ、あんたか。――待ってたぜ」

　幸男はどこかきまり悪そうに言うと、陸に上がったトドのような動きで両足を長椅子から下ろした。両手で顔をごしごしやり、ソファの足元に置いてあったウーロン茶のペットボトルを取り上げて喉《のど》を鳴らした。

「ちょっと待っててくれ」

　トイレに入り、洗面所に移り、戻ってきた。

「メールデータの一部が修復できたが、その中に気になるものがあった。二週間ちょっと前に受信したものだから、あんたが言ってた時期とも合う」

　早速そう話し出すと、作業デスクのパソコンを操作したが、途中で手を休め、顔を私のほうに戻した。

「鬼さんは、ワンダーランド企画って知ってるのか？」

「いや、知らない」

「メールの差出人がそこの男だったんで、検索してみたら、すぐにヒットした。アダルトビデオの制作会社だ。差出人は、辻和雄《つじかずお》ってやつだった」

「――？」

「まずは、これを見て貰ったほうがいいだろ。まだ、ほとんどが文字化けのままだが、生き返った部分のやりとりを読むと、どうやらこのワンダーランド企画ってとこが、山名信子にかなり強引に迫り、彼女のビデオを撮影したらしい」

「そんなことが……」

幸男は、私のほうへパソコンのモニターを向けた。

「復元できたメールが、順に並んでる。疑うなら、読んでみなよ。女が辻って野郎にビデオの販売差し止めを懇願《こんがん》して、相手にもされず、最後には逆に違約金を請求されてる」

私は幸男の隣に屈み、マウスでスクロールしながらメールを読み出した。

確かに大概《たいがい》は文字化けしてしまっていて、細かいやりとりまではわからなかった。だが、出てくる言葉をつないで想像する事態は、明らかに幸男が言ったようなことだった。

辻が山名信子に請求した額は、三百万。信子が田所にすがって借りようとした額と一致する。これが、彼女が、勤め先のビルから身を投げて死んだ直接の原因なのか。

それにしても、いったいどういう成り行きなのだ……。

「気になるものというのは、これだけなのか？」

「いや、もうひとつあるのさ。二週間ほど前のメールに添付されてたファイルだ。

運がよかった。こっちのほうがむしろ、メールよりもきちんと復元できた。見てくれ」

幸男がマウスを操作した。復元したメールの一覧をいったん閉じ、モニター上に保存してあったファイルをクリックして開ける。

目の前に現れた画像を見て、私は息を呑《の》んだ。全裸の女だった。陰部は写っていないが、何ひとつ身に着けておらず、胸のピンク色の突起は、完全に露《あらわ》になっている。

山名信子だ。

「この写真も、ワンダーランド企画の辻という男からのメールに添付されていたのか？」

「そうだよ。な、すぐに見せたかったわけがわかったろ」

「ワンダーランド企画の場所は、わかるか？」

「六本木《ろっぽんぎ》だ。これが住所さ」

幸男がメモを差し出し、私は礼を言って受け取った。

謝礼を支払い、領収書を貰った。その間、なんとなくそわそわしていた幸男は、私が財布をポケットに戻して腰を上げようとすると、照れ臭そうに口を開いた。

「なあ、この写真って、アダルトビデオのカバーだよな。このポーズは、絶対そうだ。もしもだけれど……、一本手に入ったら、くれないか？」

私が黙って睨《にら》むと、幸男はあたふたと横を向いた。

「冗談さ……、冗談だよ……。冗談を言ってみただけじゃないか」

「言うのを忘れてたかもしれんが、この女は、自殺した。様々なことが起こって、追いつめられた結果だろう。それを知っても、この女が出てるビデオを観てみたいか？」

幸男は真剣な顔で私を見つめ返して、首を振った。

「俺はそんな、ひどいやつじゃねえよ。今の望みは、聞かなかったことにしてくれ」

だが、観たいという欲求を捨てられずにいるのが見て取れた。

13

六本木の裏道、バブルの頃にはワンレン、ボディコンの女が大挙《たいきょ》して踊りまくっていた通りの果てに、芸能人や文化人がよく利用すると評判のラブホが今なお健在だった。そのラブホの角を曲がった先にある雑居ビルの陰に身を潜《ひそ》め、私は一時間以上待った。

狭いロビーに並んだ郵便ポストには、ワンダーランド企画の名前はなかったが、該当する部屋を訪ねたところ、ドアにはまった磨りガラスにそう印字されていた。だが、磨りガラスの向こうは暗くて人の気配がなく、試しにノックしてみたが答えがなかった。仕事の質からして、朝は遅いのだろう。それに、到底、タチのいい連中とは思えない。

ビルの隙間に身を隠し、コートのポケットに入れておいたカレーパンと焼きそばパンを食べると、なんとなく懐《なつ》かしい気分になった。デカだった頃の張り込みを思い出したのだから、馬鹿馬鹿しい話だ。

十一時が近づき、住居用と事務所用の用途が入り混じった雑居ビルが多く立つ路地に人通りが増えた頃、一台の白いワンボックスカーが走ってきて、私が注意を払うビルの正面に停《と》まった。

運転席と助手席から男が降り立つと、ふたりとも車の背後に回り、荷台から撮影や音響の機材らしきものを下ろし始めた。

運転席から降りたほうは、金髪に鼻ピアスで、これは二十代の半ばぐらい。もうひとりは、助手席から降りるのにさえ一苦労したほどに肥《こ》えた色白の男で、年齢の判断がしにくかった。たぶん三十代のどこかだろう。

太った男が下ろした機材の横で待ち、金髪が車の運転席に戻ると、路地の少し先にあるコインパーキングに車を入れて戻った。ふたりして機材を抱え、ビルの中へと入っていった。

しばらくすると、ワンダーランド企画の部屋の窓ガラスが明るくなった。私は雑居ビルへと歩いた。

エレベーターで上がり、ワンダーランド企画があるのとは逆側の廊下を見た。どのドアも磨りガラスがはまっていたので、中に明かりがあるかどうかがわかる。

さほど長くはない廊下にある部屋は全部で六つ。今、磨りガラスが光で浮かんでいるのは、ふたつだけ。うちのひとつは、エレベーターのすぐ横で、もうひとつは反対奥の部屋だった。ワンダーランド企画の両側の部屋は、ともに暗い。

私はワンダーランド企画の前に立って、ノブを回した。鍵がかかっていなかったので、ドアを引き開けた。

無造作に部屋に入ってきた私を見て、ふたりは目を丸くした。肥えた白豚のほうは壁際のスチール棚に機材を入れているところで、金髪の若造は、部屋の真ん中にあるスチール椅子に馬乗りで坐っていた。

ドアを後ろ手に閉めて、鍵をかけた。若造に近づくと、右手の拳で頰骨を殴《なぐ》りつけた。

いきなりそんなことをされた人間の常で、金髪はどこか間の抜けた顔で床に倒れ

た。見る間に盛りのついた猿のように顔を歪《ゆが》め、

「何だ、てめえは⁉」

と喚《わめ》いたが、腹を踏みつけると妙な濁音《だくおん》を口から漏らし、体をくの字に折って静かになった。

「何なんですか、あなたは……」

スチール棚の前から呆然《ぼうぜん》とこちらを見つめる白豚に近づくと、かすれ声で訊いてきた。

「山名信子の件で来た。知ってるな?」

無駄なことは言わなかった。あまたの前置きを要求される刑事だった頃とは、大違いだ。

白豚は、床にうずくまる若造と顔を見合わせた。何を言われたのかわからない人間の表情ではなかった。

「辻ってのは、どいつだ?」

デブが、床の上で呻《うめ》きつづける若造を見た。

私は若造のところに戻り、スプレーで逆立てた金髪を摑《つか》み上げた。

「山名信子を脅したのは、おまえだな」

顔をそむけ、苦しげに呼吸を続ける若者の鼻ピアスをつまんで引っ張った。皮膚

の伸びる嫌な感覚があり、力をいくらか加減したが、痛みと恐怖を与えるには充分だった。若造の呻く声に、怯《おび》えの色が濃くなった。

辻という男は、遠目には二十五、六ぐらいに見えたが、こうして間近にすると、二十歳《はたち》前後、もしかしたら、まだ十代かもしれなかった。

別段、未成年だろうと二十五、六だろうと、卑劣《ひれつ》なことをするやつには鉄槌《てっつい》を下せばいいのだが、歳が若ければ若いほど、何か違う道はなかったのかと考えてしまう。馬鹿馬鹿しいことに、私はそんな類の人間だった。

「俺の質問に、正直に答えろ。答えいかんじゃ、ここの屋上に連れていき、山名信子と同じことをして貰う」

だが、それとこれとは話が別だ。冷たく吐《は》きつけると、辻のみならず、スチール棚の前で縮み上がっている白豚までが青くなった。

「あんた、誰なんだ……?」

つぶやくような声で訊いてくる肥えた男に、私は軽く微笑んだ。こういうシチュエーションでは、それだけで充分なのだから不思議だ。

「三百万は、何の金だ?」

辻は、苦しげにまばたきした。

「それは、名越《なごし》さんに言われて」

　今度は、金髪がデブを目で指した。美しい押しつけ合いだ。私が黙って見つめると、デブの名越は首を傾《かし》げて愛想《あいそ》笑いを浮かべた。

「何の金だ、と訊いてるんだ」

「違約金というか……」

「何のだ？」

「だから、つまり……、契約違反ですよ……。山名信子は、ビデオへの出演を承諾したんだ。契約書にサインしたんです。それなのに、あとになって、なかったことにしてくれと言ってきた……。それなら、違約金を払ってくれ。そう申し出ても当然だ……。そうでしょ？」

「元々、どうやってサインさせたんだ？」

「無理やりさせたわけじゃない」

「山名信子はシングルマザーで、理不尽な上司がいる会社に必死でしがみつき、懸命に子供を育てていた。そんな母親が、どうしてアダルトに出る気になったんだ。納得のいく説明をしてみろ」

「――あんた、いったい何なんだ？」

　名越の目つきが変わった。逃げ道を探すか、凄むか、自分でもどちらとも決めかねている。

「余計なことに首を突っ込むと、痛い目に遭《あ》うぞ。うちだって、それなりのバックがついてるん――」

最後まで言わせず、たるんだ頰にびんたを食らわせた。両手で頭を庇《かば》うデブを続けざまに叩いていると、最後は膝を折り、半泣きで許しを求めた。

「はっきり答えろ。騙《だま》してサインさせたんだな」

名越は、首を激しく左右に振った。

「俺たちは何も知らない。社長に訊いてくれ。女には、充分に言い含めてあるってことだった。契約書だって、女自身がサインしたものだった。そもそも、あの女は、社長の昔の女だったんだ」

「出任せを言うな」

「ほんとだ。だから、社長に訊いてくれって」

「社長の名は？」

「漆原智古《うるしばらともひさ》」

なるほど、つながってきた。結局、その男が元凶らしい。

「漆原の住所は？」

「西池袋」

「おまえの名刺の裏に書いて渡せ」

命じられた通り、名刺入れから名刺を出し、その裏に書いて差し出した。

「ここに、マナミっていう女優と一緒に住んでる」

私が無言でいると、

「俺たちの作品に出てる女優だ」

と、もう一歩詳しく説明した。こういう類の男が「作品」と口にする時、何を思っているのか疑問に思ったが、かといって確かめたいとは思わない。

「山名信子を撮影したビデオは、どこだ？　もう、商品として製作済みなのか？」

「まだだよ……」

腕を振り上げる素振《そぶ》りをすると、名越は両手で頭を庇った。

「山名信子は亡くなる前、自分のヌード写真が添付されたメールを受け取ってる。そこの若造が送り主だ。彼女は、喜んでヌード写真だけ撮らせたのか？　おまえらの手口は、わかってる。いい加減な話を聞かされて契約書にサインしてしまった女を連れ込み、強引にビデオを撮影し、そこからはアリ地獄さ。そうだろ？　ビデオはどこだ？」

「倉庫です……」

「場所は？」

「加平《かへい》」

「足立《あだち》区の加平だな？」

「そうです……」

「倉庫の鍵は？」

「ナンバー式のロックキーです……」

「おまえもナンバーを知ってるのか？」

「はい……」

私は、しばらく黙ってふたりを見渡した。

「じゃ、次の質問だ。田中絵里奈はどこだ？」

デブと金髪が、また顔を見合わせた。私は、がっかりした。先程と違い、何も心当たりがない人間の表情をしていた。上手い演技ができる連中ではないことは、もうわかっている。

「誰ですか、それは……？」

「もう少し痛い目に遭いたいらしいな」

一応脅してみたが、反応が変わることはなく、ふたりしてそんな女は知らない、ほんとだ、信じてくれと言い募《つの》るだけだった。くそ、この線は、空振りか……。

「漆原智古のことを話せ。何をしてきた男だ？」

「俺も、よくは知らないんです」

「知ってることを話せよ」

私は椅子を引きずって真正面に坐った。

名越は居心地が悪そうにまばたきを始めた。

「一般映画の脚本をいくつか書いたことがあるとか言ってたけど、具体的な作品名を聞いたことはないし、たぶん眉唾《まゆつば》だと思います。今でも暇《ひま》を見つけては脚本を書き溜めてるなんて言ってますが、どうせ嘘ですよ。勅使河原《てしがわら》や寺山《てらやま》を論じたり、自分も若松《わかまつ》さんのようになりたいのだと言ってみたり、酔ってくると威勢のいいことを言い出すんだ。でも、誰も真剣には聞いてません。もともとこの事務所は、何年か前に、別の人間が立ち上げたものだったらしいです。けれど、その社長が末期癌《がん》だってことがわかり、事務所を畳《たた》むことにしたんです。あとどれぐらい生きられるのかわからないのに、やってる仕事じゃないでしょ。でも、その先の生活が不安だしどうしようって迷ってたら、漆原さんがぽんとまとまった金を渡して、事務所を引き継いだそうです」

「漆原は、金持ちなのか？」

「実家が、かなり裕福だと言ってたな。それに、お袋さんが、何とかっていう有名な占い師らしいです。——つまり、いい歳こいて、脛《すね》かじりなんですよ」

「いくつなんだ？」

「三十五。たぶん、そうです」

「占い師をしてる母親の名は？」

「さあ、それは覚えてないなあ……。ただ、池袋の占い館みたいなところにブースを持ってて、結構、人気らしいけど」

「おまえは、いつからここで働いてるんだ？」

「俺も辻も、まだ一年ちょっとです。漆原さんは、人がいつかないってこぼしてるけど、そりゃあそうですよ。な、あんな社長じゃ」

名越は、床に横たわる辻に同意を求めた。辻はもう体の痛みは大分落ち着いたようだが、私の注意を引きたくないと思っているらしく、横たわったままでじっとしている。

名越が続けた。

「俺は、元々は役者志望だったんですが、甲状腺の異常とかでこういう体形になっちゃって。どっか、スタッフとして潜り込める、もっとちゃんとしたところはないかと探したんですけど、なかなかなくて。でも、もう潮時《しおどき》かなって……。俺、ほんとにもう見切りをつけて、辞めようと思ってたんですよ。さっきの話だけれど、漆原さんって、普段はおとなしくて、どこか自信なさげにも見えるのに、切れるとひどいんです。信子って女の件だって、ほんとにあの人がごり押ししたんだ。あの人、今、焦《あせ》って、いきり立ってるんですよ。川崎にクラブを開けたんだけれどうまくいかなくて、ちょっと前に閉めたんです。その借金も残ってるみたいで、今度は母親に泣きついても、どうにもならなかったんじゃないのかな。最近、明らかにいらいらしてるし、何かにつけては八《や》つ当たりするしで、なんだかつきあいづらいんだ。それで、今度のことでしょ。もう、ほんとに、潮時だなって……」

「なんで川崎に開けたんだ？」

「さあ、知りませんよ」

名越は、ちらちらと私の顔を盗み見た。

「ねえ、だから、警察沙汰《ざた》は何とか勘弁してくれませんか。俺たちはほんとに、漆原さんに言われてやっただけなんです」

私はスチール棚に置いてあったガムテープを取り上げると、辻のところへと引き返し、うつ伏せになれと命じた。

素直に従う金髪の若造の両手を背中で貼り合わせたのち、両足もひとつに貼りつけ、最後に仰向《あおむ》けにひっくり返して両目と唇にテープを貼った。

ポケットを探り、さっき、表のパーキングに駐めた車のキーを抜き出した。

「おまえ、車の運転はできるのか？」

名越は、おどおどとうなずいた。

「ええ、一応は――」

「車で行くぞ」

「漆原さんのところへ行くんですか?」

「加平だ」

14

産業道路沿いの倉庫だった。都心よりもずっと車の走行量は少なく、たっぷりと広い駐車場に駐まる車もなかった。周囲はかなり畑が多く、冬の乾いた土が、冷たい風に時おり吹き上げられていた。

私は名越に命じ、出入り口に一番近いところに白いワンボックスカーを駐車した。

名越を促し、建物の側面にある搬入口から中に入ると、廊下の両側に金属のドアが並んでいた。そのドアの横の壁には、搬入口にあったのと同じ、暗証番号を入力する方式のキーロックがついていた。空調システムだけが新たな空気を供給する場所に特有の、不自然に乾いてどこか機械臭い匂いがした。

右側の三番めのドアの前に立ち、名越がキーロックを解除した。

ドアを押すと、隙間から、冷えた空気が流れ出てきた。

中に入った瞬間、暗がりで何かが動くのが見えた。ドアのすぐ横にあるスイッチを押し上げ、私は息を吞んだ。

反射的に名越を睨みつけると、デブは私と同様の唖然《あぜん》とした表情でこちらを見つめ返し、それから、はっとした様子で首を激しく振った。

「違う……。俺は何も知りませんでした。ほんとだ――」

そこは、六畳をふたつつなげたぐらいの縦長の部屋だった。

男の視覚的要望を満足させるＤＶＤが所狭しとラックに並べられたり押し込まれたり、段ボールに突っ込まれたままで床に置きっぱなしになっている部屋の一番奥に、手を背中で縛られ、両足をひとつに括《くく》られ、猿ぐつわをかまされたショートヘアーの娘が転がっていた。

女はタートルネックの黒いセーターを着ていたが、下は下着しか身に着けていなかった。

ドアを開けた私たちを睨みつける目が、驚くほどに鋭かった。

そのことに、逆にわずかにほっとした。目の前のこの娘の中には、まだ完全に折れ切ってはいない心がある。どんな時でも、そして状況が困難であればあるほど、大事なのはそんな心の強さなのだ。

名越を部屋の片隅に押しやってドアを閉めると、私は彼女のもとへと駆け寄った。

娘は私がコートを脱ぎ、体にかけてやるまではおとなしくしていたが、抱え起こそうとすると明らかな敵意と憎しみを込めて暴れ始めた。私は、素早く猿ぐつわを外した。

「田中絵里奈さんだね？」

フルネームで呼びかけると暴れるのをやめ、肩だけを上下に激しく動かし続けた。

「――あんた、誰？」

かすれ声で、訊いてきた。睨みつける目は木の葉形の二重で、鼻も唇も形よく整っている。美しい女だ。だが、左目と頬に青痣《あおあざ》があり、唇の端の傷は、まだ瘡蓋《かさぶた》のままで治りきっていなかった。

「鬼束という。親父さんに頼まれて、きみのことを捜してた」

「父さんに……」

「俺は、牛ヤスの古い知り合いだ」

わざと牛沼康男のことをあだ名で呼んでみると、わずかに緊張が緩むのがわかった。

「おい、彼女の衣服を探せ」

私はデブに命じた。

「あすこだ……。あそこにあります」

棚の片隅に、黄土色《おうどいろ》のハーフコートとジーンズが、丸めて無造作に突っ込んであった。

私はそれらを持って戻った。絵里奈を坐らせ、背中で両手をひとつに括っている縄をほどきにかかった。堅い結び目をとく間に、体の震えが伝わってきて、新たな怒りに襲われた。

「我慢してくれよ。すぐにほどくからな」

何か言う必要を感じ、虚《むな》しい慰《なぐさ》めを口にした。絵里奈は、荒い呼吸を繰り返していた。呼吸を整え、みずからを何とか落ち着かせようとしているらしい。

「よし、ほどけ――」

告げる途中で、私の腕の中から、野生動物が一匹逃げ出した。

あっという間にデブに迫り、だらっと無気力に立っていた相手が一瞬ひるんだ時にはもう、素足の爪先《つまさき》がその腹に飛び込んでいた。妙な声を上げて体を折るデブのこめかみを狙い、娘の拳が炸裂《さくれつ》した。

名越がふらついて尻もちをつく。目の奥に、無数の星が飛び回っているはずだ。

白目を剝《む》いてぐらっとすると、滑稽《こっけい》なぐらいに見事に気を失って倒れた。

私は一瞬あっけにとられたあと、しばらく愉快な気分でなりゆきを見ていた。それにおそらく、心のどこかでは、娘の白い下着から出た見事な脚や、こめかみを狙った凄いパンチに魅了されていたのだと思う。脚も腕も美しい筋肉で張りつめ、白豚のような男に強烈な攻撃を加えた時には、それが鞭《むち》のようにしなやかにしなった。

だが、ついにはとめに入る必要を感じた。床に横たわったデブは完全に伸びていたが、娘はまだ攻撃をやめなかった。

「よせ、もう充分だろ」

「ほっといて。こんな連中に、充分なんてことはないわ。こいつら……、私の友達を殺したのよ。こいつらがインチキなことをして追いつめたから、彼女は自殺したんだわ」

「山名信子のことを言ってるんだな。彼女の母親にも会ってきた。俺が力になれる。だから、まずは落ち着いてくれ」

絵里奈は私を睨んできた。

「誰の手助けも要らないわ。私が自分で片をつける」

「俺は、親父にあんたのことを頼まれてる」

「親父の手助けなんか要らない。あの男にそう伝えて」

私は娘の顔を見つめ返した。

しまった、と思った時には、もう何かが伝わってしまっていた。娘は微かに首を傾げた。その目はその先を問いたがっていたが、唇は固く閉じられていた。

私はあわてず、じっと娘の顔に目を据えた。あとは、待つしかできなかった。

「――父さんに、何かあったの？」

「多摩川の河口で、水死体で見つかった。事故なのかどうか、警察はまだ何とも結論を出せずにいるようだ」

「事故なんかじゃない！　あいつがやったに決まってるわ」

「あいつって、誰だ？」

「それは、いつのことなの？　父さんは、いつ死んだの？」

こちらの問いへの答えを拒むために訊いてきたのだとわかったが、私よりも娘の気迫が勝《まさ》っていた。

「三日前だ。あいつって、誰だ？　漆原智古のことか？」

名前を出して訊くと、娘の表情が動いた。何か応えかけたのだと思う。だが、聞けなかった。背後のドアが開くほうが早かった。

振り向いた私の前に、八〇年代のサーファーがそのまま生き残ったような男が現れた。茶髪のサーファー・カット、茶色に日焼けした皮膚と、陶器のように白い前歯。この季節でなかったならば、アロハを着て、バミューダにゴムサンダルで街を闊歩《かっぽ》したいのではないか。

「絵里奈、飯とトイレの時間だぞ――」

ゆったりとした表情で現れ、そんなふうに言いかけたが、尻切れトンボに途切れさせた。

「おまえ、誰だ――？　絵里奈、てめえ、何してる……？」

戸惑《とまど》いをにじませる男に向かい、娘が大声で何か喚きながら突進した。

しかし、男は手にした紙袋を投げつけると、間一髪《かんいっぱつ》でドアを閉めた。彼女が手で払いのけた紙袋から、調理パンがいくつか転がり出た。

娘がドアに肩からぶつかり、押し開けて廊下《ろうか》に飛び出した。

私はあわててあとを追った。出口を目指して走る絵里奈の後ろ姿は精悍《せいかん》で、廊下の先のドアから表へ逃げ出そうとする男に、間一髪で追いついた。男の髪を摑んで、引きずり戻す。

だが、男は絵里奈の手を払いのけると、振り向きざまに娘の顔を狙って殴ってきた。娘は上半身をゆらして軌道を避《さ》け、さらには二の腕でみずからを庇ったが、拳が肩に当たってよろめいた。

男は、バランスを崩した彼女を両手で押しのけた。隙間からするりと表へ逃げ出し、体重を乗せてドアを閉めにかかった。

娘と私の眼前でドアが閉まり、私がノブに手を伸ばした。だが、回らなかった。くそ、表からロックしたのだ。いや、自動ロック式かもしれない。ドア横の壁には、内側にもキーロックの操作盤があった。

「ちきしょう、開けろ！　開けろ！」

絵里奈が喚いた。素足でドアを蹴飛ばし、金属製のドアが大きな音を立てて鳴った。

その向こうから、車の走り去るエンジン音が聞こえてきた。

「よせ。足を傷《いた》めるぞ」

私が娘をとめた時、

「あんたら、何をしてるんだ？」

背後から、声がした。

振り返ると、その声の感じと同じ、どこかのんびりした雰囲気の男が立っていた。年格好《かっこう》は私と同じだが、頭が綺麗に禿げあがり、額がてかてか光っている。

もっと何か言いかけたようだが、両目をぱちくりと瞬《また》かせると、視線を絵里奈の顔からタートルネックの胸へ、さらには加速度をつけて下半身へと移動させた。

「あれが漆原か?」

元の部屋に戻ると、絵里奈がジーンズを穿き、コートを着るのを待って問いかけた。

「今、その話をしないとダメなの?」

娘は顔をそむけた。ショートヘアーを、しきりと掌《てのひら》で撫《な》でつけていた。

「漆原なんだな?」

「そうよ。あいつ、仲間を連れて戻ってくるかもしれない。その前に、運び出したいものがあるの。手を貸して」

私の答えを待たず、床に重ねて置かれた段ボール箱に歩み寄った。そして、箱の蓋《ふた》を順に開けては中を確かめて回った。該当する箱は全部で、六つあった。

私は箱のひとつに近づき、中のDVDを一枚抜き出した。カバージャケットには、山名信子のヌード写真が様々に組み合わされ、えげつないタイトルや煽《あお》りの文句が添えられていた。一番大きく扱われているのは、辻が信子へ送りつけたあの写真だった。

「あなた、車で来たんでしょ? 積める?」

「ああ、全部積めるさ」

私は、箱をふたつ重ねて持ち上げた。もっと持てたが、それ以上重ねると前が見えない。

「俺がやるから、きみはいい」と言うのを無視し、絵里奈も箱をふたつ重ねて持った。

私たちは表に出て、すぐ傍に停めてある白いワンボックスカーの荷台に載せた。

「信子さんが自殺したので、しばらく発売を見合わせたのよ。ほとぼりが冷めた頃を見計らって出すと言ってた」

「山名信子を撮影したＤＶＤは、ここにあるので全部と考えていいのか？」

「パッケージは、これで全部。でも、マスターを漆原が持ってると思う。それを確かめなくっちゃ」

そこまで話した時、急に言葉に詰まって唇を嚙《か》んだ。

絵里奈の顔に、女らしいためらいと恥じらいがよぎったことで、私は彼女の身に起こったことを察した。

「きみも撮られたのか？」

唇を嚙み締め、きっと睨んできた。

「俺がすべて処分する。心配するな」

「あなたが……？　なんで？」

「山名信子には、残された娘と母親がいる。俺は、ふたりに会ってきた。こんなもの、世の中に存在しなくなったほうがいい。きみのだって、そうだ」

絵里奈が私を見つめた。値踏《ねぶ》みされているのがわかる。それを隠すつもりもない目つきだった。

「対応を考えるのに必要だから、正直に答えてくれ。ビデオを撮影される以上のことまで、されたのか？」

最も苦手なシチュエーションだった。もっとソフトな訊き方があるのだろうが、そういうことが、私にはできない。

娘は、顔を歪《ゆが》めてうつむいた。

「とにかく、ここにある信子さんのＤＶＤは全部処分しちゃいたいの。どっかで燃やしたいのよ。つきあってくれる？」

「もちろんだ。つきあうさ。だが、その前に、まずきみ自身が医者に行かなければならない」

「よしてよ。私は大丈夫だから……」

「大丈夫なんかじゃない。言ってる意味がわかるだろ」

「もう、手遅れなの」

「――」

「もう、時間が経っちゃってるってこと。——そっちこそ、私の言う意味、わかるでしょ？　最悪のことが起こるとしたら、もう食い止められない。私だって、それぐらいの知識はあるわ……」

「——医者に行くべきだ。知り合いに、いい医者がいる。女医だ。相談しよう。それに、きみを傷つけた相手を告発するのには、証拠が必要だ」

「そんなことをするつもりはないわ。そんなこと、意味がないもの」

「今はそう思っても、意味があると思う時が来るかもしれない」

「そんな時、来ないわ。こんなこと、起こっちゃならなかった。起こっちゃならないことが起こったのよ……。もう、終わりなの……」

「終わりじゃない。あんな男のために人生を台無しにされて、それでいいのか？」

「鬼束さんっていったっけ？　あなたは、何もわかってないのよ……。お節介《せっかい》はしないでちょうだい……」

「今はお節介が要る時だ。全部、俺に任《まか》せるんだ。もしも最悪の事態になったとしても、その女医さんなら相談に乗ってくれる。さあ、車の助手席に坐《すわ》ってろ。俺は、残りの段ボール箱を取ってくる」

　絵里奈は私に強く促され、車の助手席のドアを開けた。

　だが、まだ中へ入ろうとはせず、そのドアの枠に手を添えて体をもたせかけるようにした姿勢で私を見た。

「あなた、誰なの？　父とはどういう関係？」

「昔、きみの親父さんを捕まえたことがある」

「刑事さんってこと？」

「昔、と言ったろ。今は、私立探偵だ」

娘はうつむき、口を閉じた。

もっと何か言いたげにも見えたが、

「とにかく、坐ってろ。待っててくれ。残りを持ってくる」

私は言い置き、背中を向けかけ、動きをとめた。車の運転席へと回り、ドアを開けてエンジンキーを差すと、エンジンをかけて暖房を入れてやった。

搬入口にあるキーロックのナンバーは覚えていた。それを押す前に、ちらっと車のほうを振り返った。娘は車の助手席に、小さくうずくまるようにして坐っていた。ひとりでそうして坐る彼女の横顔は、私と話していた時よりもずっと心細げで儚《はかな》げだった。

私は、携帯を取り出し、建物の陰へと歩いた。携帯には、里村弘江《さとむらひろえ》が歌舞伎町《かぶきちょう》の雑居ビルで開ける診療所の番号と、彼女の携帯番号とが登録されていた。緊急の場合には、携帯を鳴らしてくれと言われていたが、それでもすぐには連絡がつかないことも多かった。

診療所は朝十時から夜十時までだが、二十四時間、急患に応じる。大病院を頼れないような患者が、夜中の新宿にはごろごろいて、里村弘江はそういった患者を診《み》ることを自分の役割と定めていた。

幸い今日は、十回ちょっとのコールで本人が出た。

「ああ、鬼ちゃんね。今度はどんな厄介事？」

口調は事務的であり、目の前の患者を相手にしている最中にちょっと席を外したといった状況を想像させた。

「連れていきたい患者がいる。二十二、三の、若い娘だ」

私の説明を、弘江は黙って聞いた。

「わかった、連れてきて。本人とも、私がちゃんと話す。鬼ちゃん、そういうの苦手でしょ」

仰《おつしや》る通り。よろしく頼むと告げて、電話を切った。

15

首都高に入ると、渋滞でにっちもさっちもいかなくなりそうな時間帯だった。日《にっ》光《こう》街道を南下した。私は何度か助手席に向けて、目をつぶっていていいぞと言い、少し眠ったらどうだと提案した。

絵里奈はその度《たび》に空返《から》事をした。言われた通りにしばらく目を閉じることもあったが、少しするとまたぼんやりと外を眺め出した。目をつぶっていると、脳裏《のうり》に嫌なことが浮かぶのかもしれない。

何か話しかけるべきか迷う私の横で、娘のほうが口を開いた。

「親父のやつ、私が小学校に上がる前に、突然、いなくなったの。仕事で遠くに行ってるって聞かされてたけれど、違ってた。あなたが逮捕したのね？」

私は左手をハンドルから離し、鼻の頭を人差し指で掻《か》いた。

「俺にとっては、初めての取調べだった。まだ、当時は若造で、親父さんにあれこれと翻弄《ほんろう》されて大変だったよ」

「その時以来のつきあいなの？」

「その後、もう一度俺がぱくった。俺が追っている時、親父さんは工事現場に逃げ込み、造りかけのビルの地下に落ちて左の膝を折ったんだ」

「その話は聞いたことがあるわ。そっか、あなたがその刑事さんか」

「元刑事だと言ったろ。田中というのは、お袋さんの苗字か？」

「厳密にいえば、違う。母親の最初の亭主の苗字。うちの母親が何回結婚してるか、知ってる？　四回よ。田中がひとりめで、牛沼はふたりめ。亭主以外にも、つきあってる男は数知れず。どうかしてるわ」

　少し先の信号が、黄色に変わった。このまま交差点を走り抜けても不自然なタイミングではなかったが、私は停止し、ポケットを探った。

「この写真を見てくれ」

　牛沼が持っていた写真を差し出すと、絵里奈の顔つきが変わった。

「どうしたの、こんな写真？」

　声にも、表情にも、拒絶感が色濃く漂《ただよ》っており、どうやらタイミングを誤《あやま》ったらしかった。

「親父さんが持っていた」

「父さんが……」

　娘は正面に向き直り、しきりと何かを考え始めた。

「この幼い少女は、きみなのか？」

「ええ、そう。私……。私よ。だから、何なの？　こんな写真、要らないわ」

　写真を破りそうな勢いなので、私は手を突き出した。

「写真を返してくれ」

「いや。私が持ってる」

睨みつけてくる目の光が、よどみなく真っ直ぐだった。

「だめだ。勝手なことはさせないぞ」

「父さんから、何を聞いたの？」

写真を突き返してきて、娘が訊いた。

「いや、何も聞いてはいない。きちんと話を聞く前に、死んでしまった」

私は写真をポケットにしまった。

「ほんとに、少し眠ったらどうだ。疲れてるんだろ」

信号が青になり、これでもう何度めかの同じ台詞を繰り返しつつ、車を発進させた。

「ほんとに漆原を探してくれるの？」

「そのつもりだ。自宅はもうわかってる」

「探し出したら、どうするつもり？」

「どうして欲しい？」

「まだ、わからない……。でも、信子さんが残した子供には、お金が必要なの」

「わかった」

「どうするの？」

「それは、これから考える。俺に任せろ。道が混んでて、まだしばらくかかるだろうから、ほんとに目をつぶってろ」

　しばらくしてちらっと様子を窺《うかが》うと、絵里奈はドアのアームレストに肘《ひじ》を乗せ、サイドウインドウのほうへと首を傾け、体を弛緩《しかん》させていた。

　神経が立ってしまっており、頭の芯《しん》は、氷の棒でも突っ込んだように冴《さ》えてしまっていることだろう。それでも努力し、目を閉じている。

　だが、いきなり顔を上げた。

　その顔を見た瞬間、私は得体の知れない不安に襲われた。

「車を停めて！」

「どうしたんだ？」

「いいから、停めてって言ってるの！」

　私はハザードを出し、車を道の端に寄せて停めた。

「いったい、どうしたんだ？」

　尋ねても何も答えず、肩で息をしながら頭を垂れ、体を小さく縮めている。娘は今、ぽつりと独りで真っ暗闇に投げ出された幼子《おさなご》のように、全身で恐怖を表していた。

「――おい、しっかりするんだ。パニックに襲われたんだな。もう、大丈夫だから、しっかりしてくれ」

遠慮がちに声をかけてしばらく待つと、絵里奈はやっとまた頭を持ち上げた。それでもなお心はどこか遠くにあるような感じで、戻ってくるのにはたっぷりと時間がかかった。

娘は、上半身を私のほうに向け、挑みかかるように見つめてきた。

「ねえ、助けて貰《もら》っといて、こんなことを訊くのは悪いんだけど、どうしてあなたを信用できるの？」

私は、彼女の視線を捉えて放さなかった。

「俺も取り分を貰う、とでも言えば安心するか？　とにかく俺は、きみに嘘は言わない。そんなことをして、あとで自己嫌悪に陥るなど真っ平《まっぴら》だと思う人間だからだ。さあ、わかったら目をつぶり、とにかく少しでも休むんだ」

「――ごめんなさい。助けて貰ったのに」

「構わないさ。人を疑いたくなって、当然だ」

私はまたしばらく待ってから、車を出してもいいかと確かめ、走り出した。

絵里奈は、唇を引き結び、じっと前を見て坐っていた。一見、ぼうっとしているようだが、実際には何かに意識を集中させているのが感じられた。

私は私で、黙々とハンドルを操りながら、しきりとひとつのことが気になっていた。

ちょっと前、挑みかかるように私を見つめてきた直前に、絵里奈は何かまったく別のことを言おうとしていたような気がした。それを喉元に呑み込み、代わりに私への不信を露《あらわ》にすることで取り繕ったのではないか。

考え過ぎかもしれないが、口を開く直前の彼女の表情は、不信感をぶつけるのとは何か別のものだったように思うのだ。

里村弘江の診療所は、いつも通り人でごった返していた。

私と同年輩であるこのすらっと背の高い女医の周りには、いつでも誰か人がおり、そして、その大半は彼女の助けを必要としていた。残りはみずからの存在や生き方に責任を持たねばならないのにそれができず、誰かにすがろうとしている人間たちで、里村弘江はそんな人間にすら、親身になって力になろうとする医者だった。

そのために、私のような人間とも接点ができた。私はかつて、彼女から何度か連絡を受け、厄介事を解決したことがある。それは、医療では解決のできないものだった。

無論、こちらから助けを求めることも度々で、そんな時の彼女の頼もしさといったらなかった。今も、私と絵里奈のふたりを診療所の一室——治療だけではなく、誰も患者がいない時には、院長である里村弘江が仮眠を取るためにも使う小部屋に通すと、五分と待たせずに現れた。

弘江は七分袖のラフなセーターの上に、白衣を羽織っていた。下はヒップや太腿《ふともも》のラインがかなりはっきりとわかるジーンズでいることが多く、今もやはりそうだった。たぶん、さりげなくスタイルのよさをアピールしているのだろう。

「大変だったわね。およそのことは、こっちの探偵さんから聞きました。こんな木偶《でく》の坊《ぼう》と一緒じゃ、気が休まらなかったでしょ。でも、あとは大丈夫。私に任せて」

すらすらと言うと、私を部屋の外に追い出してしまった。

待合室では、主に日本語以外の言葉を母国語とする女たちが、診察の順番を待っていた。中には幼子や赤ん坊を連れた女もいる。何人かが、小部屋から現れた私に一瞥《いちべつ》をくれた。私はドアのすぐ横の壁に寄りかかった。

少しすると、ドアを通して、背後の部屋からすすり泣きの声が聞こえてきた。私は壁に貼ってある歳末助け合いのお知らせを読んだあと、イヴの晩に代々木公園で開かれるホームレスへの炊き出しの記事を読んだ。読むものがなくなってもまだすすり泣きは続き、小声で様々なことを打ち明けているらしかった。

里村弘江は、急に私が連れてきた田中絵里奈のために、結局、二十分近い時間を割いてくれた。待合室にいる患者たちの数からすると、充分すぎるほどの時間だった。

やがて、診察室のドアから顔を出して、私を呼んだ。絵里奈のいる部屋と診察室とは奥でつながっていて、行き来ができた。

「必要な処置は、すべてしたわ。ひどいことをされたみたいね」

私が診察室の中に入ると、彼女はドアの前に立ったまま、小声で話し出した。隣の部屋に横たわる、絵里奈の耳を気にしたのだ。

「緊急避妊薬も使ったけれど、そういうことがあってから七十二時間近く経ってるので、最悪の事態も心配される。そうなった時には、必ずまた私のところに来るようにと言い聞かせた。あなたからも、念を押しておいて」

「わかった。——しばらく、ここに置いて貰ってもいいか？」

「そのつもりで連れてきたんでしょ。下着や寝間着《ねまき》の心配は要らない。こっちで間に合わせるから。でも、替えの服は、なんとかして貰えるかしら。家族や、親しい友達はわかってるの？」

「大丈夫だ。それは俺がなんとかする」

「あの子が、あなたと話したがってる。話が済んだら、ちょっと薬で休ませることにするわ」

「ありがとう」

私は礼を言い、奥のドアへと歩いた。

里村弘江は自分のデスクに戻って坐り、次の患者を呼んでくれと看護師に告げた。だが、ふと思いついた様子で、私を振り向いた。

「いつも口先の感謝ばかりだけれど、今度、一杯奢ってよ」

「ああ、いいさ。今度、都合を聞かせてくれ」

似たようなやりとりを、言い出すほうと答えるほうの役割が入れ替わりつつ、今まで何度も繰り返していたが、一度も実行したことはなかった。中年も後半に差しかかると、そういったことを実行するよりも、ただ口先で済ませるだけのほうが楽になる。

ドアを開けて隣室に入ると、両目をぎょろつかせた絵里奈が、固まったようにこっちを凝視していた。

彼女には、深い休息が必要なことを実感した。頰がこけ、目の下に隈《くま》ができていた。目が、吊り上がってしまっていた。緊張が緩んだ分、ショックの度合いが増したのだ。

「さっきの話を、お願い。DVDを全部、処分して欲しいの。マスターも含めてよ」

喋り方も力がなくなっており、重い風邪を引いたようなかすれ声を絞り出した。

「任せろ。すべて俺が処分してやる。だから、安心して休むんだ」

「ありがとう……」

「誰か連絡したい身内は？」

「いないわ」

「シェアハウスを訪ねた。藤岡君が、きみのことを気にしていたが、ここを教えていいか？」

絵里奈は戸惑い顔で、まばたきした。

「――それは、ちょっと考えさせて」

「じゃ、考えてみてくれ。ただ、着替えが必要なんだ。彼が来るなら、頼んで持ってきて貰う手もあるだろうが、俺が行ったほうがいいならそうする」

「わかった。考えてみる」

「それと、ボクシングジムの貝原さんも、きみのことを心配していた」

「会長が……」

「何と伝える？」

「それも、ちょっと待ってくれる。あとで、ちゃんと自分から連絡するから」

16

段ボール箱を詰め込んだ白いワンボックスカーで自宅近くの駐車場へと戻り、そこに駐めた自分のクーペに乗り換えた。駐車場に代わりにワンボックスカーを入れてカバーをかけ、漆原智古の自宅がある西池袋へ向かった。

西に大きく傾いた冬の陽射しに照らされて、漆原が「マナミ」という女優と暮らすらしいマンションは、そろそろ張り替えが必要な時期にさしかかったか、もしくはそれを過ぎて放っておかれているふうの外壁を際立《きわだ》たせていた。

該当する番号の部屋を訪ねると、ドアの横の窓に明かりが見えた。だが、インターフォンを押しても返事はなかった。

窓は磨りガラスで、その向こうに洗剤らしきものが透けて見えた。キッチンだろう。そこの天井灯自体は消えており、窓をぼおっと浮かび上がらせているのは、奥の部屋の灯《あか》りだった。

耳を澄ます必要もなく、私は中に人がいることを確信した。暗がりに潜んだ小動物が、じっと息を殺すような気配がしていた。ドアや窓、時には壁を隔《へだ》ててさえ、そうした気配は伝わるものだ。

少し待ってから、インターフォンをもう一度押した。

さらにもう少し待って、三度目を押しかけた時、「どなたですか……？」と、女の声が応答した。

困惑し、怯えた声だった。

「鬼束と申します。漆原智古さんは御在宅でしょうか？」

尋ねると、どう答えるかを考える間があいた末、意外なことにドアのロックを外す音がした。ドアチェーンをかけたまま、女がドアの隙間に顔を出し、

「漆原は、留守ですけれど……」

蚊の鳴くような声で答えた。

その顔を見た瞬間、息を呑んだ。左目に青痣ができており、唇の端が切れ、頬骨の周囲の肉が腫《は》れ上がって、顔がいびつになっていた。この女は、この顔を見て欲しくてドアを開けたのだ。

「マナミさんですか？」

尋ねると、痣だらけの顔を微かに歪めた。

「そんな名前の頃もあったわ」

「その顔は、漆原にやられたんですね」

女は、目を伏せた。暴力に虐《しいた》げられた人間に特有の顔つきだった。生気《せいき》が失せ、

になっている。本来は自分のものである時間や空間が自由にならない苦しみに、押しつぶされそう

マンションのどこかで音がした。誰かが玄関ドアを少し乱暴に閉めたぐらいの音だったが、彼女は強い電流に触れたかのように、体をびくっと震わせた。

「何でもないの。漆原は留守だから、帰ってちょうだい」

閉めようとするドアを、私は押さえた。

「何をするのよ。放して。大声を出して、人を呼ぶわよ……」

私を睨もうとするが、バランスを欠いた視線が、倒れかけの独楽《こま》を追うように揺れていた。どんな男とも、恐ろしくて目を合わせることができない状態になっている。

「いいや、あなたは呼ばない。助けを必要としているはずだ」

「――」

「あの男を取り除きたいのならば、あなたがすべきことはここを開け、何もかも正直に話すことです」

「あなたに、そんなことができるの……?」

「できます」

私が断言しても、彼女の顔に光が差すことはなかった。

「中に入れてください。話を聞きます。私はある事件を調べるために、ここに来た。私ならば、漆原智古を、あなたのもとから取り除くことができる。信じてください」

「――だけど、あの人が帰ってくるかもしれないし」

「帰ってきたら、話が早い。私がやつを連れていきます」

「――」

「さあ、ここを開けて。今、現在、あなたはあなた自身の現状を、誰にも相談できずに困っている。ドアを閉めてしまったら、そんな状況が続くだけだ」

女は、やっと目を上げた。小鳥のように華奢《きゃしゃ》な女だった。間近で改めて見ると、顔の輪郭《りんかく》も目鼻立ちも美しかった。茶色く染めたショートヘアーの分け目に、染める余裕のなかった期間を示す黒い毛が、かなりの幅で伸びていた。

ドアを閉め、チェーンを外して今度は大きく開けた。

「あの男は、異常なの……。無理に引き離そうとして、もし失敗したら、私、きっと殺される……」

私が玄関に足を踏み入れると、思いつめた顔で言い立てた。怯えて、相変わらず蚊の鳴くような声だった。しかし、芯《しん》のようなものをみずから必死で探し、そして、通そうとしている気配があった。間を隔てるチェーンがなくなった分、自分で自分を支える必要を感じたのだ。

「完全に駆除《くじょ》する必要があるな」

「――あなたに、それができるの？」

「できるさ。俺はそういう男だ」

　こうして断言できるようになるまでに長い葛藤《かっとう》があったし、それは警察官だった時には、決してできないことだった。警官にはモラルがあり、時にモラルというものは、暴力にさらされている女を守るよりも他のことを警官に優先させる。

　彼女が私を見つめる視線は、最初、わずかに冷ややかだった。おそらくは、自分を守ってはくれない男たちと、数多く会ってきたためだろう。

「ドアをロックし、チェーンをかけて、中へ入って」

　それだけ告げると、背中を向け、キッチンを横切って奥のリビングへと歩いた。

八畳ほどの広さの正方形のリビングには、家具が少なく、ゴミが多かった。

　彼女は何も言わずに部屋を横切り、真ん中にある座卓の向こう側へと回り込み、ベランダへと出るサッシの引き戸に背中をつけて坐った。

　すぐ横の床に置いてあるたばこのパックから一本を抜き取ってくわえ、使い捨てライターで火をつけた。習慣的に見える一続きの動きで、彼女の手がサッシの引き戸を細く開けたので、冷たい外気が部屋に流れ込んできた。

彼女の向かいに坐るためには、床に落ちたスナック菓子の空き袋をよける必要があった。

「本名は？」

「吉崎愛菜《よしざきまな》。愛《いと》しいに菜っ葉の菜よ。芸名は吉田マナミだったけど、本名も充分、芸名みたいでしょ」

煙が私の顔のほうに直接来ないよう、顔をいくらか横に向ける気遣《きづか》いを示してくれていた。既に吸殻《すいがら》でいっぱいになっているガラスの大きな灰皿を引き寄せ、灰を落とす。

「あの男を、どうやって駆除してくれるの？」

「結論を急がないでくれ。俺は、漆原智古がいくつかの犯罪に手を染めていると踏んでいる。それを立証して警察に突き出せば、やつは塀の中だ」

「あの男、何をしたの？」

「山名信子と、田中絵里奈という名に心当たりは？」

「あとの子は、知らない。でも、山名信子っていうほうは、たぶん、あの男が昔、つきまとってた女でしょ」

「つきあってたんじゃないのか？」

「本人はそう言ってたけど、よくよく話を聞いてみれば、つきまとってたみたいなもんよ。ほら、つきあってすぐにボロが出て、それで嫌になっちゃうってあるじゃない。信子って子は、それよ。私もそうだから、わかるわ。あとは、漆原にしつっこくされてただけ。彼女にとっては、あんな男とばったり再会しちゃったのが、運の尽き。ひどい話よ。女のために、会社に乗り込んだなんて言ってたけれど、社内の不倫《ふりん》相手を脅して、金を巻き上げようとしてただけ。でも、途中からうまくいかなくなったんで、あの人、腹いせに、パソコンで会社の中傷をあれこれ書き込んでたわ。その挙句に、信子って子を脅して、自分が作ってるAVに出演させたの」

「きみは、直接、山名信子に会ったことは？」

「ないわ。漆原から聞いたのよ。言うことを聞かないと、娘に何が起こっても知らないぞって、ひどい脅し方をしたみたい」

「山名信子は、死んだ。知ってたか？」

愛菜は、昏に動かしかけた手をとめて、ぼんやり私を見つめてきた。たばこを二度、続けざまにふかしてから、訊いてきた。

「あいつが殺したの？」

「いいや、勤め先のビルから身を投げて、自殺した」

「残念……。あいつが殺したんだったら、ずっと塀の中でしょ」

「あの男が、殺したようなもんだ。それに、田中絵里奈という娘に暴力をふるい、ある場所に監禁していた。やつには、前科は？」

「あるわ。私、知ってる。わざとそんな話をひけらかしたことがあるから」

「何をやったんだ？」

「振られた女の親指を切ったのよ」

「――」

「あいつはもう、二度と右手じゃ何も持てないって、誇らしそうに言ってたわ」

愛菜は、たばこを灰皿の縁でもみ消した。すぐに次の一本を抜き取り、唇に運んで火をつける。

「私にも、同じことが起こるかもしれない……。いえ、もっとひどいことが……」

「累犯《るいはん》は、刑が重たくなる。一年でも多く食らい込むようにすればいい。きみは、その間に、どこかで新しい暮らしを始めるんだ」

「――でも、それでもいつかは出てくるでしょ」

「完全に足跡《そくせき》を消して、新しい生活を始めることだ。俺が助けてやる。それでも、あの男がシャバに出る日が不安ならば、出てくるのを待って、きみの居所を捜そうとしたらどうなるかを思い知らせる。それでどうだ？」

「――わかったわ」

「やつの居所は？」

「ごめんなさい。それはわからない。いつも、ふらふらしてるの」

「ここ数時間のうちに、連絡は？」

「いいえ、ないわ」

「普通は、何時頃に帰るんだ？」

「まちまちよ。ふらふらしてるって言ったでしょ」

「つるんでる親しい友達は？」

「あの人に、親しい友達なんかいるもんですか。制作会社の部下といつもつるんでるぐらい」

「辻や名越か？」

「そう」

「他には？」

「前の社長の時から経理や事務をやってるおばさんがひとりいるだけ」

「行きつけの店は、どうだ？」

「たぶん、そういうところを捜すよりも、母親に当たるべきよ。キャサリン助川《すけがわ》っていう名前で、占いをしてるの。池袋のサンシャイン通りにある《占いの館》ってとこにいる。漆原に紹介されて、二、三度会ったことがあるわ」

「本名は？」

「ごめんなさい、わからない。でも助川って苗字は、本名だと思う。助川なんとかっていう占い師の奥さんなの。略奪婚だったって聞いた」

「親しいのか？」

「――いいえ、親しくなんかないわ。占い師っていう仕事柄なのかしら、なんだか、こっちの心を見透かされてるような気がして、ちょっと薄気味悪いの。だから、漆原に紹介された時、遊び心で占って貰おうかな、なんて思ってたんだけれど、やめちゃった」

「漆原は、金回りが良いそうだな。それは、このお袋のおかげか？」

「金回りなんか、良くないわ。誰に何を聞いたの？」

「今の制作会社を、ぽんと買い取ったそうじゃないか」

「なんだ、そういう話なら、もう昔のことよ。あの頃は、死んだ父親が残した財産もあったんでしょ。でも、今はからっけつ。去年、ＡＶに出てる女優が席についてサービスするクラブを、川崎に開けたのね。でも、プロダクションや他の制作会社との関係が難しくて、大した女が集まらなかったの。私だって手伝わされたんだけれど、結局、一年も経たずに経営が苦しくなって、ついにこの間、閉めたのよ。今じゃその時の借金を返すのに、あたふたしてる」

「借金してる先は、わかるか？」

「いいえ、わからない。関わりたくないもの」

「やつが乗ってる車のナンバーは？」

「それなら、ちょっと待って」

愛菜は重たそうに体を持ち上げ、電話台に歩くと、そこにあるノートを見ながらメモを書き、私に向けて差し出した。

「白いベンツよ」ナンバーをしたためた紙片を差し出しながら、言った。

私は、自分の名刺を差し出した。愛菜はそれを片手に持つと、もう片方の手で携帯を操作した。

「携帯に登録したわ。こんなのを持ってるのが見つかったら、なんだって怒り出して、きっとまた殴られる」

私は名刺を名刺入れに戻した。

「きみの携帯の番号を教えてくれ。それと、漆原智古の写真があったら、二、三枚借りたいんだが」

愛菜は携帯番号を告げ、テレビラックの扉を開けて薄いアルバムを取り出した。

「どれでも持っていって」

そう言いかけたが、思いとどまり、

「待って。途中のが抜けてるのに気づいて、何か訊かれたら困る。ちょっと待って」

最後のほうの写真を三枚抜いた。

一枚は洒落《しゃれ》てはいるが安っぽいスーツ姿の写真で、あとの二枚はこの部屋でふたりで写したものだった。写真の中の漆原智古も、相変わらずサーファーっぽかった。AVを撮影する側よりも、むしろ出演している側に見えた。

「私、これからどうすればいいの？」

「これから、俺と一緒にこの部屋を出て、身を隠す。漆原から連絡があったら、俺にすぐに連絡を寄越す。わかったか？」

「わかったわ」

「だが、その前にもうひとつ、答えて貰いたいことがある。あの男が山名信子を撮影したビデオの原版は、どこだ？」

愛菜は戸惑いを露にした。

「どうして？　それを持っていくってこと？　あなた、何か私を騙してるんじゃない？」

「製品化されたＤＶＤは、既に全部、押さえてある。原版も含めて、すべてこの世界から抹消する」

「協力したって知れたら、私、あの男に殺されるわ」

「守ると言ったはずだ」

「――」

「山名信子には、娘と母親がいる。強引に撮影されたビデオを、世の中に出回らせるわけにはいかない」

愛菜はうつむき、考えた。時折、ちらちらと隣室のドアに目をやった。私は、待った。

「ちょっとこっちに来て。寝室を見せてあげる」

愛菜は立つと、そのドアを開けた。彼女について足を踏み入れた私は、壁中を埋めてびっしりと並ぶビデオとDVDに圧倒された。市販のものも交じっていたが、大半はみずから録画し、タイトルを手書きしたものだった。子供のような下手な字だったが、どれも丁寧に書かれていた。

部屋は縦長だが、広さはリビングと同じほどあり、元は二部屋だったものをリフォームでつなげたようだった。その片方の端にはベッドが置かれ、もう片方の端には、二台のパソコンと外付けの巨大なハードディスクが並んでいた。おそらくあれが、名越たちが言っていた編集用の機材だろう。

「ほら、見て。棚に並んでるのは全部、あの人がBSやCSから録画した映画のコレクション。あの人、色んな映画を私に見せながら、この監督とはどこで会って話したとか、この美術とは同じ専門学校だったとか、この役者が無名だった頃には、一緒に現場に入ったことがあるだとか、そんなことばっかり得意そうに話すの。哀《あわ》れなものよ。そうでしょ。出会った頃は、こんな男だなんて思わなかった」

愛菜はベッドサイドへと歩き、枕元に置いてあるＤＶＤを、二、三枚重ねて持ってきた。

「ほら、見て」

手渡されたＤＶＤのカバージャケットには、全裸で様々なポーズを取り、男との絡みを演じる彼女が写っていた。

「あいつ、これを取っかえ引っかえかけながら、これと同じ体位でやりたがるの」

澱《おり》を一気に吐き出したような声だった。

「ＡＶに出たのは、仕事だったからよ。そんなセックスを、この部屋でやりたいわけじゃない。わかるでしょ……」

細い肩が、震え始めた。私は、黙ってうなずいた。

ベッドの足元には、壁に寄せて置かれたラックに、巨大なテレビモニターが載っていた。愛菜はそのラックの扉を開け、中に納まった金庫のダイヤルを回した。

金庫から取り出したＤＶＤを、私に向けて差し出した。

「持っていってちょうだい。これが、原版《マスター》よ。それと、あのハードディスクにも、編集前の映像が入ってる」

受け取ると、手書きで山名信子の名前が書かれていた。この部屋に並ぶ他のDVDと同じ、つたないが丁寧に書かれた文字だった。

「ありがとう。感謝する。もうひとり、田中絵里奈と書かれたDVDがないか」

「さっき言ってた、もうひとりの人ね。でも、そっちは金庫には入ってないわ。なんなら、自分で確かめてみて」

場所を明け渡してくれたので、私はみずから金庫の中身を確かめたが、見つからなかった。

「いつ撮影されたの？」

「つい最近だ。ここ数日だと思う」

「待って。そしたら、あれかも」

愛菜は映画のDVDが並んだラックへと移動し、屈みこんでタイトルを読むと、真ん中あたりの棚の一番端に立つ一枚を抜き出した。

「これよ。こっちにあったわ」

タイトルに絵里奈の名前があった。

「一昨日だったか、大事そうにタイトルを書いてた。売り物じゃなく、プライベート映像のつもりなんでしょ。でも、データはやっぱりそこのハードディスクにも入ってると思う」

「扱い方は、わかるか？」

「普通のパソコンよ。でも、ファイルの場所とか探すのが大変だろうから、手伝ってあげる」

私はもう一度、感謝を述べた。

「お礼を言われても、しっくりこない。たぶん、そういうことじゃないの。こうすべきだと思うことを、やってるだけ」

ハードディスクの保存データの中に、山名信子と田中絵里奈を撮影したデータがあることを確認した上ですべて消去し、愛菜が支度《したく》を調《ととの》えるのを待って部屋を出た。

「何をしてるの？」

玄関ドアの蝶番《ちょうつがい》の真下に小さく切った紙片を挟むのを見て、愛菜が訊いた。

「こうしておけば、留守中に、誰かドアを開けたかどうかがわかるだろ。あんたを送り、用を済ませたら、俺はここに戻り、この紙切れが挟まったままかどうかを確かめる。そのまま残っていたら、今夜のうちに漆原が戻る可能性があるから、表に張り込む」

説明すると、彼女はちょっと考え、ポケットからキーホルダーを抜き出した。

「じゃ、これを使ってくれていいわ。この部屋の鍵しかついてないから、返してくれなくていい。そうでしょ？　これでもう何もかも終わり。ああ、すっきりした」

吉崎愛菜は、さっきとは違ってやけに楽しそうだった。その様子に、私はちらっと不吉な予感を覚えた。

17

シティホテルは高いので、知り合いのラブホテルのオーナーに話をつけ、吉崎愛菜を泊めて貰うことにした。新大久保のラブホ街にある一軒だった。そこに彼女を送ったのち、私は池袋のサンシャイン通りを目指した。

《占いの館》がある雑居ビルは、往生際《おうじょうぎわ》の悪い年増女《としまおんな》のように、外観を安っぽく飾り立てていた。一、二階は大衆居酒屋が入り、窓にはその店名が大きく表示されており、三階には《占いの館》の飾り文字があった。エレベーター前に、若い娘たちのグループが陣取っていたため、私は階段で上がった。

三階には、小さなブースがいくつも並び、中には様々な衣装に身を包んだ占い師たちが、それぞれ神妙な顔で坐っていた。

ブースそのものの造りも、西洋風であったり、古代中国風であったり、意味不明であったり、それぞれの特色を際立てる工夫が凝《こ》らされていた。

列ができるほどの人気占い師もいたが、占い師本人が手持ち無沙汰《ぶさた》に坐るだけのがらんとしたブースもかなりあり、生存競争の厳しさを実感させた。

《キャサリン助川》のブースはじきに見つかったが、今は無人で、ひっくり返した椅子がテーブルの上に載っていた。ブースの背後の壁には、《助川占星術二代目、キャサリン助川》と大きく書かれた垂れ幕がさがり、そこには、大きく引き伸ばした本人の顔写真も印刷されていた。

顔に自信があってのことだろう。なんとなく見たことがあるように思わせる顔だった。ひと昔前に、こういう顔つきの女優がいた気がする。好みは色々あろうが、美しい女であることは間違いなかった。

私は空のブースの前に立ち、左右を見渡した。右隣のタロット占いには相談者がいた。左隣の水晶占いには占い師本人しかいなかったので、そこに坐る老女に声をかけてみた。

「助川さんは、今日はお休みなんでしょうか？」

老女は最初、相談客に対する大らかでゆったりとした笑みで私を迎えたが、そう質問を切り出すと素《す》の表情に戻った。

「ちょっと前に電話があって、あわてて飛び出していったわね」

「ちょっとって、どれぐらいですか？」

「ほんとに、ほんのちょっと前よ。十分ぐらいかしら」

「どんな人からの電話だったかは？」

「それはわからないわよ。盗み聞きしてたわけじゃないし」

私は名刺入れから、名刺を抜いて差し出した。

「助川さんの御自宅は、おわかりでしょうか？　ある事件の調査で、どうしても至急、お目にかかる必要があるんです」

占い師の老女は、真剣な顔つきで名刺を見つめた。

「調査員って、いったい何を調べてるの？」

衣装は西洋風でも、顔つきは御近所の噂好きな女に他ならなかった。

「それは申し上げられないんです。御自宅は、わからないですか？」

老女は、名刺を返してよこした。

「ごめんなさいね。隣のブースでやってるだけで、特につきあいがあるわけでもないから。明日になれば、またここに来るでしょ。それからで、どうなの？」

「キャサリン助川の本名は、わかりますか？」

「麗香《れいか》よ。華麗の麗に、香って字。派手な名前。助川麗香。元々、ここのブースでは、彼女の亭主が占いをやってたの。助川玄斉《げんさい》とかなんとか名乗ってるおじいちゃんだけれど、本も数冊出して、結構、儲《もう》かってたわ。キャサリンは、初め、この玄斉さんの弟子《でし》だったのね。その頃は、普通に助川麗香って名乗ってたわ。派手な名前なんで、自分でつけたのかって訊いたら、本名だと言ってた。名前の通り、結構派手なおばさんで、男好きのする感じだから、いつの間にか師匠《ししょう》とそういう関係になっちゃったのよ」

「今、御主人のほうは？」

「それが、体を悪くしてね。キャサリンが苦労して、ずっと自宅で看《み》てたんだけれど、何カ月か前にやっとアキができて、今は確か町田のほうの施設に入ってるみたい」

私は彼女が坐る背後に『奇跡の水晶占い・マダム光岡《みつおか》』とあるのを見て、「光岡さん」と、呼びかけた。

「彼女の自宅なんですが、占い、一、二回分の料金を払いますので、それだけの時間をかけて思い出して貰えませんか？」

幾分声を潜めて言った意味を、老女は即座に理解した。

「一回五千円で、二回分だと一万よ。いいの？」

さてさて、依頼人もいないのに、自腹を切るのはどこのどいつだ。

老女は私が差し出した謝礼をきちんと折り畳み、会計用に使っているらしい箱にしまうと、水晶で得た御託宣《たくせん》を告げるような神聖な顔つきになった。

「住所はわからないけれど、春日通《かすがどお》り沿いに立つマンションで、一階にコンビニが入ってるそうよ。茶飲み話で、都電の向原《むこうはら》って駅が向かいにあるって言ってたわ。向原が向かい、どう、わかりいいでしょ？」

水晶占いよりも、正確だろう。

18

マンションはすぐに見つかった。通りを隔てた真向かいが都電の向原駅で、大塚《おおつか》方面へと向かう緑色の車体が、春日通りを横断していった。

それほど大きなマンションではなく、一階の大半はコンビニの店舗だった。その右横に、つけ足しの通用門のようにしてあるマンションのエントランスへと、私は入った。

短い廊下の片側に郵便ポストが並び、正面に一基だけのエレベーターがあった。ポストで助川の名前を確認し、エレベーターで四階へと上がった。

エレベーターを降りると、建物の裏側にある屋外廊下が各部屋をつないでいた。

目当ての部屋の前に立ち、インターフォンを押そうとした時、玄関のすぐ向こう側で、人があわただしく動いているらしい物音がした。

さらには男の怒鳴《どな》り声が聞こえ、壁に何かがぶつかる音がしたため、私はあわててインターフォンを押した。

「助川さん、どうかしましたか？」

ドアを拳で叩き、中に向かって呼びかけた。もう一方の手でノブをひねると、ロックがかかっておらずに開いた。

室内の廊下で、男が女の両肩を摑んで激しく揺さぶっていた。玄関から飛び込んできた私に驚き、動きをとめて顔だけこちらに向けた。七三《しちさん》に髪をこざっぱりと分けた痩せ形の青年だった。きちんと背広を着た色白のハンサムで、一見して気が弱そうだった。

「何をしてるんだ！」

怒鳴りつける私のほうへと必死で向かってきたのは、歯向かうためではなくて逃げ場を求めてのことらしい。

私は青年の肩を押し戻した。バランスを崩したところを狙い、右腕を捉えてひねり上げた。

「痛《いて》てて」

青年はか細い声をもらして身をよじった。細いうなじに、青い血管が浮いていた。

「やめさせてください、麗香さん。誰なんですか、この男は――？」

自分が両肩を摑んで揺さぶっていた女へ顔を向けて、懇願する。女は、服のしわや乱れを直しつつ、ちょっと下顎を突き出すと、そんな青年を冷ややかに見つめた。

「帰ってちょうだい。今度ここに来たら許さないわよ」

「僕は本気なんだ。麗香さんだって、そう言ったじゃないか……」

「夜の約束を昼間に持ち込まないでちょうだいよ。わかるでしょ、坊や。お互いに大人なんだから」

美しい女だった。占い師ブースの垂れ幕に大きく引き伸ばして印刷されていた顔写真は、大分前に撮ったものだとわかったが、今なお充分に保たれた若さは、食事をきちんと節制し、肌の手入れを怠らない女のものだった。顔の皮膚がてかてかしている。

腕に感じる青年の力が弱まった。

「放してください。別に暴れたりしないから」

私が言われた通りに力を緩めると、青年は玄関ドアを目指した。ドアを開き、体を半分表に出したところで麗香を振り向いたが、何も言わずにただ振り切るようにして出ていった。

「ありがとう。で、あなた、誰？」

麗香が訊いた。ちょっと前まで男と争っていたことによる狼狽《ろうばい》は微塵も感じられなかった。血を吸う蚊を叩いたあとでも、もう少し何か反応があるものだ。

「鬼束といいます。助川麗香さんですね」

「そうよ。助川だけど——」

「漆原智古さんは、息子さんですね」

「そうよ」

「智古さんのことで、お話を伺いたいのですが、少しお時間をよろしいでしょうか？」

「いったい、何……？　私、今、出かけるところで、あまり時間がないんだけれど……。出ようとしたら、今の男が現れたのよ。ドアの中に入れたのが間違いだったわ」

彼女は確かに余所《よそ》行きっぽいワンピースを着て、上からコートを着ており、出かけるところだったというのは本当らしい。

「少し込み入った話なんです。お時間を取っていただけませんか？」

私は名刺を差し出した。

「調査員って、どういうこと——？」

麗香は顔に困惑を浮かべたが、口を開こうとする私を素振りで押しとどめて腕時計を見た。

「困ったわ。相手をして差し上げたいのだけれど、主人が入っているホームから連絡がありまして。転んで、怪我《けが》をしたらしいの。電話では詳しい事情がわからないし、すぐに来て欲しいと言われて、これから飛んでいくところなのよ」

「ホームというのは、老人ホーム？」

「ええ、そう。特養よ。うち、主人は結構、高齢なので」

「《占いの館》の同業者の方に聞いたのですが、場所は町田ですか？　どうでしょう、車ですのでお送りしますよ。その間に、お話しできませんか？」

「そんな。悪いわ。初めて会った人に送って貰うなんて——」

麗香は遠慮したというより、いくらか警戒したように見えた。

「いいんです。遠慮なく、どうぞ」

重ねてそう勧めると、迷い出した。

「今の男が、外で待ち伏せてるかもしれませんよ。私と一緒に出たほうが安心だと思いますが」

　私は、重ねてプッシュした。

　東池袋のランプが近かった。そこで首都高速五号池袋線に乗った。平日の午後で、まだ夕刻の渋滞までは間があるので、車はスムーズに流れていた。

「さっきの男は、誰なんです？」

　とりあえず、そう水を向けてみた。適当に口を濁《にご》すかとも思ったが、麗香は悪びれる様子もなく微笑んだ。

「占いの弟子よ。ちょっと他のことまで教えてあげたら、誤解しちゃったみたいね」

　ちらりと助手席を見た私は、妖艶《ようえん》な笑みに出くわした。

「それで、息子がいったい、どうしたのかしら？」

　話をそらすために訊いてきた雰囲気はなく、弟子との火遊びについては、すっかり関心が失せているらしい。

「山名信子という女性を、御存じですか？」

「山名信子……」麗香は、舌で転がすようにつぶやいた。「いえ、知らないけれど」

「昔、お宅の近所に住んでいて、智古さんと親しかったはずなんですが」

「智古と……？　でも、昔でしょ。覚えてないわ。その彼女が、どうかしたのかしら？」

「智古さんは、最近、山名さんと再会し、色々と関係があったんですが、そのことは御存じじゃありませんでしたか？」

「いえ。何も聞いてませんけれど……」

私が口を開きかけると、先程、部屋の玄関でやりとりした時と同様に、助手席でそれを押しとどめるような仕草をした。占い師として身についた癖だろうか。一般的には失礼に当たるが、彼女にはそんな意識はないようだ。

「でも、ちょっと待って。どういうことかしら？　関係って言うけれど、何かそういう話をしたいのだったら、あの子にはちゃんと一緒に暮らしてる相手がいるわよ」

「吉崎愛菜さんのことですね」

「そう。いい子よ。鬼束さんは、息子の仕事のことは？」

「ええ、存じてますが」

「軽蔑《けいべつ》しますか？」

「いえ」

首を振る私の顔を、助手席からじっと見つめているのを感じた。居心地の悪い沈黙が降りたが、なんとなく話のなりゆきを楽しんでいるような感じもする。

「うそ、軽蔑して当然よ。私だって最初は、心のどこかに、そんな気持ちがあったもの。だけど、あの子、将来的には、もっときちんとした映画を撮りたいって言ってるのよ。だから私、親バカかもしれないけれど、やっぱり息子の夢は応援してあげたいって、心からそう思ってる。愛菜ちゃんというお嬢さんのことも、鬼束さんは？」

「ええ、ちょっと前に、本人と会ってきましたので」

「いい子でしょ。私、会ったことはほんの数えるほどしかないけど、いい子だなって、会う度にいつも感心するの。だから、いくら信子って子と再会しても、息子がそういう関係になることはないわよ」

亭主がある身でありながら、弟子とそういう関係になったみずからのことは、綺《き》麗《れい》さっぱり頭から抜け落ちているらしい。

「山名信子は、死にました。自殺したんです」

「えっ……。そんな、可哀相《かわいそう》に……。何があったの？」

「それを、息子さんの口から聞きたい」

「どういうことかしら……」

私は、漆原智古が山名信子の不倫相手に金を請求したことや、勤め先の中傷をネットに書き込んだこと、さらには、山名信子を脅し、自分が経営する制作会社のビデオに彼女を出演させたことなどを、余計な修飾を加えずに淡々と順番に述べた。

助川麗香はそれを、黙って聞いた。

「それに、彼は同居している愛菜さんに、日常的に暴力をふるっています」

そう告げてちらっと助手席を見ると、麗香はじっと堪《た》えるようにうつむいていた。

やがて、唇の隙間から息を吐き抜くような笑い声がした。

「占いで、多くの人の相談に乗ってきたのに、今は私が誰かに相談に乗って貰《もら》いたい気分よ……。あの子ったら、まだそんなことをしてるのね……」

「息子さんに会って、話を聞きたい。協力してください」

「もちろんよ。そうしてください。もう、あの子は駄目《だめ》かもしれない……。私からも、お願いするわ。でも、自宅にいないとなると、私にも居所は、ちょっと」

「立ち寄りそうな先に、何か心当たりはありませんか？」

私は、馴染みの店や、つきあいのある友人を知らないか、と質問を振ってみたが、芳《かんば》しい答えを得ることはできなかった。

「ごめんなさい。いっそ、私が電話をしてみましょうか」

「何と話すおつもりですか？」

「そうね……。何と言えばいいのかしら……」

何か適当な口実を設け、母親にどこかへ呼び出して貰うことも確かにひとつの手ではあるが、あまり得策とは言えなかった。そういう嘘は相手に伝わるものだし、いざとなると母親は、結局は息子の側《がわ》に立ってしまう。

「ところで、田中絵里奈という女性を御存じですか？」

私は、質問の矛先を少し変えてみることにして訊いた。

助手席をちらっと見ると、麗香は事問いたげな顔をしていた。

「もちろん知ってるわ。私の娘ですもの。長女です。どうして？」

私は唇を半開きにした。

「娘さんなんですか、田中絵里奈さんは――？　つまり、漆原智古の妹？」

「はい」

「本当の御兄妹《きょうだい》ですか？」

「もちろんです。ふたりとも、私がこのお腹《なか》を痛めて産《う》んだ子だもの。何なの？なぜ急に絵里奈のことを――？」

私は口を閉じ、右掌で下顎とその周辺を撫《な》で回した。さっき、助川麗香を見た瞬間、前に見たことがあるような気がした理由を知った。

なぜ思い出さなかったのだろう。私は、この女に会っている。牛沼康男を逮捕した時、彼女は牛沼の妻だったのだ。

「ふたりは、なぜ苗字が違うんです？」

「そんなことを、一々話さなければなりませんか？」

「智古さんは、田中絵里奈さんを、事務所が契約している貸倉庫に監禁していました」

率直が最良の方法だと思って仕事をしているが、結局それは、もっと悪い方法と比較しての話に過ぎない。麗香は、気の毒なほど激しく狼狽した。

「そんな馬鹿な……。待ってください……。私、ちょっと混乱してしまって……。あの子が、実の妹を監禁してたと……」

「そうです」

「何のために――？」

「それも本人に訊きたい」

そう答えるに、とどめた。

「今、娘はどこに……？」

「私の知り合いの医者が、面倒を見てくれています」

「場所は？」

「新宿」

「連絡先を教えていただけますか？　主人のホームを訪ねたあと、真っ直ぐそこに向かうので」

「わかりました。あとで書いて渡します。——智古さんが、昔、振られた女性の親指を切断したことがあるというのは、本当ですか？」

「それを、誰から……？」

「愛菜さんです。智古さん自身が、彼女にそう語ったと」

「本当です……」

「山名信子さんのことは、どうです？　思い出しませんか？　昔、お宅の近所に暮らしていたはずなんですが」

「わかりません。私ったら、ほんとに、申し訳ありません……。亡くなった信子さんに、何と言ってお詫びをしたらいいのか……。信子さんの御家族の住所も、おわかりですか？　私、お詫びに伺わないと……」

「住所はわかっています。ですが、訪ねるのは、もう少し時機を見てからのほうが」

「——ああ、確かにそうね」

「牛沼康男は、御存じですね？」

「もちろんよ。知ってるけれど、それがいったい？」

「最近、お会いになったことは？」

「あんな男と会うわけがないわ。どうせ今も、塀の中じゃないかしら」

「いいえ、それは違う。出所し、最近はお嬢さんと会ってました」

「なんで絵里奈と……。そんなことはさせないって言ったのに……。冗談じゃない。あの男は空き巣狙いの常習犯です。自分でやめようと思っても、やめられない。病気なのよ、ああいう男って。あんな男が父親だなんて、絵里奈が可哀想……。この私だって、あんなやつに出会わなければ、もっと色々違ってたかもしれない……」

眉をひそめて憎々《にくにく》しげに牛沼のことを語る顔を目にした瞬間、はっきりと記憶がよみがえった。

彼女が牛沼からプレゼントされた貴金属類を点検したのは、他でもないこの私なのだ。亭主からのプレゼントの大半が盗品だと知った時、彼女は今とまったく同じ顔をした。信じていた世界が壊れるのを目の当《ま》たりにした驚愕《きようがく》のすぐあとに、顔中に憎悪《ぞうお》をみなぎらせた。その後、人生とはこういうものだという絶望が広がり、老婆のように老《ふ》け込んだ。

考えようによってはこの麗香こそが、牛沼というコソ泥《どろ》の最大の犠牲者と言えるかもしれない。あの頃、彼女はまだ三十そこそこで、それに対して牛沼のほうは、すでに四十代の半ばだった。牛沼が貴金属類のやり手セールスマンだと信じて疑わずにつきあい、口説《くど》かれ、結婚した。牛沼が逮捕されるまでの五年弱の間、幸せな新婚生活を送っていたのだ。

　牛沼は愛嬌があり、人好きのする男だった。だが、常習的に刑務所とシャバとを行き来する人間の常として、自分にも他人にもどうにもできない歪《ゆが》みを我が身に抱えて生きており、その歪みのために、なだらかな坂を滑るようにゆっくりりと人生を転落した。そうしたおのれの人生に、この女を巻き添えにしたのだ。

「牛沼は、多摩川の河口で、水死体で発見されました」

「どういうこと……。それは、いつですか？」

「三日前」

「あなたは、絵里奈がそれに何か関係してると」

いくらか喧嘩《けんか》腰に問おうとしかけて、麗香ははっと口をつぐんだ。

「――智古が、それに関係してると言うのね？」

「まだ、何ともわかりません」

「きっとそうよ……。あの子が何か関係してるに決まってる……」

麗香は両手を組み、その中に顔をうずめた。

「まだ、事故とも何とも、警察でもわかっていないようです」

「いいえ。智古は……、あの子は……、もう警察に捕まってくれたほうがいいんです。これ以上、あの子を、このまま野放しにしておくことはできないわ……。捕まえて、警察に突き出してしまってください。必要なら、私がどこかに呼び出します」

車は既に環状線から渋谷《しぶや》線に乗り入れていた。両側を防音壁で囲まれた間を、右に左にゆるやかなカーブを切りながら進んでいた。

私は、必要な時にはそうお願いしたいと丁寧に告げた。

老人ホームの車寄せに車を停めた。手帳を出し、里村弘江《さとむらひろえ》の診療所の住所と電話番号をメモにしたためて渡した。

「最後にもうひとつだけ。この写真を、御存じですか？」

助手席のドアに手をかける麗香に、牛ヤスのロッカーで見つけた、あの少女の写真を見せた。

「絵里奈が小さかった頃の写真よ。こんな古い写真、どこで手に入れたの？」

麗香は一瞥をくれて答えた。

「牛沼が持ってました」

「牛沼が――」

「でも、これはよく見ると、コピーなんです。元の写真がどこにあるのか知りたいのですが、お持ちですか？」

「いいえ、確かに娘の写真は持っていますけれど、この写真は、私の所にあるのとは違います。だいいち、さっき言ったように、牛沼とは会ってないのよ。コピーを取らせるわけもないし」

「誰かこの写真の持ち主に、心当たりは？」

「いいえ、ありません。――それって、何か重要なことなの？」

「わかりません」

麗香は助手席のドアを開けた。

「送ってくれて、ありがとう。おかげで、助かりました」

礼を述べて車を降りる彼女に、私はなぜだか声をかけた。

「ところで、私を覚えていませんか？」

ふっと口をついて出た、というしかなかった。

麗香は両足を外に下ろしていたが、小首を傾げ、私のほうを振り返った。

「牛沼康男を逮捕したのは、私です」

いぶかり、私を見つめてきた。目が合っているのにもかかわらず、私の少し後方を見ているようにも感じさせる目つきだった。

「――もしかして、あの男から私へのプレゼントを調べに来た、人？」

「そうです」

相変わらず私を見ていたが、焦点が今度は私の口元辺りで結ぶのがわかった。おそらくは、自分自身の中を見つめている。

「だから……？」

やがて、静かに訊いてきた。

「それだけです」

麗香は車を降りた。もう一度、送って貰ったことに礼を述べて背中を向けた。

私は老人ホームのエントランスへと歩く女の後ろ姿を見つめた。彼女の最後の口調や表情に、挑むような気配が隠れていたような気がした。

エントランスの自動ドアの奥に、車いすに坐る老人が見えた。麗香は途中から歩く速度を上げ、最後には自動ドアを小走りで抜けて、その老人に抱きついた。あれが夫の助川らしい。車いすの前で跪《ひざまず》き、仲睦《なかむつ》まじく会話を始めた。事務所から出てきたスタッフらしい男もそこに加わり、三人になった。

麗香が車いすを押し、三人は何か話しながら、建物の奥のほうへと進んで見えなくなった。

私はサイドブレーキを外して車を出した。エントランス前のロータリーを半周し、元来た道へと戻り始めた。

そうしながら、胸の中で問いかけた。どうして自分は、あんなことをみずから告げたりしたのだろう。

細い道を抜け、国道を走り出してからもなお、同じ問いかけを繰り返していた。

19

十年前にも老人臭く見えた男は、今では一層老人臭くなっていたが、実際の年齢は私よりも四、五歳上なだけだった。グレーの作業着の上に、臙脂《えんじ》色のドカジャンを着ていた。

埼玉県のはずれ、広い河川敷と田んぼを隔てた向こうに、利根《とね》川が見渡せる場所だった。波型鉄板で覆《おお》われた敷地の壁が途切れたところに、蛇腹《じゃばら》のついた出入り口があった。蛇腹は今は開いており、入り口の手前で中が見えた。近づく車の気配に気づいたのだろう、男はそこから少し入った所に立ってこっちを見ていた。

私はそのまま敷地内に乗り入れ、徐行で男に近づいた。

「いやあ、老けましたなあ。髪が真っ白になられてるので、驚きました」

車を降りて挨拶した私をしみじみと見て、男がそう言ったので、相手に対する感想を胸の中でつぶやくしかなかった。

男の名は、平田昌夫《ひらたまさお》。この男の娘は、私が新宿署にいる時分に殺害され、そして、犯人が丸三年以上、捕まらなかった。長女だった。父親と折り合いが悪く、家を飛び出し、新宿の街をふらふらしていた。

家を出てから八日後、歌舞伎町のビルの地下にある空き店舗で、惨殺体となって発見された。暴行され、首を絞められた痕があった。娘は家を出る前日、父親と大喧嘩をしていた。そして、この男は、娘が殺されてからずっと、そのことを悔《く》やみ続けていた。おそらく、今もそうだろう。

「妙なお願いをして、すみません。それに、こんな夜間になってしまいまして」

町田から一旦新宿に戻り、ＤＶＤを積み込んだワンボックスカーに乗り換えねばならなかったこともあり、既に夜の九時近かった。

「いやあ、鬼さんの頼みならば、なんでも。それに、昼間は若いやつもいますからな。この時間のほうが、かえっていいでしょ」

平田は微笑み、敷地の片隅にあるプレハブ小屋へと、手振りで私をいざなおうとした。

「ま、お茶でもどうぞ」

「ありがとうございます。ですが、事件の調査の真っ最中でして。東京へとんぼ返りしなければならないんです」

私は、平田を押しとどめた。そうしながら、気がついた。そうか、自分は今なお、この男とこうして話すことが辛いのだ。

被害者の家族の中で、私のことを「鬼さん」と呼ぶ者は、ほぼ皆無だ。そんなふうに呼ばれる関係になるほど長く、事件が未解決だったのだ。そして、被害者の父親であるこの男と、深い関係を続けてしまった。

現場には、ホシのものと思われる指紋が残っていたが、登録指紋との一致はなかった。目撃証言は何もなく、まだ街のあちこちが防犯カメラの目にさらされる前の出来事だったので、映像的な手がかりも見つからなかった。本庁も出張っての捜査本部は半年ちょっとで解散し、その後、母屋《おもや》（本庁）と新宿署、四谷署から専属の捜査員が配属されての継続捜査も、結局は一年そこそこでピリオドが打たれた。

刑事の勘、というしかないことが起こったのは、事件から三年後のことだった。ある売春斡旋《あっせん》グループを摘発中に、真夏であるにもかかわらず、手袋をしている男に出くわした。男は、最近、そのグループに加わったチンピラで、前科はなかった。男の指紋を入手するのは、容易かった。

「調査？」

平田は、私が言うのを聞いて目をしばたたいた。

「ええ、今は、私立探偵をしています」

テレビや映画の中以外では、耳に馴染まないこんな単語を、この男はどう受け止めるのだろうと思った。警察を辞める時、それを伝えた数少ない人間のひとりだった。だが、辞めたあとのことは、何ひとつ伝えてはいなかった。

「そうでしたか――。じゃ、こっちへどうぞ。あ、車ごと来て貰ったほうがいいでしょ」

平田は、歩く方向を変えた。私は運転席に戻ると車を移動させ、砂利の砕石機《さいせきき》の前に停めた。

DVDは、ポリカーボネートでできている。それをネットで確かめ、さらにはポリカーボネートの特性を調べた私は、後部シートにある段ボールの中身をただ燃やせばいいという、当初の判断を諦めた。ポリカは、耐火性に優れているらしかった。

ただし、溶剤には弱いとあったので、そういうことができる知り合いがいないかとしばらく頭を巡らせたが、思い浮かばなかった。そして、結局のところ砕いてしまえばいいのだと思いつき、この男に頼むことにしたのだった。

「岩を砕くやつですから、何でも粉々ですよ」

平田が言った。

「遠慮せずにやってください。電話で言った通り、中身については訊きませんよ。

私も、そのほうが気が楽ですし」

私は礼を述べ、段ボール箱が詰まったワンボックスカーの後部ドアを開けた。

「スイッチを入れたら、投げ込んでください。箱ごとで結構です」

平田はそう説明をすると、ちょっとした小屋ほどの大きさがある砕石機の操作盤へと向かった。

電源が入り、重たい地鳴りのような音とともにローラーが回り始めた。私は後部ドアから最初の箱を取り出し、砕石機の投入口へとそれを投げ込んだ。ごついギザギザのついたローラーは、あっという間に段ボール箱を呑み込み、中身のＤＶＤもろとも粉々にした。

二個目、三個目を投げ込んだあとは、間を置かず次々に投入した。腰の曲げ伸ばしをいささか負担に感じる程度で、じきに後部シートは空になった。

私はポケットから出したマスターのＤＶＤを二枚、最後に砕石機に投入した。

こっちを見る平田に、済んだことを手振りで知らせた。電源を切った平田に促され、機械の反対側へと回った。

運搬用カートに、粉々になったＤＶＤと段ボールの欠片《かけら》が落ちていた。その中に、カバージャケットの断片が混じっていた。色合いや部分の形から、女の裸とわかるものが多かった。

平田は無言でそれを見下ろしていた。私と同じことがわかったはずだが、何も言おうとはしなかった。

やがて目を上げ、敷地の奥を指差した。

「暖を取るために、時々、あそこで、火を焚《た》くんです。今日も、焚こうかと思ってたところでした。灯油もありますよ」

ドラム缶が立っていた。

私は礼を言い、カートを押して移動した。平田が貸してくれたスコップで、カートの中身をドラム缶にあけ、灯油をかけて火をつけた。

オレンジ色の炎が、じきに紫色に、そして、夜の闇を照らす物悲しいような青へと変わった。

灯油の燃える臭いに、ホルマリン臭っぽい異臭が混じり、私たちはドラム缶から少し離れた。ポリカーボネートを燃やすと、CO_2とメタンガスが発生することは、予めネットで調べて知っていた。

とにかく、これで山名信子が無理やり出演させられたアダルトビデオはこの世に存在しなくなった。

だが、消えてなくなることと、この世に一度も存在しなかったことは違う。山名信子は死に、母を失った娘と、娘を失った母親とが残されたのだ。

この償《つぐな》いをどうさせるかを考えた。

平田に礼を述べ、砕石場をあとにした。高速道路の乗り口を目指して走り出したが、幹線道路に出るとすぐに路肩《ろかた》に車を停め、携帯電話を取り出した。

ヤクザの気に入らないところのひとつは、少し偉くなるとすぐに自分の携帯を誰か下っ端に持たせ、直接、電話を受けないことだった。

友寄は、ずいぶんと勿体《もったい》ぶって私を待たせた末にやっと電話に出た。

「あんたが連絡をしてくるなんて、珍しいな」

「人助けをしてみる気はないか？」

私は、切り出した。

「おいおい、しかも、珍しいことを訊く男だな。俺の職業を忘れたのか？」

至極、当然の疑問だった。

20

東京に帰り着いたのは、夜の十一時近かった。人気《ひとけ》のない路上にワンボックスカーを乗り捨てた私は、念のために車内の指紋を拭《ふ》き取り、里村弘江の診療所と自宅がある雑居ビルへと徒歩で向かった。歌舞伎町は賑やかで、通りは師走の酔客たちで溢れ返っていた。

珍しく待合室は無人だった。外の喧騒《けんそう》が嘘のように静かで、部屋に染《し》みついた薬品の匂いが、昼間訪ねた時よりもずっと強く意識された。

「鬼束だ。入るぞ」

弘江の診察室のドアが細く開いていたので、そこを目がけて声をかけた。待合室を横切って近づき、細く開いたドアをノックしかけた手をとめた。里村弘江は、自身の椅子に深く坐り、患者用の椅子に両足を乗せ、すうすうと寝息を立てていた。遠慮がちな音をさせて、隣の部屋のドアが開き、田中絵里奈が顔を覗《のぞ》かせた。

「寝かせておいてあげたら。さっきは、小さく鼾をかいてた」

私は、隣室の戸口へと移動した。部屋に入ると、絵里奈は壁際の黒いビニール張りのベッドに腰を下ろした。毛布が、今は畳まれて端っこに置いてあった。

「きみは、眠ってないのか?」

「ううん、眠ったよ。そういう薬を貰ったもの。さっきまでは、ひっきりなしに患者さんが来てた。あの先生、偉い人なんだね」

「酔狂《すいきょう》とも言える」

絵里奈は、目を細めて私を見た。昼間、一緒にいた時よりも、ずっと落ち着きを取り戻し、体の周囲に常に感じさせた棘《とげ》が減っていた。その分、芯の強い印象と、歳よりも落ち着いた雰囲気が増していた。

「鬼さん、あなたって、どうしてそうやって皮肉《ひにく》屋の振りをするの？」

「皮肉屋だからだ」

「うそ。いい人だと、弘江先生が言ってたよ」

私は黙って鼻の頭を搔いた。異性からそう言われて嬉しがる歳は、とっくの昔に過ぎていた。

「鬼さんというのも、里村さんが言ってたのか？」

「今、照れたの？」

この娘が、ただ芯が強いだけではなく、自由な雰囲気とか感性と呼ばれるものの持ち主であることに、私は気づき出していた。それは、大概の人間には得ることのできない貴重な資質だといえた。

「いくつか話がある」

私は丸椅子を引き寄せ、ベッドに坐る絵里奈と向かい合う格好で腰を下ろした。

「山名信子さんが映ったＤＶＤは、すべて処分した」

「ほんと――？」

「ほんとだ。それに、漆原がきみを撮影したプライベートのＤＶＤもな。砕石機で粉々にしたあと、俺がこの手で灯油をかけて燃やした。元データも、編集用のハードディスクにあったものをすべて消去した。もう、この世のどこにも残っていない」

「ほんとなのね――?」

私は、今度は黙ってうなずいて見せた。

「ありがとう……。もう少し早く、あなたに相談できてればよかったのに」

「死んだ親父さんが、引き合わせてくれたんだろうさ」

「どうだろうね」

「親父さんを、あまり好きじゃなかったのか?」

「四つの時にいなくなったのよ。小《ち》っちゃい頃の記憶なんか、ほとんど何もないもの。先月、いきなり現れた時、見たこともないお爺さんが現れたと思ったわ」

「その間、一度も会ってなかったのか?」

「あの人は、刑務所が長かったし。それに、私、十五で家を出たの。家族とは、縁を切って暮らしてたみたいなものだし」

「少し話を聞かせて貰いたいんだが、きみは三カ月前に東洋技研を辞め、それまで暮らしていた部屋も引き払い、岬美貴《みさきみき》という偽名を使って今のシェアハウスで暮らすようになった。そうだね? 牛ヤスは、先月、どうやってきみを探し当てたんだ？」

「ジムの前で待ってたのよ。私、高校を出るまで、母親の最初の亭主の実家でお世話になってたのね。そこで聞いたらしいわ。汚《きたな》らしい小さなお爺さんで、そんな人が自分の父親だなんて思えなかった。でも、どうしても話がしたいって言うんで、仕方がないから一緒にお茶をしたの。あれこれ話しかけてくるんだけれど、なにしろ、向こうは六十半ばのお爺さんで、しかも、私が四つの時に捕まってからは、刑務所の外にいるよりも中にいた時間のほうが長かったんでしょ。かみ合う話題なんかないし、私、練習のあとで疲れてたから、すぐに帰りたくなっちゃった。別れ際に、お小遣いを渡そうとするんで、もう子供じゃないのよって、怒って突き返したわ。それに、来週、また練習が終わるのを待っててていいかって言うから、そんなことして欲しくないとも言った。でも、そしたら、一カ月後ならばどうだって……。私、なんだか可哀相になっちゃって、それならいいって、つい、言っちゃったのね。それだけよ」

「もしかして、その時、どうして引っ越しをしたのか、とか、なぜ偽名で暮らしてるのかとか、訊かれなかったか？」

「まあ、訊かれたけれど……。あの人、私の行方を捜し回るうちに、そういうことも知ったんでしょ」

「それで、その後は？」

「いいえ、会ったのはそれ一度だけだった。どうして？」

「やつは俺に、きみを捜してくれと頼みたがっていた。つい、数日前のことだ。牛ヤスは、きみがどこかに拉致《らち》されて、行方不明になってることを知ってたのさ。どうやって知ったのかが、知りたい」

「――あなたは、あの人が誰かに殺されたと思ってるの？」

「まだ、わからんよ。だが、もしもそうなら、きみの行方を捜そうとして殺された可能性もある」

「――」

絵里奈は心持ち顎を引き、じっと一点を見つめた。私は、娘がたっぷりと考えるまで待ってから、改めて続けた。

「これから俺の推測を言う。三カ月前にきみが東洋技研のアルバイトを辞めて住居を替わり、岬美貴と名乗って暮らし出したのは、漆原智古から逃げるためだ。そうだな？　きみが十五歳の時に家を出て、母親の最初の亭主の実家で暮らしたのも、そのためだった。だが、漆原は、きみが東洋技研で働くのを知り、それが山名信子の紹介だとも知った。それで、執念《しゅうねん》深い怒りの矛先が、山名信子に向くことになった。金が必要といった事情はあるようだが、彼女と不倫関係にあった男を強請ったのも、東洋技研への悪意の書き込みも、そして、彼女を脅してAVを制作したのも、元にあったのは、その執念深い怒りだ。そして、最後にはきみ自身を拉致して乱暴するという行動にも出た。合ってるか？」

「そうよ……、その通り。信子さん、クラス会で漆原に再会したそうよ。連絡先を訊かれたけれど、もう関わりたくないと思って教えなかったのに、誰か別の友人に聞いたみたいで、自宅の周辺に現れるようになったんですって。会社の傍で待ち伏せされたことも何度かあって、私も見つかってしまったの。なんでここにいるんだって訊かれたわ。信子さんの紹介だとは言わなかったけど、そう勘繰って、本人に問い詰めた。そして、陰険《いんけん》に信子さんにつきまとい出したの」

「漆原智古は、きみの実の兄だったんだな。どうして黙ってたんだ？」

娘の顔を、驚愕が走った。その後、ちらっと見えたものは、羞恥《しゅうち》だったのかもしれない。

「――誰から聞いたの？」

「お袋さんに会ってきた」

その両目に、見る見るうちに今度は怒りが満ちた。

「ちょっと待ってよ。何のために会いに行ったの？」

「漆原の行方を捜すためだ。そして、きみの名前を出して訊いたら、私の娘だと言われた。驚いたよ。教えてくれ。なぜ、漆原と兄妹だと言わなかったんだ？」

「言いたくなかったからよ。決まってるでしょ。あの女に会ったって、何にもならなかったでしょ。それで何かわかったの？　わかるわけないわ。あの人が、息子の不利になるようなことを言うわけがないもの。長男を溺愛《できあい》してるのよ。娘よりも、異常な長男のほうが大事なの」

絵里奈ははっとし、前のめりになって顔を近づけてきた。

「――まさか、あの人に、私がここにいると教えたんじゃないでしょうね？」

「見舞いに来るというので教えたが……」

「なぜそんな勝手なことをしたのよ⁉　あんな人になんか会いたくないわ！　関わりたくないのよ！」

私は詫《わ》び、娘が落ち着くのを待った。

絵里奈はもっと何か罵《ののし》りたかったのだろうが、しなかった。彼女の視線の動きに気づいて背後を振り向くと、診療室に続く戸口に、里村弘江が立っていた。

「ごめんなさい。寝ちゃってた」

微笑む顔が、寝起きのものではなかった。剣呑《けんのん》な雰囲気になったので、出てきたらしい。

絵里奈は、弾かれたようにぴょこんとベッドから立った。

「私のほうこそ、ごめんなさい。私の大きな声で起こしちゃったのね。先生がせっかく休んでたのに……」

弘江は豊かな髪の中に指を突っ込んで、後ろに向かって掻き上げた。

「熱い牛乳かココアでも飲む？　それとも、何かちょっとお腹に入れる？　たぶん、そのほうがいいように思う。私、夜食の時間なの。鍋焼きウドンにするんだけれど、一緒にどう？」

絵里奈は遠慮するかどうか決めかねたようだが、その態度から答えを察した弘江は、早速、私たちを促した。

「じゃ、一緒に自宅に上がりましょう。患者が来たら、上に声をかけるようにしとくから、大丈夫。鬼さんも、一緒に食べましょうよ」

里村弘江と一緒に食事をすることを想像すると、心の底にうずきを覚えた。しかも、未だかつて足を踏み入れたことのない自宅に招かれ、彼女の手作りの品を食べられるのだ。

「俺は遠慮しとくよ。これから、張り込みだ」

「あら、そうなの。残念」

ほんとに残念がっているものと思いたかった。

三人して待合室へと移動したところで、階段を小走りに駆け上がってくる足音が聞こえた。急患か。

ドアを開けて相手を招き入れようとした私は、一瞬、身構えかけた。漆原智古が、妹を取り返しに飛び込んできたと思ったのだ。

それぐらいよく似た男だった。

「誠司《せいじ》兄さん——」

絵里奈が言った。

「二番目の兄よ」

私たちに、説明した。

誠司は、長男の智古にそっくりだった。顔つきも体つきもよく似ていて、兄が丘サーファーの如《ごと》き若作りの格好をしていたのに対し、弟はびしっとスーツを着込んで落ち着き払っているせいで、ほとんど同じ歳にも見える。後ろに、痩せた眼鏡の男を連れていた。

「すみません、こんな時間にいきなり参りまして」

野太い、落ち着いた声だった。礼儀正しく私と弘江に挨拶すると、妹に微笑みかけて近づいた。

「すまない。大丈夫なのか……？　実は、助川さんがホームで怪我をしたそうでね。母さんは例のあの性格だから、面倒を見てバタバタしてる間に、時間をすっかり忘れてしまったらしいよ」

兄を見ていくらか和《なご》んだ顔つきになった妹の腕に軽く触れ、誠司は私たちのほうへと顔を戻した。

「申し訳ないです。電話が来て、ろくろく説明も聞かされないまま、こいつを迎えに行くようにと言われまして。飛んできたんです。妹がお世話になりました。私、こういうものです」

名刺入れから抜き出した名刺を、私と弘江に順番に渡した。

フルネームは田中誠司。神奈川県の県議会議員だった。そういえば、胸に議員バッジがある。

「さ、一緒に帰ろう、絵里奈。今日はうちに泊まればいい。本当に色々、お世話になりました。この時間でも可能でしたら、お会計をお願いしたいのですが」

紳士的な態度ではあったが、議員という立場から身についたものなのか、話をただ一方的に進めたがる嫌いがあるようだ。

「そんなにあわてなくても。今、絵里奈さんに、お夜食をふるまおうとしてたところなんです」

弘江が言う。

議員は、右手を顔の前で立てて左右に振った。

「いえいえ、とんでもない。そんな御迷惑はおかけできませんよ。さ、きみが会計を済ませてくれ。私は、妹を連れて車に戻ってる。お腹が空いているようだったら、どこかで何か食べようじゃないか」

つき従っている眼鏡の男に命じ、絵里奈を促す。

「二、三お尋ねしたいことがあるのですが、ちょっと下で話せませんか？」

私はやんわりと切り出し、田中誠司に名刺を渡した。誠司はそれをちらりと見て、ポケットにしまった。関心がありそうな目つきではなかった。

「わかりました。それじゃ、きみは会計を頼む。絵里奈、何か荷物はないのか？　なければ、車に乗ってなさい。弘江に頭を下げて感謝を述べると、こちらと話して、すぐに行くから」

もう一度、弘江に頭を下げて感謝を述べると、誠司は先に出口を目指した。

階段を下り、ビルのエントランスの内側で向かい合って立った。ガラスドアの隙間から忍び込んでくる冷気で、ズボンの裾《すそ》がすうすうする。

「兄の智古さんの居場所に、心当たりは？」

私は前置きをせずに訊いた。

「いえ、ありません」

「お母さんから、どんな話をお聞きになりましたか？」

「一通りは――。しかし、さすがに、信じられません、既にあの兄とは絶縁状態に近いのですが、いよいよ絶縁ですよ」

「最近、お兄さんとお会いになったことは？」

「いえ、ありません」

「牛沼康男さんとは、どうです？」

「義父ですね。亡くなったことは、知ってます。ニュースで読みました。でも、あの人とは、もう長いことずっと交流はありませんよ」

階段の上に、誠司の秘書だという男と並んで絵里奈が姿を現した。

「そうしたら、鬼束さん。今夜はもう遅いですし、何かありましたら、明日以降に御連絡をいただけますか。秘書の名刺をお渡ししておきますので」

会話が聞こえた秘書が、階段を下りながら内ポケットを探った。慣れた手つきで名刺をつまみ出す。

「秘書の米田《よねだ》と申します」

と名乗り、誰かに習ったマナー通りの仕草で差し出した。こういうことが気に入らない人間がいるとは、想像がつかないタイプの男だろう。

私は失礼にならない範囲で邪険《じやけん》に受け取り、議員本人に確かめた。

「今夜は、絵里奈さんは、誠司さんのお宅に泊まるのですね？」

「そうなると思います」

「明日も、ずっとそこに？」

「なぜですか？」

「智古さんのことで何かわかったら、知らせたいと思いまして」

「それならば、秘書に御連絡ください。私から、妹に伝えますよ」

なんでも秘書を通さないと気が済まないらしい。

「鬼さん、私から連絡するわ」

兄に促されて路駐の車へと歩き出しながら、絵里奈が私に声をかけた。

21

自分の車で漆原智古のマンションを目指した。

玄関ドアの蝶番に挟んだ紙片が、今もまだほんのわずかに頭を出しており、私が挟んだ時のままだった。私は愛菜から借りた鍵でドアを開け、中に入ってロックした。

懐中電灯をつけて奥へと向かった。浴室やトイレまで含めて、誰もいないことを念のために確かめたのち、リビングに入り、座卓に坐って懐中電灯を消した。家はそれぞれ、みな独特な匂いがするものだが、それが闇の中では一層強く感じられた。好きな匂いではなかった。

十二月の東京は、火の気のない部屋を冷やしていた。ちょっと考え、漆原をここで待ち受けるのに、別段、暖房を入れていたって構わないのだと結論を出し、私はリモコンを見つけてエアコンをオンにした。

やがて暗闇に目が慣れ、部屋の様子を見渡せた。ゴミの多い部屋に、特に注意を引くものはなく、逆に注意を払いたくないものばかりだった。

ウイスキーの小瓶のキャップを開けて、一口飲んだ。つまみに持ってきたクラッカーを口に投げ込むと、弘江の作る鍋焼きウドンが脳裏に浮かんだ。

一緒に持ってきたエビアンをチェイサーに、何口かウイスキーを飲むうちに、皮膚がぽっと火照《ほて》ってきた。刑事だった頃には決してなかったことだが、ぬるま湯に足をつけたような軽い酔いに身を任せつつ、この部屋の主である漆原智古という男に思いを馳せた。

ふと思いつき、腰を上げてテレビ台に歩いた。そして、昼間、愛菜がアルバムを取り出したラックの扉を開けた。写真に、何らかの手がかりがあるかもしれない。

昼間見たアルバムの隣にもう一冊、古びたアルバムが立っていた。

濃紺色の表紙のアルバムで、フォトブックの隆盛によって最近はあまり流行《はや》らなくなった、背のねじ込みクリップを外して台紙を増やせる方式のものだった。私は両方とも抜き出した。

座卓の元の場所に坐り、まずは古いほうを開けるなり、唇の隙間から息を吐いた。

最初のページに、牛沼康男のロッカーで見つけたのと同じ、少女の写真が貼ってあった。

私は上着のポケットから、くだんの写真を抜き出した。座卓の読書ライトをともして二枚を見比べたのち、アルバムの台紙の隅に注目した。台紙のカバーシートの端っこが、わずかにめくれていた。それに、粘着台紙に貼られた写真の隅には、つまんで剝《は》がした跡が微かに残っていた。

この部屋には、家庭用のコピー機が置いてある。牛ヤスはここに忍び込み、この写真を見つけ、そして、コピーを取ったのだ。

もしや、という気持ちから部屋を飛び出し、コインパーキングに駐めてある車から盗聴器の探索器を持って戻った。

息を整えつつスイッチを入れると、苦もなく見つかった。盗聴器は固定電話の中に隠されており、奈良鉄夫から教えられた機種と一致した。ここに仕込めば、電話から電源を取れるので、半永久的に作動し続ける。

だが、そんなに永い時間など必要はなかったのだ。時系列から考えると、牛ヤスはここに盗聴器を仕掛けてからほんの数日のうちに、何らかの隠し事を知ることになったはずだった。

そのために殺害されたと断じるのは早急すぎても、この部屋の盗聴によって何かを知ったことが、その後の牛ヤスの行動に影響を与えたのは間違いあるまい。やつが多摩川の河口で発見されるまでの間に、いったい何があったのか。漆原智古を見つけ出して問いつめねばならない事柄が、またひとつ増えた。

私は少し考えてから、盗聴器を戻し、十徳《じっとく》ナイフで電話機を元通りに閉めた。

携帯を出し、愛菜に電話した。

「すまん、起こしたか？」

一応は遠慮して訊いたものの、電話に出た愛菜の声に眠気は感じられなかった。

「いいえ、全然、大丈夫よ。隣の部屋がうるさいの。盛りのついた犬みたい」

笑い声に、力がなかった。「あの人、どうなったかしら？」

「部屋に戻った痕跡はない。今夜はここで待ち受ける。戻らなければ、明日、必ず見つけるさ。しばらくそこで、のんびりしててくれ」

「ここ、CSが観られるのよ。番組表を調べたら、観たい映画ばっかり。ビールでも飲んで観てるわ。のんびりしなけりゃ、損だもん。そうでしょ？」

「ああ、そうだな。ところで、ちょっと訊きたいことがあって電話したんだ。協力してくれ」

「なに？　何でも訊いて」

「この一、二週間の間に、漆原が電話で何か気になるやりとりをしたり、誰か気になる客が訪ねてきたようなことはなかったか？」

「え、なにそれ？　どういうことかしら……。急にそう言われても、わからないけれど……」

「誰か客が来て、きみは席を外しているように言われたことは？」

「いいえ。ないわ。そもそも、あの部屋にお客が来ることなんて滅多《めった》にないし——」

「電話はどうだ？」

「電話ね……。そうそう、それなら、電話の途中で、漆原がひとりになりたがったことがある。家電に電話が来て、夕御飯の途中だったんだけれど、子機を持って寝室に入っちゃったの。確かに、あれはちょっとおかしかった」

「いつのことだ？」

「一週間ぐらい前よ」

「もっと正確に思い出せないか？」

「ちょっと待って……」

愛菜はしばらく沈黙し、明るい声になった。

「思い出した。一週間より前。十日前だわ。『ＣＳＩ』の集中放送を、録画しながら観てるところだった。あの人、結構、外国の刑事物が好きなの」

「十日前の何時頃だろう？」

「八時過ぎ。ドラマが始まって、ちょっとした頃だった。ねえ、役に立った？」

「ああ、立ったさ。ありがとう」

「――ねえ、時々、電話してもいい？　私、なんだか不安で……。色々考えたんだけど、警察なんか、やっぱり頼りにならない……。あなただけが、頼りなのよ……」

「いつでも電話してくれ」

私は、電話を切った。

固定電話を操作して発着信履歴を調べると、愛菜が言った通り、十日前の八時過ぎにひとつ着信が入っていた。向こうも固定電話で、局番は０４４。川崎だ。

牛沼康男が、私に連絡を取りたがっていたのが今から五日前。それは、この日の通話を、盗聴器で盗み聞きしたことと何か関係があるのだろうか。

私はもう一度携帯を手に取った。

武藤明《むとうあきら》はある大手信用調査会社の調査員で、かつての私には容易く調べられたが、現在の立場では調べにくい事柄を調べてくれる。武藤にとってそれは、事務所に知らせていない副収入だった。

ややしつこいくらいまで呼出音を鳴らして待つと、つながった。

「こんな夜中にすまない」

きちんと詫びた私に、

「なあに、そっちの仕事がどういうものかわかってるよ。今日はどういう頼みだ？」

武藤は無愛想《ぶあいそ》で機械的だが、決して不快そうではない口調で応じた。歳が離れたカミさんとの間には、確か現在、中三と中一の娘があり、副収入を得ることに熱心なのだ。

「これから言う番号の持ち主を調べてくれ」

私は川崎の市外局番の番号を告げた。互いに余計なことは言わずに電話を切った。

座卓に坐り直し、アルバムの次のページをめくると、少女を今度は別のアングルから写した写真が貼ってあった。最初のページにあったのは四つ切の大判で、貼ってあったのはそれ一枚だけだったが、二ページ目からはL版の写真になり、どのページにもびっしりと少女の顔が並んでいた。

ページを繰るほどに、段々とおぞましい気分が大きくなった。このアルバムの写真はどれも、絵里奈が四、五歳とか五、六歳の頃のものばかりだった。執着、という言葉が思い浮かんだ。兄の妹に対する愛情としては、一線を越えてしまっているのではないか。

ふとページを繰る手をとめた。それは絵里奈が、どこかの赤ん坊を抱いた写真だった。まだ目も開かない新生児が、少女の腕の中ですやすやと眠っていた。

何かがぼんやりと気になった。今まで見ていた世界のどこかに、それも途轍《とてつ》もなく大きな狂いが生じている。それを直観では感じているのに、明確に意識の俎上《そじょう》に載せることができないもどかしさがあった。

アルバムのほとんどが、絵里奈の写真一色だったが、わずかに何枚かは他の人間も写っていた。その中の一枚に、家族で撮影されたものがあった。麗香を真ん中に、男の子が三人と女の子がひとり。それに、麗香の腕には、赤ん坊が抱かれていた。

私はアルバムを読書ライトの光に寄せ、絵里奈が赤ん坊を抱いている写真と、この家族写真を見比べた。家族写真のほうは、ひとりひとりの顔が小さくて、特に赤ん坊の顔は判別がしにくい。だから、断定まではできないが、一応は同じ赤ん坊に見えた。

この赤ん坊は誰なのだろう……？

絵里奈に弟や妹がいたという話は、聞いたことがなかった。

場所は、どこかの家の居間だった。その家に赤ん坊が生まれ、家族全員で会いに行った。そして、麗香がその家の赤ん坊を抱え、家族全員で記念写真を撮った。そんなシチュエーションもあるかもしれないが、ここが自宅の居間だとしたら、やはり麗香が産んだ子供、つまり、絵里奈の弟か妹と見るほうが自然ではないか。

私はもう一度携帯を出して、武藤にかけた。

「度々すまない。もうひとつ頼みたいことができた」

そう前置きし、麗香とその子供たちの戸籍を取り寄せることを依頼した。

電話を切り、あれこれと考えを巡らせていた私は、はっとし、改めてアルバムをライトに近づけた。

麗香が赤ん坊を抱いている写真に、目を凝《こ》らした。

だが、目を凝らす先は、麗香でも抱かれた赤ん坊でも一緒に並んだ兄弟たちでもなく、その背後に写る壁掛けのカレンダーだった。上半分がサッカーの試合の写真で、そこに何かの文字が書かれている。さらには、年と月の表示。違和感の正体は、おそらくはこれだ。

写真に顔を寄せ、懸命に努力するが、文字が細かくてどうしても読めない。私は立つと、部屋の中を探し回った。映像関係の仕事をしているのだから、どこかにルーペがあるのではないか。

リビングの抽斗を二、三個開けたあと、思いついて寝室に移動し、編集用のパソコンとデータ保存用の外付けハードディスクが並んだ机に近づき、抽斗を探った。

ビンゴ。写真用の筒形ルーペが、デスク正面の大きな抽斗に入っていた。

持って戻り、少女が赤ん坊を抱いた写真に置き、右目を押し当てた。拡大され、粒子の模様が際立つ写真を、改めて凝視する。

どういうことだ……。

混乱して上半身を起こした私は、いったん部屋の暗がりへと視線を逃がした。

改めて、今度は目の周辺が痛くなるぐらいに強く右目を押し当て、ルーペで拡大されたカレンダーの文字を読んだ。

——Jリーグ開幕記念！

Jリーグが開幕したのは、今から二十三年前。私の記憶に間違いがないことは、その文字の横に印刷された西暦と和暦で確認できた。

絵里奈の歳は、十九年前、私が牛沼康男を逮捕した時に四歳の少女だったことからして、現在二十三。この写真の少女は、絵里奈ではないのだ。

それでは、いったい、誰なのだ……。

二十三、四年前に生まれた絵里奈が、二十三年前に撮影された写真に、三、四歳の少女として写っているわけがない。牛沼康男が後生大事にコピーをロッカーに保管していた写真の少女は、絵里奈ではなかった。漆原智古が異常な執着ぶりを見せ、大量の写真を保管していた少女は、絵里奈ではなかった。

それでは、なぜ牛沼は、写真のコピーをロッカーに保管していたのだろう。絵里奈は、どうしてこの写真は自分だと嘘をついたのだろう。写真の少女は誰で、そして、今、どうしているのだろう。

22

翌朝、ベッドから失敬してきた毛布にくるまって目覚めた私は、体が怠《だる》くて重かった。心地の悪い問いかけが、タチの悪い酒のように、体に重たくまとわりついていた。

遮光《しゃこう》カーテンの隙間から射《さ》し込む光が、天井をぼんやりと浮かび上がらせていた。洗面所へ歩き、冷たい水で顔を洗った。トイレで用を足し、水洗レバーをひねって廊下に出、リビングに入った直後にインターフォンのチャイムが鳴った。

時計を見る。まだ、七時半にもなっていなかった。解《げ》せない気分で、玄関ドアのほうへと振り向いた。こんな時間に、他人の家を訪ねる人間は珍しい。漆原智古が部屋の鍵を持っておらず、部屋に愛菜がいるものと思って鳴らしているのかもしれない。

だが、リビングを出て玄関に向かい、玄関のドアスコープから表を覗き見た私は、期待が外《はず》れたのを知ってがっかりした。

片方は背広姿、もう片方は背広にコートを羽織っている。双方とも、背広もコートも吊るしの安物で、頭髪はただ実用的に短く切っただけ。どちらも知らない男だったが、その風貌《ふうぼう》や格好は、馴染みがあることこの上なかった。

男たちはしばらく待った末、今度はドアを叩き始めた。

「漆原さん、おいでになりませんか？　警察ですが、おいでなら、ちょっと開けていただけませんかね？」

再びスコープを覗くと、ドアを叩いて呼びかけているのは、背広姿の年配のほうだった。四十代の半ばぐらい。もうひとりは三十代の前半だろう。こうしてドアを叩きながら「警察」だと名乗るのは、彼らの慣れたやり口だった。周囲の目や耳を気にしてドアを開ける人間が多い。

さて、私はどうすべきだろう。たぶん、さっきトイレの水を流した下水音は、表に聞こえている。中に人がいることに気づいている限り、決して諦めないにちがいない。

「警察なんですがね。おいでなんでしょ。わかってるんですよ」

刑事たちは再び呼び鈴を鳴らし、玄関ドアを叩いた。私はロックを外して、ドアを開けた。

顔を出した私に、刑事たちは険《けわ》しい視線を向けてきた。

「漆原智古さんですか？　早朝に失礼します。おいでになったのならば、もう少し早く出てきていただけないものですかね」

年配のほうが言った。冷ややかで、内心の不快さがストレートに伝わってくる口調だった。多くの人間と会うことを仕事とする人間がそんな口調になる時は、意図的にそうしているのだ。

「眠っていたもので、申し訳ない。私は留守番の者です」

「それじゃ、漆原さんじゃない？」

「ええ、違います。漆原さんは、留守ですよ」

「じゃあ、あなたはどなたなんですか？　恐れ入りますが、身元を証明するものを見せていただけませんか？」

私は、少し強く出ることにした。

「こんな早朝に、いきなり訪ねてきて、その言い草はないのでは。あなたたちこそ、どういった御用件でいらしたのかを話していただけませんか。その前に、身分証を見せてください」

　刑事たちは、そろって警察手帳のＩＤ部分を提示した。

「これでよろしいですか。訪ねてきた用件は、漆原さん本人に申し上げます。あなたも姓名を聞かせてくれませんか？」

「鬼束啓一郎。奥さんに頼まれて、留守番をしてます」

　私はフルネームをきちんと名乗り、最も当たり障《さわ》りのない答えを返した。警察官に返事をする時には、そうすべきだと知っていた。相手は、ちょっとでも何か突っ込みやすいポイントを見つけると、そこに質問を集中させてくる。

「御職業は？」

「警察は留守番の人間に、一々そんなことを訊くんですか？」

「漆原さんとの御関係は？」

「ですから、奥さんに頼まれて、留守番をしてます」

「漆原さんは、独身ですよ。妻はいません」

　ほお、そういったことを、既に調べているというわけか。それなら本当は、漆原の顔もすでに押さえているのかもしれない。

「じゃ、籍は入れてないんでしょう。で、何の御用なんです？」

「漆原さんは、今、どこに？」

「わかりません。ほんとだ」

刑事たちは、ちらっと目を見交わした。

「留守番の人間が、ほんとにわからないんですか？」

「わかりません。実を言えば、ここで彼の帰りを待っている」

「なぜです？」

「同居の女性が、彼からＤＶを受けて、今、ある場所に避難してます。私は彼を待ち受け、この件に片をつけるつもりだ」

私は、年配のほうの刑事に名刺を差し出した。

「あなた方の捜査にとっても、何か有力な情報を提供できるかもしれない。どうして訪ねてきたのか、教えて貰《もら》えればの話だが」

再び、今度は少し長めに目を見交わしてから、また年配のほうが口を開いた。

「四日前、多摩川の河口から、男の水死体が見つかった事件を捜査しています」

「牛沼康男のことですね」

「被害者を、御存じなんですか？」

はっとした。この刑事は、「被害者」と口にしたのだ。

「知ってます」

「どういう関係です？」

「古いつきあいですよ。被害者と仰ったが、そうすると、牛沼康男は事故死ではなかったんですね？」

　年配の刑事が若いほうに顔を寄せて耳打ちし、私の名刺を手渡した。若いほうが、遠ざかる。

「解剖の結果、肺に少しも水が入っておらず、脳に挫傷《ざしょう》があることがわかりました」

「殴殺《おうさつ》され、川に捨てられた。――そういうことですか？」

「その可能性が高いですね。それに、事件当夜、死体が見つかった河川敷の近くで、漆原さんの所有するベンツと漆原さん本人が、防犯カメラに捉《とら》えられていました」

「映っていたのは、漆原だけですか？」

「そんなことを、あなたに教えることはできません。いずれにしろ、わかったでしょ。我々が彼の行方を捜しているわけが。やつが立ち回りそうな先は、どこですか？」

「それがわかっていたら、自分で行ってる」

「鬼束さん、あなたも、漆原に用があるんでしょ。調査員には難しくても、警察ならば容易くできることだってある。ざっくばらんにいきませんか。摑《つか》んでることを、教えてください」

若いほうが戻ってきて、年配の刑事に耳打ちし、ふたりは私からちょっと遠ざかった。話は、長くはかからなかった。

「詳しく話を聞きたいので、御足労だが、署まで一緒に来ていただけますか」

「話はここでも、充分できる」

「率直に言いますが、あなたには証拠隠滅《いんめつ》の嫌疑がかかってます。あなただと思われる人物が、牛沼康男さんがねぐらにしていた山谷のドヤを訪れて、彼の持ち物から何か持っていったとの情報がありましてね」

なるほど、そこが引っ掛かってしまったか。私は苦笑し、上着を取ってくるので待っていて欲しいと応じた。捜査員が任意の同行を求めた時には、素直に応じるべきだと知っていた。そうしなければ無駄な時間がかかるだけで、結局は行くことになる。

23

漆原のマンションがある西池袋を管轄とする池袋警察署に着き、三十分近く待たされた。苛立《いらだ》たないように注意しつつ、待ち続けた。相手がそれを狙っている場合がある。

取調室に現れた男たちを見て、待たせたのが何らかの小細工ではなく、実際にこれぐらいの時間が必要だったのを理解した。

現れたのは、新宿署の綿貫と藤木だった。さっきのふたりの年配のほうが一緒だったが、入り口脇の壁に寄りかかって立ち、それ以上近づいてはこなかった。

取調べデスクの向かいに綿貫が坐り、デスク横には藤木が立った。

「捜してたんですよ、鬼束さん」

綿貫が言った。この間よりも、ずっと親しげな口調だった。苛立ちや憤りを、胸に溜め込んでいるらしい。

「我々と会った翌日、牛沼が暮らしてた山谷のドヤに行ってますね？」

「ああ、行ったよ」

こんなところで時間をかける気はなかったので、素直に認めた。

「何のために？」

「やつが、なぜ俺に連絡を取りたがってたのかを知りたくてな」

「で、わかった？」

「いいや」

「やつのロッカーから持っていったものを、返してください」

「何も持っていってなどないさ。フロントでも、そう説明した」

「いいや、あなたは何か持ち出したはずだ」

私は、黙って相手を見据えた。あのロッカー室で、牛ヤスのロッカーを探る私を捉えた防犯カメラがなかったことは、探る以前に確認済みだった。

綿貫は、しばらく私の目を見据え返していたが、やがて、ほんのわずかにニヤッとした。苦笑とも名づけられないほどの、ほんの微かな動きだった。

「では、他のことを訊きましょう。漆原が六本木に持つＡＶの制作プロダクションの部屋では、何をしてたんです？」

くそ、予期せぬ方向に矢を放《はな》たれた。ビルの防犯カメラに私の姿が映っていたか、部屋の指紋を検出したかのどちらかだろう。警察官は、指紋が登録されている。元刑事だった私の指紋は、わかっているのだ。

「答えてくれませんか、鬼束さん」

私は促されてもなお、しばらく口を閉じたままだった。絵里奈の話を出すかどうか、迷っていた。取調室での鉄則はひとつ。迷った時には、決してあわてずに考えるべし。取調べに当たる刑事は、できるだけそうさせまいと仕向けてくる。

「無論、漆原を捜しに行ったのさ」

「で――？」

「見つからなかった。だから、やつの部屋で待っていた」

「ちょっと待ってください。六本木の事務所には、どうやって入ったんです？」

「普通に訪ねたさ。事務所の人間が応対してくれた」

「何という人間です」

「名前までは聞かなかった。漆原に会えなかったので、引き揚げたんだ」

　綿貫は、私を疑わしそうに見つめてきた。だが、これはおそらくブラフだろう。たとえ辻や名越が事情聴取をされたとしても、何があったのかをべらべらと警察に喋るとは考えにくい。喋れば、自分たちがしでかしたことまで話さなければならなくなる。

「いいでしょう。それじゃ、漆原の部屋の話をしましょう。待っていたのではなく、無断で押し入っただけかもしれない」

「同居してる女の許可を取って、鍵を借りた。本人に確かめてくれ」

　私はポケットから手帳を出し、彼女の携帯電話の番号を書き写した。そのページを破り、差し出した。

　綿貫がメモをチラッと見たのち、藤木に渡す。あの年配の刑事がそれを藤木から受け取り、部屋を出ていった。

「ついでに、他の持ち物もここに出して貰えますか？」

取調室に入った時、この署の警官からも同じことを言われていた。

「駄目だ。持ち物検査をしたいなら、正式な令状を取ってくれ」

「お互い、協力的にやりましょうよ」

刑事の猫なで声ほど、気色の悪いものはない。私もかつて、こんな声を出していたのだろうか。

「協力はするさ。質問を続けてくれ」

綿貫は足を組み、左の肘《ひじ》を机についた。

「それじゃ、続けましょう。なぜ、盗聴器を探してたんです？」

私が睨《にら》んでも、綿貫は目をそらさなかった。鞄は、取調室に入る前に別室で差し出していた。中にある盗聴器の探索器を見つけたのだ。

ということは、一緒に入れてあったアルバムも見ている。無論、無断でということになるが、それをここで言い立てても埒《らち》が明《あ》かない。

「牛沼は、ある男から盗聴器を購入していた。それが仕掛けられた先を探していた」

「なぜ漆原の部屋にあると？」

「そう考えたわけじゃない。候補のひとつだと思って探したら、見つかったってことさ。牛沼が購入したのと同じ型のものだった」

「牛沼は、どうして漆原の部屋に盗聴器を仕掛けたんです？」

「わからない」

「あなたの推測を聞かせてください」

「わからないと言ってるだろ」

「部屋のどこにあったんです？」

「電話機の中。まだ、そのままにしてある」

「正直に話してくれて、感謝しますよ。それじゃあ、次です」

綿貫は部屋を出ると、アルバムを持って戻ってきた。

「このアルバムは何ですか？」

「俺の私物だ」

「それじゃ、写ってる少女は誰なんです？」

「わからない」

「鬼束さん」

「わからないことは、正直にわからないと答えてるんだ。嘘はないよ。お互い、時間を無駄にするのはよそうぜ」

私はそこでいったん口を閉じたが、思い直して、

「だが、彼女が行方不明になっている可能性がある」

とつけたした。

「壁にかかっているカレンダーからして、この写真が撮られたのは今から二十三年前のことだ。その当時、提出された捜索願の中に、この少女に該当する人物がいないかどうかを調べるべきだ」

「なぜそんなことをする必要があるんです？　それが何か牛沼康男の事件と関係してるんですか？」

「ああ、おそらくな」

「どう関係してるのか、具体的に話してください」

「それはまだわからない」

綿貫は腕を組み、さて困ったという顔をして見せた。私が取調官だったなら、もう少し長くそうしていたと思うが、やがておもむろに口を開いた。

「あなたは先日、我々が訪ねた時、牛沼とは最近、会ってないと言った」

「本当さ。会ってない」

「しかし、その舌の根の乾かぬうちに、山谷のドヤを訪ねて牛沼の持ち物を漁《あさ》り、そして、今度は漆原の部屋にいるところを、担当している所轄《しょかつ》の刑事に見つかった」

「留守番してたと説明したはずだ」

「それならそれでいいでしょう。私が言いたいのは、漆原智古の母親はかつて牛沼康男と所帯を持っていた。大昔のことではありますが、それにしても、漆原と牛沼は一時期、義理の親子だったということです。そして、牛沼の死体が見つかった多摩川の河口近くで、事件当夜、漆原の車が防犯カメラに捉えられてる。牛沼の死に、漆原が何らかの形で関与している可能性が疑われているわけです。鬼束さん、あなたはその双方と関係があり、そして、主体的に何かをしているのは明白だ。わかるでしょ？」

「それで――？」

「知ってることを、何もかもきちんと話して貰いますよ。そうでない限りは、帰って貰うわけにはいかない」

私は膝が取調べデスクにぶつからないようにと椅子をずらして、足を組んだ。体の向きをわずかに変え、デスクのすぐ隣に立つ藤木の顔を見上げた。

若い刑事は、職業熱心な顔で私を見下ろしていた。三日前に喫茶店で会った時の親しみは感じられなかった。

「俺があの部屋に無断でいたわけではないことは、漆原と同居してた吉崎愛菜に連絡が取れれば、はっきりするさ。そしたら、帰るよ。俺もかつてはやったことだが、任意の協力ってやつをゴリ押しするのは、よそうぜ」

私が言った時、ドアが開き、あの年配の刑事が戻ってきた。藤木のほうが素早く動いて、耳打ちを受ける。

ちらりと私を見た目に、冷たい光が見えた気がした。

「いくらかけても、吉崎愛菜は応答しないそうです。このままじゃ、帰っていただくわけにはいきませんね」

「俺に直接、電話をかけさせてくれ。知らない番号からの電話には出ないのかもしれない」

綿貫が、私の目を見据えて首を振った。

「いいや、それはできません。鬼束さん、あなたには現在、住居不法侵入の疑いがかかっている。それに、証拠隠滅の嫌疑についても、まだ、充分な説明を受けていませんよ」

私は平手で顔を擦《こす》り、もう片方の手の人差し指で忙《せわ》しなく机の表面を叩《たた》いた。

「俺はあの部屋の鍵を持ってる。不法侵入と決めつけることはできないはずだ。それに、証拠隠滅というなら、俺が山谷のドヤから何を持ち去ったのか、具体的に示してくれ」

「──」

「俺は不法侵入も、証拠隠滅もしてない。それだけだ。他に言うことはないよ。ここにこうしていても、時間の無駄だぜ。吉崎愛菜は、漆原を捜すための重要な証人だ。同僚の誰かが、吉崎愛菜の居所を見つけて話を聞こうとしてるんだろ。だが、あの女は怯えているから、大変だぞ。それより、俺に電話をかけさせたほうがいい。事情を話し、警察に協力するように話すさ」

綿貫の表情に、微かな困惑が交じった。ちらりと藤木に視線をやったあと、地元署の刑事と目を見交わす。

「彼女が漆原のＤＶにさらされていたのは、本当だ」私は、続けた。「怯えさえ取り払ってやれば、あんたたちに協力すると思う。彼女だって、漆原を刑務所に送って欲しいのさ。俺だって、警察が漆原の身柄を押さえてくれれば、大歓迎だ」

「――吉崎愛菜の居場所を知ってるというのは、本当ですね？」

「もちろんだ」

「教えてください。我々が行きます」

「俺に電話をさせてくれ」

「それは駄目だと言ったでしょ。こっちは、取調べを長引かせることもできるんですよ」

「俺に脅しはやめたほうがいい」

綿貫は、再び地元署の刑事と目を見交わした。ふたりとも、所轄の刑事という意味では同じ立場で、頭の上には、お伺いを立てなければならない人間がたくさんいる。

「ちょっと待っててください」

私に言い置くと、藤木だけを取調室に残し、地元署の刑事とふたりで出ていった。

残された藤木は、居心地が悪そうに壁際へと下がり、軽く背中をつけて寄りかかった。私と目を合わせようとはしなかった。

思ったほどは待たされなかった。

「電話はさせられない。我々が本人に会いに行く。ただし、あなたも一緒だ。それでどうです？」

私は、椅子から立った。

「物々しくはしたくない。場所は新大久保だ。新宿署のあんたたちふたりと、俺で行く。それで、どうだ？」

24

新宿と新大久保の中間地点には巨大なラブホ街があり、私が吉崎愛菜に紹介したホテルもそこの一軒だった。

経営者はこの界隈にラブホを何軒も持つ在日の爺さんで、それぞれのホテルを任されているマネージャーは、全員がこの爺さんの愛人だという噂だが、おそらくはそれはデマだろう。爺さんはもう九十近い老人だし、財布は還暦《かんれき》前の若い妻がしっかりと握っている。

六十女のマネージャーが、事務所でたばこを喫《す》っていた。私を見て表情を緩めかけたが、一緒にいる綿貫たちに反応して、無表情になった。

「ごめんなさい。鬼さんに連絡しようとしてたところだったのよ。あなたから頼まれてたお客さん、いなくなっちゃったわよ」

ちらちらと綿貫たちを見て警戒を示しつつ、私に向かって言った。

「いつ、いなくなったんだ？」

私が訊くと、困ったと言いたげに肩をすくめた。

「わからないけれど、たぶん夜中の二時前後だったと思う。でも、私がいないのに気づいたのは、今からほんのちょっと前よ。一応、様子を見ようと思って部屋に行ったのね。そしたら、もぬけの殻《から》だったんで、夜中の受付を任せてた子に問いつめて知ったの。二時頃に、コンビニに買い出しに行くって言って出てったみたい」

私は胸の中で舌打《したう》ちした。ここはかなりロングのステイが可能で、時間内の客の出入りに制約を設けていなかった。

もっときちんと状況を説明し、気をつけて貰うべきだったかもしれないが、漆原を恐れて身を隠したがっていた女が、まさか自分から出ていって戻らないとは、どういうわけだ。

「彼女が使ってた部屋を見せてくれ」

「そのままにしてあるわ。戻ってくるって思ったし」

私たちは、彼女について事務所を出た。エレベーターで上の階に上り、照度を落とした短い廊下を歩いて部屋のドアを開けた。

ベッドには人が横たわったあとがあったが、掛布団をめくった痕跡はなかった。テーブルに、ピザと寿司が食い散らかされていた。ここは出前を受けつけている。アルコールは、缶ビールが一本空いたきりで、代わりに炭酸飲料のペットボトルが三本並んで空いていた。

「部屋を見に来た時に、何か触ったか？」

女マネージャーは私の問いに首を振ったが、その後、ニヤッとした。

「何も。でも、有線のアダルトチャンネルがつけっぱなしだったから、それは消したわよ」

私は人差し指で下顎を掻いた。電話では、CSの映画を観まくると言っていたが、気が変わったらしい。つけっぱなしのまま出ていったのは、どんな状況だったのだろう。

「どこに行ったか、心当たりは？」

綿貫が、私に訊いた。

「ない。本当だ」

私は答え、ちょっと考えてからつけたした。

「これは、あんた方の出番だな」

25

愛菜の携帯にかけたが、電源が切られたままだった。折り返し連絡が欲しいとメッセージを残し、私は車で助川麗香のマンションを訪ねた。

玄関ドアの前に立ってインターフォンを押すと、男の声が応答した。聞き覚えのある声で、やたらと秘書を通したがる男だった。

私は丁寧に名乗ったが、

「母に何の用でしょう？　昨日、遅くまで義父のもとに詰めていたせいで、大分疲れてるのですが」

不愛想に訊き返してきた。秘書を通さずとも、できるだけ距離を置きたいらしい。

「ぜひとも見て貰いたいものもある。あなたがここにおいでなのは、ちょうどよかった。あなたにもお話を伺いたい。時間は取らせませんので、よろしくお願いします」

「――見て貰いたいものって、何です？」

「写真です」

とだけ、私は答えた。

「どんな？」

「見ていただければわかります」

「――ちょっと待ってください。母と話しますので」

田中誠司《せいじ》はそう言い置き、通話口を離れた。やがて、女の声が戻ってきた。疲労に満ちた、不安げな声だった。

「昨日は、夫が案外と重傷だったものですから、気になってたのに、娘のところに行けなかったんです。すみませんでした……。どうぞ、お上がりになってください」

ドアのロックが外れ、玄関口で出迎えた誠司が、私を奥へといざなった。今日も背広姿だった。

リビングのソファには、麗香が溶けかけた砂糖菓子のようにへたり込んでいた。

私は目だけ動かして部屋を見渡した。麗香自身の趣味なのか、亭主の趣味なのか、部屋の家具はどれも派手派手しくて、値が張りそうなものばかりだった。部屋にそぐわないほどに高級なため、どれもが違和感を生んでいた。

窓に近い壁際に、ヨーロッパテイストの応接ソファが、背の低い大理石の応接テーブルをはさんで向かい合っており、彼女が坐るのはそのソファだった。

「昨夜は、申し訳ありませんでした」

麗香がやっと口を開いて言った。

「夫が右足の指を骨折してしまっていたんです。ホームと色々話し合う必要もありましたし、それに何より、本人が私を放したがらなかったものですから……。それで、代理で息子に行って貰いました」

「大変でしたね」

「そそっかしい人なんですよ。ちょっとした段差で転んだだけなんですけれど、歳を取ると、油断できませんね」

話しながら、手振りで私に向かいのソファを勧めた。

「それで、写真とは何のことですか？」

坐る間もなく促され、私は内ポケットから写真のコピーを取り出した。

母と子の双方に見えるように、ちょうど中間辺りに向けて差し出すと、ふたりは素早く目配せした。どちらも何も言わなかった。

「この少女は、誰ですか？　麗香さん、あなたは昨日、私がこの写真を見せて誰かと訊いたら、娘の絵里奈さんだと仰った。そうですね？」

「ええ、言いましたけれど……」

「しかし、それはあり得ないはずだ」

私が差し出したもう一枚の写真を、母子は黙って穴が開くほどに見つめた。漆原智古の部屋でコピーした、あの大勢で撮った一枚だった。

何か言うのを待ってみたが、無駄だった。ふたりそろって、足を踏み外せば滑落《かつらく》する崖《がけ》の上を、そろりそろりと進む人のような顔をしていた。

「あなたたち家族の後ろに、カレンダーが写ってます。そのカレンダーの日付からすると、母親の麗香さんに抱かれている赤ん坊こそが、絵里奈さんだ。たとえ赤ん坊が絵里奈さんではないにしても、少女が絵里奈さんではないのは明らかだ。いったい、この子は誰なんです？」

「この写真を、どこから……？」

誠司が訊いた。

「漆原智古の部屋で見つけました」

麗香が、血相を変えた。

「なぜ、息子の部屋に？　どうやって部屋に入ったんですの？」

「同居してる吉崎愛菜さんに許可を貰いました。アルバム一冊が、ほとんどこの少女の写真ばかりだった。私は当初、少女は絵里奈さんだと思ってた。あなたもそう答えたし、絵里奈さん自身もそう答えたからだ。だが、それでは、この写真の辻褄《つじつま》が合わない。どういうことか、説明していただけませんか？」

麗香は、息子の誠司と顔を見合わせた。口を開きかける息子を手で押しとどめるようにしてから、母が私のほうに向き直った。

「――確かにそうよ。私が抱いているのが、絵里奈です」

「そうしたら、あなたは昨日、私に嘘をついたんですね。なぜですか？　この少女は、いったい誰なんです？」

「わかりません……」

「麗香さん」

「ほんとなんです。仰る通り、昨日は、私、嘘をつきました。申し訳なかったです。でも、認めてしまうのが、怖かった……。それに、本当にどこの誰だか、思い出せないの……。確かに、見覚えのある子だわ。でも、それだけ……。家に、何度か遊びに来たことがありました。これも、そんな時に写した写真です。赤ちゃんが可愛いとかいう話になって。それで、みんなで撮りました。名前も聞いたと思うけれど、今では思い出せないんです……。鬼束さん、あなたは、お子さんは？」

「なぜですか？」

問い返す口調に、何らかの不自然さ——おそらくは反発があったのかもしれない。麗香は一瞬、何かを探るような視線を向けてきた。

「いません」

私がそう言い直すと、居心地の悪い視線はすぐに分散した。他人の人生に興味を持続させるには、疲れ過ぎているのだ。

「それだと、想像しにくいかもしれないけれど、なんとなく顔は覚えているけれど、名前は思い出せない御近所のお友達っていうのがいるんです……。この子も、そんな子のひとりなのよ」

「それならば、そう答えればよかったはずだ。だが、あなたは写真の少女を、絵里奈さんだと嘘をついた。絵里奈さん本人も、そう答えました。それは、なぜです？」

「——」

「鬼束さん、そんなふうに母を問いつめるのはやめてください。今ここで、家族の過去のことを暴《あば》き立てて、それがいったい何になるというんです⁉　母は今、非常に疲れてるんです。兄のことでも、妹のことでも、そして、義父のことでも気を揉《も》んでる」

私は、やめなかった。

「何か隠し立てしなければならない事情があるのでしょうか？」

「そんなことは言ってない。ただ、母は疲れてると言ってるだけだ。なんなら、この後は、私がちゃんと応対しますよ」

県議会議員をしている男は、力強く堂々と宣言した。仕事柄もあるのだろう、説得力に満ちた口調であり、態度だった。信用はできなかった。

それに、当時まだ少年だったこの男にはわからないこともあるはずだし、ひとりよりもふたりに話させたほうが嘘を見破りやすい。

「何も疚しいことがないのならば、お母さんにきちんと話を聞かせて貰いたい。私には、この写真がひとつの鍵のように思えるんです」

「――鍵って、何のです？」

「牛沼康男がなぜ、誰によって殺害されたのかを知る鍵です」

母子はまた、顔を見合わせた。

「何をわけのわからないことを言ってるんだ⁉」

食ってかかろうとする息子を、母親がとめた。

「いいのよ、誠ちゃん。私が、ちゃんと鬼束さんに話すわ。ごめんなさい。あなたに嘘をついたのは、怖かったからです。この少女のことは、もちろん覚えています。忘れようとして努めてきたけど、昨日、あなたから写真を見せられた時、忘れてなどいなかったのだとわかったわ。でも、名前を思い出せないというのは、本当よ。本当に覚えてないの」

麗香はそこまで話すと、心臓の鼓動《こどう》を鎮めるように、そっと右手を胸に押し当てた。

「――智古とあの子の間には、何かがあったのではないかしらと、ある日を境に、私はそれを危《あや》ぶむようになりました。そして、できるだけそのことを考えないようにも努めました」

言葉を一言一言刻み込むような話し方であり、話しながら、その内容を、みずからに一語ずつ確かめているようでもあった。

「ある日とは？」

「決まってます。あの子が、ぴたりとうちに現れなくなった日よ」

「智古さんが、少女に何かをしたと？」

麗香は、きつく私を睨んできた。

だが、唇から滑り出た声は、別人のように弱々しいものだった。

「そうです……」

「何か兆候《ちょうこう》のようなものがあったんですか？」

「わかりません……。兆候と言われても、わからないわ……。でも、母親には、なんとなくそういうことがわかるものなんです……。子供の目つきだとか……、態度とか……、そういうものから……。だって、母親なんだもの……」

「智古さんは、少女に執着していた？」

麗香は、再び心臓に手を当てた。

薄眼《うすめ》を開き、何度かゆっくりと呼吸した。

「――智古の部屋にあったアルバムには、どれぐらいの数の写真が？」

「数えきれないぐらいです。どのページにも、びっしりと、少女の写真が貼ってありました」

私はいったん口を閉じたが、結局、続けることにした。

「率直に申し上げて、並々ならぬ執着を感じました」

母子とも唇を引き結び、何も言おうとはしなかった。

母親のほうが、ずっと顔色が悪かった。だが、息子もただならぬ精神状態であることは、太腿の上で固く握り締められた両手の拳が告げていた。県議会議員を続ける間に、感情を表立てない術《すべ》を学んだのだろう。

しかし、抑え切れない感情が堰《せき》を切ったらしい。

誠司は、両手で頭を抱え込んだ。

「ああ、何ていうことだ……、いったい兄貴のやつは、何を……。アルバムはいったい、どこにあったんです？　その、つまり、後生大事にしまい込んでいたとか……、どこか手に取りやすい場所に置いて、年中楽しんでいたようだとか……」

「テレビラックの扉つきの棚の中に、現在、一緒に暮らす愛菜さんとのアルバムと並べて立っていました」

「つまり、頻繁に眺めていたと……？」

「それは、わからない」

「アルバムは、今はどこにあるんですか？」

「誰も触ってないとすれば、まだ同じ場所にあるはずです」

私はしゃあしゃあと嘘をつき、母親のほうへと顔を戻した。

「答えにくい質問だとは思いますが、正直に答えていただけますか？　当時、お宅の周辺で、誰か少女が行方不明になったといったニュースを耳にされたことは？」

麗香は苦《にが》いものを呑んだような顔で、首を振った。

「ありません。あなたが何を仰りたいかは、わかります。私も、それを恐れて、ずっとニュースを気にしていたし、母親同士の噂話などにも気を配り続けてました。でも、そういうことはありませんでした。ほんとです。なんなら、御自分でお調べになってください」

「わかりました」

「ほんとに、これぐらいにしてください。母は、参ってしまってるんです」

「もう少しだけ。絵里奈さんは、なぜこの写真の少女は自分だと答えたのでしょう?」

「それもわかりません。だって、この写真を目にしたことなんて、長いことずっとありませんでしたので……」

「さあ、もういいでしょ。本当に」

息子の顔が、すっかり怖くなっていた。

「智古さんが立ち回りそうな先に、何か心当たりは?」

私は無視して、麗香に訊いた。

「残念ながら、昨日も申したように、それは……」

息子にも同じ質問を向けてみたが、やはり答えは変わらなかった。

誠司に促されて、腰を上げた。時間を取って貰ったことに礼を述べ、リビングを出て玄関に向かった。

誠司が、背後からついてきた。玄関まで送るというより、戻ってこないようにと監視する雰囲気だった。

戻ることはないが、訊くことはあった。

「少し、いいでしょうか？」

私は三和土《たたき》の靴に足を入れず、もう一度写真を取り出した。

「お母さんの話によると、この写真はお宅で撮られたもののようですが、当時はどちらに？」

「川崎です」

「川崎のどちらですか？」

「池上新町《いけがみしんちょう》」

誠司が写真に目を落としたのは、単に私と目を合わせたくないために見えた。

「順番に教えてください。さっきお母さんが仰ったように、母親に抱かれてる赤ん坊が、絵里奈さんですね？」

「そうです」

「一番大きいのが智古さんで、二番目があなた。三番目は、どなたですか？」

「弟の拓郎《たくろう》ですが、もう五年ほど前に病気で亡くなりました。若かったのですが、癌にやられまして」

「御愁傷《ごしゅうしょう》さまです。シャッターは、誰が押したんでしょう?」

「さあ、よくは覚えてないです。なにしろ、この写真の記憶もまったくなかったぐらいですから……。でも、きっと牛沼さんでしょうね」

「この当時、牛沼康男は、あなた方と暮らしていた?」

「そうです。逮捕される前です。僕らも、あの男が空き巣の常習犯だなんて、何も知らずにいました。そういえば、母から聞きましたが、牛沼を捕まえたのはあなただそうですね」

私はうなずくにとどめて、質問を続けた。

「あなたは、お兄さんの潜伏先《せんぷくさき》に心当たりはありませんか?　もしも、何かお母さんの前では言いにくいような話があれば、聞かせていただきたいのですが」

「いいえ、本当にわかりませんよ。昨夜も申し上げたが、最近は兄とは全然会ってないんです。子供の頃から、ウマが合わない兄でした。もっとはっきり言えば、何を考えてるのか、わからないところがあった」

「お兄さんの前科のことは、聞きました」

「そうでしたか。女性の指を切り取るなんて、私には理解できませんよ。それに、子供の頃からの、異性に対する異常な執着ぶりといい……。血のつながった兄弟なのに……、いえ、兄弟だからでしょうか、おぞましくて、顔も見たくない」

「お兄さんと牛沼さんの間柄は、どうでしたか？」

「しつこいな。またそんな質問ですか」

「牛沼さんの死は、事故ではなく、他殺の可能性が濃厚だそうです。そして、それにお兄さんが関わっているかもしれないと、警察は見ているようです」

「そんな……。確かに元々、僕ら兄弟は、あの人とうまくはいってませんでした。なんとなく胡散臭《うさんくさ》い気がして。しかし、今から思えば、母親が他の男に取られてしまったと感じる、男の子特有の感情だったのかもしれません。兄は一番年上だったせいもあって、特にうまくいきませんでしたが……、でも、だからといって、そんなことは……」

必死で否定するものの、どこか芝居がかった感じもした。心のどこかでは、薄々その可能性を感じ、怯えている。そういうことか――。

「そうだ、ひとつ不思議に思っていたことがあるのですが、なぜ智古さんだけ苗字が漆原なんですか？」

「漆原は、母の三人目の亭主の苗字ですよ。結婚の時、兄も母とともに漆原姓に入ったが、私たちは実父の田中姓に残ることを選択した。それだけのことです。さあ、いいですか。もう、いい加減にしてください」

それだけのことにしては、口調にやけに力が入っていた。

「絵里奈さんは、今もお宅ですか？」

「私のうちにいますが、なぜですか？」

「他にはどなたが？」

「何を心配されてるのかわからないが、妻がちゃんと見てますよ。何も心配は要りません」

「会わせてください。直接、話を聞きたい」

「あの子は今、誰とも会えません。精神的に参ってるんです」

「短い時間でかまいません。どうしてあの写真の少女が自分だと嘘をついたのか、会って本人に確かめたい」

「そうすることに、何の意味があるんですか？　私どもは、長男の智古のことでは、もう充分に苦しんできたんです。そっとしておいて貰えませんか？」

「しかし、少女がひとり、この世から消えているかもしれないんですよ。見過ごすことはできません。なんならアルバムを警察に届け出て、捜査を頼みましょう」

「いい加減にしてくれないか！」

　誠司は顔を真っ赤にして怒り出した。

「そんなことをして、いったい何になるんだ！　私には私の立場があるし、母だってそうです。そもそも、警察はそんな話など取り合うものか。少女を撮影したアルバムが、いったい何の証拠になると言うんだ。さあ、もう帰ってくれ。これ以上、首を突っ込まないでください」

26

参道の端っこに、枯れたイチョウの葉がたくさん吹き溜まっていた。ジャンパーにソフトジーンズを穿き、野球帽をかぶった老人がひとり、竹ぼうきでせっせとそれを掃き集めていた。大柄で、がっしりとした人だった。

私はその老人に軽く会釈をして奥へ向かった。

寺の名前は慈慧寺といった。横浜市港北区の新興住宅街にある寺で、参道は大した長さではなかった。周囲の戸建ての多くが、クリスマスの飾りを身にまとっていた。

奥の境内《けいだい》も広くはなかった。正面が本堂、左隣には住職の住宅らしい民家があった。右側は泥の地面がただほったらかされた感じの広場だったが、その向こうには寺が経営するらしい幼稚園が見え、ここは子供たちの遊び場を兼ねているのかもしれない。既に降園時間を過ぎているためだろう、園舎に明かりはなく、子供の姿は見えなかった。

地蔵堂の地蔵はまだ真新しかった。可愛らしい顔をしていた。私はなんとなく地蔵に手を合わせてから本堂に近づいた。ここも人の気配は感じられない。民家のほうに声をかけてみるか、と迷っていると、背後から声をかけられた。

「何か御用ですか？」

参道を掃いていた老人だった。ゆったりとした表情の男で、ちょっとしたきっかけで微笑みを浮かべそうな雰囲気の持ち主だった。

「御住職の田中修平さんを訪ねてきたのですが」

そう切り出した時には、もしやという予感があった。男は微笑み、

「私が田中ですが。そちら様は？」

私は名乗り、名刺を差し出した。

「鬼束と申します。田中絵里奈さんの勤務先だった東洋技研や、彼女がボクシングを習っているジムなどで、保証人になっておられますね？」

「ええ、なっています。絵里奈は私の娘ですので。それが何か？」

「――お孫さんなのでは？」

私は訊き直した。

「孫でもありますが、娘でもあります。ま、ちょっと妙に思われるかもしれません

が、息子の修一《しゅういち》が亡くなったあと、兄たちともども私が養子にしたんです」

「兄というのは、誠司さんと拓郎さんのことですか？」

「そうです。もっとも、ふたりとは血のつながりがあるのですが、絵里奈は修一の娘ではないので、私と血はつながっておりませんが」

「絵里奈さんたちのことで、少しお話を聞かせていただきたいのですが、よろしいでしょうか？」

そう切り出すと、ゆったりとした雰囲気に変わりはなかったが、表情にわずかに警戒がにじんだ。

「――娘たちについて、何をお聞きになりたいんですか？」

「これらの写真に見覚えは？」

私はあの少女がひとりで写った写真と、麗香たちと一緒に写ったものの両方を重ねて差し出した。

田中修平は竹ぼうきと文化ちり取りを地面に置き、軍手を脱いだ。写真を受け取り、二枚を両手で持ってじっと見つめた。

「いや、ありません。初めて見る写真ですが、この少女が何か？」

「彼女が誰なのかを知りたいんです」

「なぜ？」

「行方不明になっている可能性があります」

しばらく黙り込んだ田中は、やがて、私のことを促した。

「とにかく、寒い中で立ち話もなんですので、どうぞ、お上がりになってください」


南に向いた窓には、裸木の枝の影が落ちて揺れていた。レースのカーテン越しに射す陽光によって、部屋はほんのりと温《ぬく》もっていた。田中が石油ストーブをつけてくれた。

茶を出してくれたのは、物静かな雰囲気の五十代の女性で、面差《おもざ》しが田中とよく似ていた。茶を出す途中で、赤ん坊の泣き声が聞こえたのに反応し、その後は少し動作が速まった。

「ごゆっくり、どうぞ」

そそくさと言い置き、出ていった。

「お嬢さんですか？」

「ええ、そうです。あれの娘夫婦に、赤ん坊が生まれましてな。今、里帰りをしてるところで、てんてこまいですよ。私にとっては、ひ孫です」

田中修平は相好《そうごう》を崩したが、すぐに真顔に戻り、

「もう一度、写真を見せてください」

と、私を促した。

「どうしてこの少女は、誠司の家族たちと一緒に写っているんでしょう？」

「私もそれを知りたいんです。それに、絵里奈さんに写真を見せたら、この少女は自分だと答えたのですが、それも不思議に思っています」

「少女が、自分だと言ったんですか……。絵里奈が、そんなことを……」

解せなそうに首をひねり、改めてじっと写真を見つめる。

「何か思い当たることでも？」

「いいえ」首を振った。「だけど、考えてみれば、もっともでしょ。ここに写ってる誠司たちの年齢からして、絵里奈はまだほんの幼子だったはずだ。記憶が混乱しても、不思議じゃない」

「いえ、この赤ん坊が絵里奈さんです。母親の麗香さんにも確認を取りました」

「そうですか……。どうも、わからないな……」

「つかぬことを伺いますが、絵里奈さんにお姉さんは？」

「いや、おりません。絵里奈の上は、兄だけですよ」

「しかし、私にはこれは、家族写真のように見えるのですが――」

私はつぶやくように言い、田中の様子を窺った。僧侶は、掌で頭を擦った。

「おかしなことを言わないでください。麗香に隠し子がいたと仰りたいんですか？」

「見た目の話をしてるだけです」

「申し訳ないが、やはり、私にはよくわからないです——。そもそも、絵里奈が生まれた前後ですと、息子はもう麗香と別れておりましたし。それに、この当時、十年ほどの間、麗香は私どもとは完全に没交渉だったんです」

「というと？」

「息子が交通事故に遭《あ》って亡くなったあと、あの女は子供たちを連れて、どこかへ行ってしまったんですよ。連絡先ぐらいは教えておいてもよさそうなものですが、それっきり十年、何の音沙汰《おとさた》もありませんでした。どうやら、すぐに他の男ができたようです」

「どんなきっかけで、再び交流が始まったんです？」

「きっかけも何もないですよ。いきなり、あの女が誠司と拓郎のふたりを連れて、ここに現れたんです。そして、育てられないので育てて欲しいと、あきれ返るようなことをしゃあしゃあと言ってのけて、ふたりを置いていってしまったんです。はっきり覚えてますよ。誠司は十四で中二、拓郎は十二で中一になってました」

「育てられなくなった理由については、何と？」

「亭主が空き巣の常習犯で、警察に逮捕されたんです。それが、先日のニュースで報じられた牛沼って男です。さすがにあの時は、ショックを受けていたようでした。結婚し、一緒に暮らす男が、まともな仕事を持たないプロの空き巣狙いだったんですからね。私と家内《かない》の前で、ずいぶん両目を泣き腫《は》らしてました。さすがに同情しないではいられませんでしたが、でもね、考えてみてください。十年間、音信不通だったんですよ。それがいきなりやって来て、息子をふたり預けたいと言い出して、再婚した相手が悪かったと涙ながらに訴《うった》えるんですから、私たちだって、内心ではやり切れませんでした」

「その時、絵里奈さんにはお会いにならなかったんですか？」

「ええ、連れてきたのは、誠司と拓郎のふたりだけでした。牛沼康男との間に女の子がいたことを知ったのは、さらに何年か経ってからです」

「長男の智古とは？」

「やはり、会いませんでした」

「でも、子供の時分には、会ってるんですね？」

「ええ、息子の修一が生きてた時分には、時折、私たち夫婦で子供たちの面倒を見てましたので」

「智古は、どんな印象の子供でしたか？」

「普通ですよ。いくらか陰気《いんき》な感じはしましたが、普通の子でした。私も、あれがしでかした事件のことは知ってます。でも、そんなおかしなところはありませんでしたよ。悪人に生まれてくる子はいない。私はそう思うんです」

僧侶らしい立派な考えを、私はうなずき拝聴した。

「その後、絵里奈さんのことも引き取ったんですね？」

「ええ、そうです」

「それは、いつ頃ですか？」

「八年前です。あの子が十五の時でした。兄の智古が、女の人の指を切って、警察に逮捕されたため、麗香が私のところに相談に来ましてね。マスコミに取り囲まれて、絵里奈が怖がっているので、しばらく預かってくれないかと言われました。でも、翌年には、麗香は政治家の漆原良蔵《りょうぞう》と三度目の結婚をしました」

「三度目の結婚をするのに、娘が邪魔になったと？」

「さすがにそうとまでは言いません。絵里奈が兄の智古を怖がっていたのは、本当でしょう。しかし、母の麗香のほうにも、娘を手放したい事情があったということです」

「政治家は普通、体面を気にするものなのに、智古のことは結婚の妨げにならなかったんですか？」

「漆原が、麗香にぞっこんだったんですよ。聞いた話ですが、漆原とはそれよりもずっと以前から秘密の交際を続けていて、私どものところに絵里奈を預けに来た年には、この漆原の奥さんが亡くなってるんです。結婚は、漆原のほうが猛烈に望んだといいます。智古まで漆原の姓に入れただけではなく、良い弁護士を付けたり、被害者への多額の賠償金を肩代わりしたりと、色々奔走したようです」

　田中はいったん口を閉じかけたが、苦いものを噛むような顔でつけたした。

「麗香という女には、そんなふうにして男を虜にしてしまう力があるんです」

「亡くなった息子さんと麗香さんのことを話していただけますか？　ふたりは、どんなふうにして結婚を？」

「修一は、ＮＰＯの職員をやっておりました。その当時はまだ、あまりそういう言葉は使われてませんでしたが、今でいうワーキングプアの人たちを援助する団体でした。その組織の活動で麗香と出会ったんです。当時、息子は二十五でした。麗香のほうは二十歳になったばかりでしたが、二歳になる赤ん坊を抱えて四苦八苦してたそうです。それが、長男の智古ですよ。息子は、彼女にほだされました。色々と相談に乗っているうちに交際が始まりました。私の所に、彼女を紹介しに連れてきた時には、もうお腹が大きくなっているのが目立つぐらいでした。そうして生まれたのが、誠司です。私も、結婚を認めざるを得なかった。私にとっては、初孫でした」

「麗香さんの印象は、どうだったんですか?」

「美しい娘さんでしたよ」

「好感を持てた?」

田中は言葉を選んでいるらしく間を置くばかりで、なかなか口を開こうとはしなかった。

「隠し立てする必要もないでしょう……。あまり好感は持てませんでした。美しい娘さんではありましたが、何と言うんでしょう、他人の心に取り入るような感じが見え隠れしてました。こんな言い方をしたら、世間の女性たちに怒られるかもしれませんが、女というものの、ある部分の原型を見せられたような気がしました。年齢を経た人間には見えるけれど、若者にはまだ見えないアラというんでしょうか。――いや、そんな持って回った言い方をする必要はないのかもしれない。もっと率直に言えば、私は彼女を見た瞬間、これは息子を幸せにしてくれる人ではないと、心のどこかで、そんな不安を感じたんです」

「――」

「しかし、息子はもう彼女に夢中でした。幼子を抱えて必死に生きる娘さんを大事にして守り通していこうとする、そんなヒロイズムにも駆られていたのかもしれない……。案の定、息子が幸せだったのは、最初の間だけでした。誠司が生まれた二年後には、二人目の孫である拓郎が誕生しました。だが、その頃には麗香はほとんど育児などそっちのけで、遊び歩くようになっていたらしい。友人が経営するスナックでアルバイトを始めたのがきっかけで、酒を飲んでは家を空けることが増えてしまったんです」

「お子さんたちは、その間は？」

「修一が懸命に面倒を見ていましたが、男親には限界があります。当時は、うちのがまだおりましたから、見るに見かねて世話を焼きに行ったりしてました。うちは隣で幼稚園をやってますから、誠司はそこの出ですよ。拓郎も、まだ入園年齢前でしたが、連れていって一緒に遊ばせたりしたものです。あの子が、もし亡くなっていなかったら、ここの寺を継《つ》がせるつもりでした」

「拓郎さんは、僧侶に？」

「ええ、そうです。仏教系の大学に行きましてね。だが、癌であっけなく……。見つかった時にはもう、末期だったんです」

「御愁傷さまでした――」

　私は茶を啜り、間を置くことで話題を変えた。

「絵里奈さんの実父である牛沼康男についても伺いたいんですが、牛沼は最近、絵里奈さんの居所を聞きに、こちらを訪ねたのではありませんか？」

田中は手にした湯呑を円を描くように回し、口にはつけないままで戻した。

「仰る通りです。ここに来ました。刑務所での勤めを終えて、今は真面目に暮らしている。どうしても娘と会いたいのだと泣いて頼まれましたので、連絡先を教えました。それが、何か？」

「その時、他に何か話したことは？」

「いえ、特には……」

「最近、智古とお会いになったことは？」

「ありません。彼とは、疎遠なままでずっと来てしまいました」

私はもう一度茶を啜って間を置いた。智古が絵里奈にしでかしたことを、この善良そうな男は知っているのだろうか。

「絵里奈さんとは、どうですか？　最近は、会ってますか？」

「ボクシングの試合を、応援に行ったことがありますよ。まさか女の子が、あんな危ないことをするなんて、今でも信じられませんが……。でも、頑張っているので、やっぱり応援してやりたいですからね。それ以外は、あまり会っていませんが、今日はこれからやって来ますよ。さっき、誠司から電話がありました。今夜は、あの子を泊める約束になってるんです」

27

表の道を軽自動車が走ってきて、その助手席に絵里奈らしい女が見えた。彼女はぼうっとして、表情に乏しかった。目に飛び込んでくる景色が、するすると脳裏を素通りし、何も見えていないように感じさせる。

だが、私の顔に目の焦点が結んだ。運転席にいる女は、誠司の妻かもしれない。絵里奈が彼女に何か告げるのが見え、車が私の横に停まった。絵里奈が助手席の窓を開けた。

「鬼さん、どうしてここに?」

「田中修平さんに、話を伺ってたんだ。そしたら、きみが来ると聞いたんでな。少し話さないか」

「こちらは、どなた?」

運転席の女が、私が言うのをさえぎるようにして口を出してきた。助手席と運転席では明らかに空気が違い、歓迎されていないのがひしひしとわかる。

私は名乗り、絵里奈の前に体を乗り出すようにして、運転席の女に名刺を渡した。

「田中議員の奥様ですか？」

彼女は私の名刺に目をやったまま、「ええ、まあ」と、心ここにあらずの返事をした。亭主から何か言い聞かされているのかもしれない。

「まさ子さん」と、絵里奈が彼女に呼びかけた。「ありがとう。ここで降りるわ。私、ちょっとこの人と歩いてくる。鬼さん、この近くに好きな場所があるの。久しぶりに行ってみるつもりでいたんだけど、つきあってくれないかしら」

「まさ子」という名らしい誠司の妻は、ドアを開けて車を降りようとする義妹《いもうと》をあわててとめた。

「ちょっと待って、絵里奈ちゃん。私、うちの人に怒られちゃうわ。ちゃんとお義父《とう》さんのところまで送り届けるように言われてるんだから」

「もう、お寺に着いたわよ。迷子になるわけないでしょ。大丈夫。まさ子さんだって忙しいんだから、私のことは気にしないで」

絵里奈は、にこにこして言うと、義姉《あね》の腕をすり抜けるようにして表に飛び出した。

「さ、行きましょう、鬼さん」

昨夜の疲れた様子が嘘のように晴れやかに言い、私を促して歩き出す。私はフロントガラスの奥からこっちを睨む女と視線を合わせないようにしつつ頭を下げ、小走りで絵里奈の隣に並んだ。

「よかったわ、ここで鬼さんに会って。なんだか、兄さんにもまさ子さんにも監視されてるようで嫌だったの」

参道の入り口から幼稚園の方角へと回り込む道があり、そこを寺の敷地に沿って歩きながら、絵里奈が言った。

「ここに来たのは、そのためか？」

「少なくとも、お祖父《じい》ちゃんなら、ああしろこうしろみたいにうるさくは言わないから」

絵里奈は、戸籍上は義父である田中修平のことを「お祖父ちゃん」と呼んだ。実父は牛沼康男であり、田中修平との間では血のつながりはないのだが、そう呼ぶのが一番しっくりくるということか。

慈慧寺も幼稚園も、山門と正門が小高い丘の麓《ふもと》にあって、園舎や本堂はそこから少し上った斜面に造られていた。幼稚園の正門に着くと、そこから幅一間《いっけん》ほどの古びた階段が、園舎の横の斜面を上っていた。

階段は南向きで明るく、冷えた空気の中でも背中を温めてくれた。一応、コンクリートで舗装されてはいるものの、段差も奥行きもまちまちで、斜面に昔から連なる家の玄関や勝手口を縫《ぬ》っている。

「体は大丈夫か?」

私は、隣を歩く絵里奈に訊いた。

「大丈夫よ。私はいつだって、大丈夫。鬼さんこそ、息を切らしてるんじゃないの」

「きみの倍は生きてるんだ。階段を上れば、息ぐらい切れる。お母さんとは、話したのか?」

「いいえ、話してなんかないわ。助川さんが心配だから、今日も介助に行くんですって。誠司兄さんに、そう伝言を残しただけ。あの人は、いつだって自分の男が最優先なのよ。もう慣れっこだから、構わないけれど。それより、お祖父ちゃんと何を話したの?」

「色々とな」

と、私は口を濁《にご》した。

会話はなんとなく途切れ、それからしばらく無言で歩いた。

やがて、家と家の間を延びる階段の先に信号機が現れ、往復二車線の道路に行く手をさえぎられた。

そこは意外なほどの交通量で、特に右から左へと向かう車線は先に大きな道との合流でもあるのか、車が数珠《じゅず》つなぎで渋滞していた。

渋滞緩和が目的と思われる道の拡張工事が行われており、それがちょうど信号機の周辺に差し掛かっているところだった。工事用フェンスで仕切られた横を、工事作業員たちが忙しなく行き来し、ローラー車が黒々としたアスファルトを平らに固めている。

左側の先がちょうど寺の裏側に当たり、道の左右とも墓地だった。順序からいえば、墓地のほうが昔からあり、道がその真ん中を突っ切る形で造られたのだろう。斜面に沿って寺の敷地が広がり、車道よりも下側は寺の真裏で、車道の脇には来客用の駐車場があった。墓石が連《つら》なる先に、本堂の屋根が見えていた。車道よりも上に連なる墓石はずっと数が多く、丘の天辺《てっぺん》までひな壇状の墓地になっている。

じきに拡張工事がそっちに延びるのだろう。今は工事用のフェンスで臨時の歩道が造られ、誘導員が車道とのわずかな隙間に体を平らにして立っていた。

歩行者信号が青になり、私たちは車道を横断した。

その先にもまた家の間を縫って狭い階段がしばらく続き、やがて丘の上へと上りつめると、公園の入り口にぶつかった。

「ここよ。中に入りましょう。子供の頃、よく連れてきて貰ったわ。まだお祖母《ばあ》ちゃんも生きてて」

公園の周辺部は雑木林《ぞうきばやし》で、その中にジョギング用のロードが延びていた。真正面に見える広いグラウンドに向けてそのまま歩みを進めようとする私を、絵里奈がとめた。

「違うの。こっちよ、こっち」

私たちは、雑木林の中を左へ曲がった。丘の起伏をそのまま生かし、なだらかな上りになっていた。ジョギング用のロードに沿い、グラウンドの周辺を回り込むようにして少し歩くと、遊具が設置された広場に出た。

林が途切れて視界が開け、眼下の街並みが一望できた。

ここはちょうど墓地の真上に当たり、公園の周辺を回り込むように走る生活道路の向こうには、ひな壇に連なる墓石が見下ろせた。

慈慧寺の屋根の先に、一軒家の色とりどりの屋根が並び、さらにその向こうを、国道と私鉄の線路とがほぼ並行して延びている。駅舎や国道の傍にはビルがあった。マンションも商業ビルもみなそれほどの高さではなく、その分、空が広かった。

東京と比べると起伏の多い土地で、何十キロか前方にも、ここと同じような丘がある。冬の太陽が、西側にあるその丘に向かってかなり傾いており、家々も、ひな壇の墓石も、子供広場の遊具も、黒々と身にまとった自身の影を私たちのほうへと長く伸ばしていた。

「あの人、本当は可哀相《かわいそう》な人なのよ。同じ女同士だから、わかる。色んな男の人を好きになって、結婚も何度も繰り返してるけれど、どんな人とつきあっても全然幸せになれないの――」

唐突《とうとつ》に言われた気がしたが、さっきの階段での話の続きであることに気がついた。絵里奈のほうでは、そのあとずっと母親のことを考えていたらしい。

もっと何か言いたそうだったので、私はしばらく待ってみたが、その先の言葉は自分の胸に呑み込んでしまった。

ポケットで、マナーモードにしてあった携帯が振動した。モニターを確認すると、調査員の武藤からだった。放っておけば、留守電にメッセージを吹き込んでおいてくれる男だ。携帯をそのままポケットに戻した。

「なぜ幸せになれないんだと思う?」

「自分のことしか考えてないから」

「――」

「あの人、自分のお母さんを知らないんだって。お父さんは、家に帰ると娘を相手に仕事の愚痴《ぐち》ばっかり言ってるような人で、途中からはお酒に溺《おぼ》れるようになって……。中学に入った頃からは、毎日、家を出ることばっかり考えてたそうよ。私の本当のお祖母ちゃんとお祖父ちゃんよ。私は、どっちも知らない……。私が知ってるのは、色んな男とくっついては別れることを繰り返してるあの母さんだけ」

「お母さんを訪ね、牛沼がプレゼントした盗品を回収したことがある。あの時の、お母さんの顔が忘れられない」

「なんとなく覚えてるわ。その時のこと」

「嘘だろ……。きみはまだ、幼稚園ぐらいだったんだぜ」

「だから、おぼろげな記憶よ。怖い顔をした男たちが来て、母さんが大事にしてた指輪とかを持ち去って……。私も母さんもすごく怯えてた。他のことはよくわからないけれど、怯えて怖がってたのだけはよく覚えてるの」

「――」

「ねえ、牛沼康男のことを聞かせて。どんな男だったの……？」

「――きみにとっては、どんな男だったんだ？」

私は言葉を選んだ挙句、結局は逆に問い返した。

「私に訊かないでよ」

微笑みに、明るさはなくて儚《はかな》さがにじんだ。

「一緒に暮らしてた頃のことなんか、ほとんど何も覚えてないって言ったでしょ。私にとっては、いきなり目の前に現れた、ちょっとおかしなお爺さん。それだけよ」

「俺にとってもおかしな男だった。初めて取調べを担当したんだ。俺はひよっ子で、相手は酸《す》いも甘いも嚙《か》み分けたプロの泥棒だった。言うことを真《ま》に受けて裏を取りに走れば、何もかも嘘八百だったとわかる繰り返しさ」

「――智古が、あの人を殺したんだと思う？」

ぽんと投げ出されたような質問に、頰を打たれた。

「その可能性も調べなければならない」

「本当にそうだとしたら、理由は何？」

「俺もそれを知りたいのさ。きみにちゃんと答えて貰いたい質問がある。きみはなぜ、あの少女の写真を見て、これは自分だなんて嘘をついたんだ？　ほんとは、あの子は誰なんだ？」

「わからない……」

「とぼけないでくれ」

絵里奈は苦しげに眉《まゆ》をひそめ、右手の人差し指でこめかみを押した。すぐに左手で反対側も押しはじめた。

「ほんとよ。わからないの。でも、最初に写真を見た時、自分のような気がしたの」

「なぜそんな気がしたんだ？」

「わからないわ。わからないのよ」

「親戚のお姉さんとかは、どうだ？」

「違う……。遊びに来るような親戚なんか、いなかったもの……」

私は口を開きかけて、閉じた。絵里奈は襖の隙間から、隣の部屋の暗がりを恐々《こわごわ》と覗《のぞ》く少女のような顔をしていた。悟らざるを得なかった。これ以上、彼女をここで問いつめるのは無理だ。

絵里奈の名を呼ぶ声が聞こえ、ひな壇状の墓地の坂道を、小走りで上ってくる田中修平の姿が見えた。田中はそこを上りきると、公園の外周の舗装道路を横断し、児童公園への斜面を上った。

息を切らしているのが遠目にもわかったが、進む速度を緩めまいとする動きには、何か切羽《せっぱ》詰まった感じがした。

私たちの前に立ち、苦しげに呼吸を整えた。私に軽く会釈したが、絵里奈のほうしか見ていなかった。

「まさ子さんから話を聞いて、ここだと思ったんだ……。さ、風が冷えてきたし、うちへ帰ろう……」

絵里奈はためらっているようだったが、昨夜、誠司に対した時のような反抗的な態度は見せなかった。うなずき、「じゃあね、鬼さん」と、私に片手を上げた。

私はその場に立ったまま、義父に連れられて遠ざかる絵里奈を見送った。太陽はさらに低くなっており、いつの間にかその身の大半を、西側の丘の背後へと隠していた。

児童公園はまだ陽射しを受けて明るかったが、絵里奈と田中修平のふたりが急ぎ足で下るひな壇状の墓地は、既に日暮れの色に染められていた。

コインパーキングに駐《と》めた車に向かって歩きながら、武藤に電話した。

「すまん。引っ掛かってた仕事が案外手間取って、役所に行く時間が取れなかった。戸籍謄本《とうほん》を入手したぞ。ざっと見たが、大分、複雑な家庭だな。母親も、子供たちも、ずいぶん苗字が変わってる」

武藤はそう感想を述べ、

「どうする？　どこに送ればいいんだ？」

と訊いてきた。

私は先に、気になっている点を確かめることにした。

「その前に、ひとつ教えてくれ。麗香の子供は何人だ？　田中絵里奈には、姉はいないのか？」

「姉ね。ちょっと待てよ。いや、いないな。子供は四人で、女の子は末っ子の絵里奈だけだ。どうする、事務所へファックスするか？」

事務所とは、私の場合、自宅を意味する。私は車で移動しているので、後部座席にパソコンがある。

「スキャンして、とりあえずパソコンに送ってくれるか？」

「わかった。そうしよう。事務所にもファックスしといてやるよ」

コインパーキングに着き、駐車番号を確かめて、料金支払い機に向かった。

「電話番号のほうは、わかったか？」

「川崎駅前のクラブだな。時間帯からして、誰か客が使ったのかもしれん。《ペペ・ル・モコ》って店さ。映画好きなオーナーなのかもな」

小銭入れを探っていた手をとめた。映画好きな男を、私はひとり、知っていた。

「ただし、この店はもうないぜ。ちょうど一週間前に店を閉めて、電話ももうとめられてる」

28

目当ての商業ビルは、スナックとクラブが軒《のき》を連ねており、居酒屋で安く飲むよりもホステスとの会話やカラオケ、あるいはそれ以上のものを楽しみたい客をターゲットにしていた。既に冬の日は暮れていたが、まだ酔客で溢れ返る時刻にはいくらか早く、ビルもその周辺も比較的、閑散《かんさん》としていた。

ビルの正面に立った時、昂《たか》ぶりがほとんど収まった結果、私は半ば自嘲《じちょう》的な気分になっていた。

武藤からこの店の話を聞いた時には、あわただしく車に乗り込み、コインパーキングから飛び出したものだった。月の途中で閉店しても、しばらく契約が残っているとしたら、オーナーはまだ自由に店舗に出入りができる。しばらく身を隠すには、格好の場所に思えたのだ。

それに私は、吉崎愛菜が、漆原智古が川崎に持つクラブの経営がうまくいかなくなり、先日、店を閉めたばかりだと言っていたのを覚えていた。

だが、昂ぶりはそこをピークとして徐々に冷めていき、店の近くで駐車場所を探す頃には、こんなところに漆原が隠れているわけがないとの気持ちのほうが強くなっていた。

もしも隠れていたとしても、警察が牛沼康男殺害の容疑で自分を探し始めたことに気がつけば、もっと見つかりにくい場所へと身を移したはずだ。どんなに慎重に捜査をしても、警察が容疑者を追っていることは、なぜだか容疑者本人の耳に入ってしまうものなのだ。

私は店の名前を並べた案内板の前を通り、エレベーターで目当ての階に上がった。

ひとつの階に七つの店があり、エレベーターの左に三つ右に四つ。右の廊下の突き当たりは店だったが、左の突き当たりは、非常階段への出口だった。それほど長さのない廊下は、今は、無人だった。どの店もドア枠の上に作りつけられた小さな張り出し看板に明かりがあり、客の訪れを待っていた。

ひとつだけ、明かりの消えた張り出し看板に、「ペペ・ル・モコ」と書かれていた。

そこに歩いた私は、重たい木製のドアを押した。

鍵がかかっていたが、なあにこの手のものならばちょちょいのちょい。ちらりと左右に目を配《くば》ったのち、開錠して中に入った。

店内は暗く、人の気配はなかった。だが、なぜとは理由がわからないまま、私は緊張が高まるのを感じた。左側が鏡張りの壁で、右側にクロゼットの扉がある短い廊下の先に、暗い店内の一部が見えていた。窓を塞《ふさ》いでいるため、表のネオンや街灯の光が入らず、店内は洞窟《どうくつ》のように暗かった。そろりと進み、私が体で押さえていた出入り口のドアが閉まると、闇が一層濃くなった。

そうなる前に、壁に明かりのスイッチがあるのを見つけていた私は、手を伸ばして押し上げた。

短い廊下の天井灯だけがつき、私の周囲は明るくなったが、店の奥は薄暗がりに沈んだままだった。おそらく、フロア全体の照明スイッチは、カウンターかどこか別の場所にある。

奥へと進み、フロア全体が見渡せるところに差し掛かると、視覚と嗅覚が同時に働き、私は店に足を踏み入れた瞬間、緊張が高まった理由に気がついた。あの瞬間に自分は、血の臭《にお》いを嗅《か》いでいたのだ。

男と女が、もつれ合って死んでいた。

くそ、なんということだ。私は愛菜が電話に出なかった理由を知った。

こんなことなど、知りたくなかった……。

上にのしかかって死んでいるのは漆原智古で、下敷きになっているのが愛菜だった。

ペンライトを取り出した私は、スイッチを入れ、ゆっくりと近づいた。誤って、床の血を踏まないためだった。ペンライトは、小型でもかなりの照度があったが、床の血は容易く闇に紛《まぎ》れやすいのだ。

愛菜の首には、ロープがきつく巻きつき食い込んでいた。衣服が乱れ、ブラウスはボタンが剝ぎ取られ、胸のふくらみが覗いていた。スカートの裾がまくれ上がり、太腿がつけ根まで露《あらわ》になっていた。舌をだらりとたらし、苦しげに顔を歪め、うつろな目を天井に向けていた。

この店のこの天井、そして、自分の首を力任せに締めつける狂気に満ちた漆原智古の顔。それが、この女が人生の最期に見た光景なのか……。

だが、決して無抵抗で殺されたわけではなかった。上にのしかかった漆原の脇腹にはナイフが刺さっており、衣服を染めた出血の広がりからすると、他にも数カ所の傷があると察せられた。

私は光の先を壁際へと向けた。壁に寄せてソファが並び、今はホステス用の丸椅子をひっくり返して載せたテーブルが、そのソファにぴたりとくっつけて置かれていた。

丸椅子が下ろしてあるテーブルに、錠剤《じょうざい》が載っていた。

合成麻薬だった。

くそったれめ。こんなものを、ふたりでやっていたのか。私は左手の人差し指と中指でつまむようにして目のつけ根をもんだ。

吉崎愛菜と交わした会話がよみがえっていた。あの女が口にした未来へのわずかな希望や、それを実現することへの恐れを思い出していた。彼女に対して、自分が最大限の助力をできると太鼓判《たいこばん》を押したこともだ。

だが、その結果がこれなのか……。

人は誰でも隠し事をする。吉崎愛菜が、漆原智古とふたりで秘密の愉《たの》しみに溺《おぼ》れていたことを隠していたのを責めることはできなかった。それを見抜けなかった、おのれの愚かさをこそ責めるべきだ。

息をゆっくりと吸っては吐くことを繰り返したのち、ペンライトで改めて周囲を照らした。フロアの一角にあるバーカウンターへと歩き、そこにフロアの電灯スイッチを見つけてつけた。自己嫌悪に陥るのは、自分の目で、可能な限りの検証を加えてからだ。

愛菜は私と一緒だった時と同じ服装をしていた。漆原智古のほうは襟《えり》の広い派手なシャツを着て、今は丘サーファーではなくロカビリアンのようだった。つまるところ、派手な格好が好きだったというところか。そのシャツが、血で真っ赤に染まっていた。顔を寄せて染みの広がり方を調べ、少なくとも四、五回以上は刺されていると結論づけた。めった刺しだ。

私は状況を想像した。ふたりして合成麻薬をやり、非常な快感を伴う愛の行為にふけろうとした。しかし、多大な憎しみがその前に立ち塞《ふさ》がり、愛の行為が始まる前に爆発した。その結果、愛菜は智古をめった刺しにし、智古は智古で、残った力を振り絞って愛菜の首を絞めた。そして、折り重なった状態でともに息絶えた。

そういうことか……。

ハンカチで手を包み、漆原智古の服のポケットを探った。携帯電話はなかった。見回し、死体から近いテーブルに、たばこ、ライター、灰皿と一緒に載っているのを見つけた。

近づき、携帯を操作して発着信の履歴を調べると、見覚えのある番号に何度もかけていた。吉崎愛菜の携帯だった。

発着信の記録を書き写した私は、次に灰皿の吸殻を調べた。コースターほどの大きさのガラスの丸い灰皿がふたつ、やや距離を置いて並んでいたが、片方にだけ吸殻が溜まっていた。吸殻は、同じテーブルに載ったたばこのものだけだった。

愛菜のバッグを探り、携帯電話を取り出した私は、留守録のメモを確認した。案の定、漆原智古からの伝言が何度も繰り返し残っていた。最初のうちは恫喝《どうかつ》が多かったが、そのうちに、愛しているといった甘い言葉や、おまえがいなくては生きていけないといった泣き落としが交じるようになった。漆原は時には老婆のようにさめざめと泣き、また時には少年のように手放しで泣いた。そして、しばらくすると恫喝と甘い言葉を繰り返すのだった。

そうした留守電のメッセージは、昨夜、私が愛菜と電話で話す前から始まっていた。それなのに彼女は、それには一言も触れなかった。留守電に気づかなかったのか。そんなことはあるまい。おそらくは、私に言いたくなかったのだ。

漆原の携帯のほうにも、愛菜からの留守電が残っているのを見つけて再生し、再び自分への怒りがこみ上げた。漆原智古を取り除き、あの男が二度とあの女にちょっかいを出さないようにして、女の将来を考えるなど愚かなことだった。それよりも前に、昨夜一晩、彼女がみずからの意思で漆原のもとへと戻ってしまわない方策をこそ考えるべきだった……。

漆原の携帯に残された愛菜からのメッセージには、怒りも拒絶も感じられなかった。罵倒《ばとう》の言葉も、自分を放っておいて欲しいといった懇願の言葉すらなく、おのれの過《あやま》ちを詫び、不安なので会いたいと訴えていた。

時間は午前二時二十七分。私と話してから、二時間も経ってはいなかった。

そのわずかな間に心変わりをした吉崎愛菜は、いかれた危険な男にみずから望んで会いに来て、そして、殺されてしまったのだ。

私は気持ちを落ち着けようと努めつつ、再びテーブルを点検した。

菓子パン、チョコレート、ポテトチップスなどの食べ残しが散乱していた。

手つかずのカップ麺がいくつかと、食べ終わったコンビニ弁当や総菜などのパックが数個。それに、サンドイッチやおにぎりのラップ。この量からすると、二食分ぐらいはある。まだしばらくはここにいるつもりだったようだ。

投げ出されている男物の革の札入れを手に取り、開けた。

漆原智古の免許証や保険証などが入っていた。それに銀行のキャッシュカードに、クレジットカード。現金は、三万円ちょっと。一緒に、丸めたレシートも入っていて、開いてみると近所のコンビニのものだった。購入品は、テーブルに広げられたものと一致した。

私は薄々気づいていた。何を探しているのかわからないままで細部の確認を続けるのは、おそらくはただ単純な事実を認めたくないからだ。愚かな女が、愚かな男とふたりで死んでしまったという事実を……。吉崎愛菜には、誰かすがる相手が必要だったのだ。すがるべきではない相手に、すがってしまった……。

もう切り上げようと思った時、ふっと小さな違和感を覚え、改めてテーブルを見つめた。

灰皿だ。

テーブルに載った灰皿はふたつ。

それなのに、どうして片方の灰皿にだけ吸殻が溢れているのだろう。

もう片方には、吸殻はおろか、灰ひとつ落ちてはいなかった。

空の灰皿に顔を寄せると、白い粉がわずかに残っていた。私は粉の大きさや形にばらつきがあるらしいのに気づき、灰皿を手に取って一層目を凝らした。錠剤を砕いたのだ。

灰皿を置き、テーブルに残る錠剤に目を戻した。

合成麻薬の多くは、他の市販の錠剤と同じようにPTP包装されている。テーブルに載ったシートの七つが空いていた。

そのうちの何錠かは、空の灰皿の中で砕《くだ》いて服用したのか。だが、常用者ならば、粉砕機か、少なくともカッターを使うはずだが、それらはともに見当たらなかった。

どうやって錠剤を砕いたのか。テーブルにそれらしいものが見当たらない。念のためにウイスキーのボトルやグラスを手に取って底を調べてみたが、錠剤の白い跡は残っていなかった。そうしたもので磨《す》り潰《つぶ》したわけじゃない。

私は店のカウンターに歩き、中に入って見回した。ここにあるものを使って砕いたとしたら、庖丁《ほうちょう》かアイスピックではないか。

だが、それらを見つけて調べてみたが、肉眼では痕跡はわからなかった。もし使ったのだとしても、洗って戻したということか。鑑識ならば何か見つけるかもしれないが、この時点ではっきりしている疑問がひとつ。エクスタシーでラリッて女を絞殺《こうさつ》した男が、錠剤を砕くのに使った道具を、テーブルに置きっぱなしにすることもなく、どうしてわざわざ元の場所に戻したのだろうか。

いや、本当に元の場所に戻しただけなのか……。

何者かが、ここから持ち去った可能性はないだろうか……。

そんなふうに考えかけて、私はやめた。いったい、どんな可能性を探ろうというのだ。我が身の無力感から逃れたいだけだ。

カウンターのスイッチでフロアの照明を消し、漆原の死体の周囲を回り込むようにして出口を目指した。背後を振り返り、入り口脇のスイッチを押すと、店は濃い闇の中へと再び沈み込んだ。

ドアに鍵はかけなかった。エレベーターで階下へ降りるまでの間、どのように市民の義務を果たすかを考えた。

結局のところ、古典的な方法を取ることにしたが、昔とは違い、公衆電話の存在は稀《まれ》になってしまっており、見つけるまでに思った以上の時間がかかった。

29

新宿一丁目の自宅に帰る途中で、愛菜が泊まっていたラブホへともう一度立ち寄った。女マネージャーに断り、部屋に通して貰い、何か見逃した手がかりがないかを確かめた。

見つからなかった。

引き揚げる時、私は彼女に三日分の宿泊代を渡し、愛菜が戻ったらそのまま部屋を使わせて貰いたいと頼んだ。

実際には、迷惑料のつもりだった。明日にはまた警察がやって来て、もっとずっと大げさにこの部屋を調べるだろう。営業を妨害することになるのだから、三日分の宿代では到底釣り合わないだろうが、貧乏探偵のささやかな誠意というしかなかった。

路駐《ろちゅう》した車に戻る途中、頭の片隅で、里村弘江のことをちらっと考えた。ここからならば、徒歩でも大した時間のかからないところで、彼女は診療所を開けている。今この時にも、自分の助けを必要としている歌舞伎町の住人たちが訪れるのを待っている。

彼女のもとを訪ねたいと思ったが、自分がそうしないともわかっていた。気持ちの弱っている時に、他人の慰めを求める人間にはなれなかった。

自宅に帰り、ガスストーブをつけて部屋を暖め、風呂に湯を張った。固定電話の留守電を確認しようとすると、武藤からファックスで絵里奈の家族の戸籍が届いていた。パソコンに送るだけでなく、ファックスもしておいてくれたのだ。「一応、こっちにも送っておく」と、送付表のコメント欄に一言があった。

一日ずっと車を運転して回っていた疲労が特に首のつけ根から両肩にかけて固くしこっており、熱めの湯にゆっくりと浸《つ》かった。

出てきて、缶ビールを飲みながら、事務机の椅子に坐った。

自分の手帳を読み返したり、電話のところから持ってきた戸籍のコピーに改めて目を通したりしたのち、牛ヤスの手帳も読み直した。

自分が何を探そうとしているのかわからなかった。

30

翌朝、刑事たちが現れた。かつての私と同様に、働き者の男たちだ。私はといえば、まだ抜けきらないアルコールで軽い胸のむかつきを覚えつつ、寝起きの顔で出迎えた。

何もできずに漆原智古と吉崎愛菜のふたりを死なせてしまった無力感は、昨夜飲んだ酒でもまだ消えていなかった。先日と同じ喫茶店で待っていて貰うことにした。

「我々がどうして来たのか、どうやらわかってるようですね」

先日と同じように、不味《まず》そうにしてコーヒーを啜っていた綿貫が、私がテーブルに近づき腰を下ろすなり、言った。

「いいや。予想はつくが、わかってはいない。きちんと説明してくれよ」

何しろ寝起きだ。自分のエンジンがかかるのを待ちつつ、私は応じた。

「川崎駅前の繁華街にある、空き店舗になったばかりのクラブで、漆原智古と吉崎愛菜の死体が見つかった。そのビルの防犯カメラには、ビルに出入りするあなたの姿が映ってたし、あなたらしい男の声で、一一〇番通報があった。というか、あなたですね、通報したのは」

「市民の義務を果たした」

「匿名《とくめい》の通報では、義務を果たしたとは言えないでしょ」

私は返事を保留するつもりで、マスターにコーヒーを頼んだ。

「神奈川県警から得た情報によると、どうやら漆原智古は前日の夕方頃からあそこに潜んでいたそうです」

「やはりビルの防犯カメラに映ってたか？」

「いいえ、やつは、映ってはいませんでしたよ」

私は黙って綿貫を見た。

「非常階段を使ったんでしょ。店の鍵で、非常口のドアも開閉できるそうです。だが、やつが買い物をしたコンビニの防犯カメラや、あのビル周辺のカメラで確認ができました」

「なるほど。吉崎愛菜の姿も確認されたのか？」

「されましたが、やはり付近の防犯カメラからです。非常階段を上がり、漆原によってビルの中に招き入れられた。それが、向こうの判断です」

私はコーヒーを運んできてくれたマスターに礼を言った。一口啜り、注文したことを後悔した。

「——それで、俺に何を訊きたいんだ？」

「あなたの見立てを」

「——？」

私はもう一度綿貫を見てから、その隣に坐る藤木へと視線を移した。綿貫はコーヒーカップを手に取ると、泥水でも飲むようにしてコーヒーを啜り、藤木は生真面目そうな顔で私の唇の辺りをじっと見つめていた。

「なぜ民間人にそんなことを訊きたいんだ？」

綿貫はカップを戻し、目を上げた。

「この先、これ以上、余計な動きをされては困る」

「仕事をするさ」

「仕事だって――？　それじゃあ訊くが、依頼人は？　牛沼康男も、吉崎愛菜も亡くなった。誰があなたの依頼人なんです」

「それはきみらの知ったことじゃない」

「牛沼康男が、漆原智古の部屋に盗聴器を仕掛けたわけは、わかりましたか？」

「わからない」

「あのアルバムの少女の身元は？」

「わからない」

「とぼけているのかどうかは、詮索《せんさく》しないことにしましょう。その代わりに、私の見立てを言いますよ。牛沼康男がなぜ漆原智古の部屋に盗聴器を仕掛けたのかは私もわからないが、その先のことについては推測できる。牛沼は、漆原が他人に知られては困る何らかの秘密を盗み聞きしたんです。そして、その結果として、漆原に殺害されて多摩川に遺棄《いき》された」

「死体を遺棄したと思われる現場近くの防犯カメラに、漆原の車と漆原本人が捉えられていたと聞いたが、映っていたのは漆原ひとりだけなのか？」

「そうです」

「アルバムの写真は、どう関わっているんだ？」

「さあね。それは、私には知ったこっちゃない。牛沼殺しを捜査してる神奈川県警にとっても、そうでしょう。あなたが何か知ってることを話してくれたならば、別かもしれないが」

「今は話すことは、何もないよ」

「聞きしに勝る頑固《がんこ》な人だ」

「性分《しょうぶん》でね。許してくれ」

綿貫は、不快そうに顔をしかめた。

「そうだ。ひとつ伝えることがあります。あの写真の少女ですがね。二十三年前から十年間にわたって記録を調べたが、失踪人の中にも、何らかの事件被害者の中にも、該当者はありませんでしたよ。あなたのこだわりは、終わりです」

私は尻の位置をずらして、足を組んだ。

「今度の事件現場について、ひとつ気になってることがある。テーブルには、灰皿がふたつ載っていた。片方は吸殻でいっぱいだったが、もう片方は空《から》だった。その灰皿を注意して見たら、砕いた錠剤がわずかに残っていた。おそらく、誰かが合成麻薬をそこで砕いたんだ」

「なぜ、誰かなんて言うんです？　漆原がやったんでしょ」

「やつには、そうする理由がない。錠剤なんだぞ。ただ服《の》めばいいだけだ」

「麻薬でラリッてたんですよ。普通とは違う行動をして当然だ」

「錠剤を砕くのに使った道具が、テーブルにはなかった。洗ってカウンターに戻したのかもしれない。だが、ラリッてる人間が、そんなことをするとは思えない」

「何が言いたいんですか？」

「わからない。見たままを言ってるだけだ」

綿貫は苦笑した。

「あなたは、そればっかりだな」

「いずれにしろ、漆原智古か吉崎愛菜のどちらかが、致死量の合成麻薬を摂取《せっしゅ》していないかどうかを調べるべきだ。もしそうなら、状況が大きく変わる」

「なぜそうしてややこしく考えようとするんです。漆原が合成麻薬を気まぐれで砕いて摂取した。それでいいじゃないですか」

「俺は真実が何かを知りたいだけだ」

「我々だっていつも、そう思って仕事をしている。だが、今のあなたには、もうひとつ別の要素もある。あなたは、吉崎愛菜を漆原から救えなかったことで、自分を責めてる。そうでしょ？　そのために、現場の状況を複雑に考えたいだけだ。目の前の現実から目をそらすためにね」

「そうかもしれんな。だが、現場で何か引っかかる時には、それにこだわってみるべきだ。話は、それだけなんだな。帰っていいか？」

「どうぞ、御随意《ごずいい》に」

綿貫は、今度はもっと露骨《ろこつ》に顔をしかめた。私は自分のコーヒー代を置き、席を立った。

歩き出す前に声をかけられた。

「ひとつ、個人的な興味で訊くんですが、どうしてあなたは、この件に関わり続けようとするんです？　かつて、自分が刑事だった頃の筋《すじ》を通そうとしてるんですか？」

「――筋って、何だ？」

「それを、我々があなたに訊いている。牛沼康男は、二度にわたってあなたが挙げた男だ。やつの人生に、それなりに大きく関わってしまった。そうでしょ？」

私は答え方を考えた。答えははっきりしていたが、それをどう言葉にするかがわからなかった。

「仕事だからやってる。そういうことだ」

「だから、依頼人はいったいどこにいるんです？　誰があなたに金を払うんだ？」

「それはまだわからない」

「じゃ、仕事じゃないでしょ」

私は苦笑した。

「きみらがホシを追う時、給料のことを気にするのか？」

「それとこれとは、話が違う」

「俺は、違うとは思っていない。それじゃあ俺からもひとつ訊くが、牛沼はいったい、漆原のどんな秘密を盗み聞きしたんだ？」

「それは私もわからないと言ったでしょ」

「そして、あの写真の少女が誰でどうなったのかは、知ったこっちゃないと言ったな。牛沼殺しが漆原の単独犯であることが立証されれば、それで警察の仕事は終わりだ」

「何が言いたいんです？」

「それだけさ。だが、俺の仕事は違うってことだ」

綿貫と藤木は、ちらっと目を見交わした。

たぶん、言いたいことが充分に伝わらなかったのだろう。伝わる必要もないのだろう。

私自身が理解していれば足りることだ。

31

貝原博《かいばらひろし》は、環七《かんなな》沿いにあるファミリーレストランで私を待っていた。向こうも車で移動する予定であり、こちらもこの先そうするつもりだったので、そうした店を待ち合わせ場所にするのが一番だった。

「時間を取って貰って、申し訳ない」

私がテーブルに近づくと、どこか照れ臭そうな愛想笑いを浮かべて言った。ジムの名前が入ったトレーナーにジーンズ姿だった。ジムの中で会った時とは違い、周囲から浮いているような印象があった。

「待たせてしまいましたか？」

「なあに、俺が早く着き過ぎただけさ」

貝原が呼び出しブザーを押し、私はやって来たウエイターにコーヒーを頼んだ。私が紙ナプキンの袋を破いて手を拭《ぬぐ》う前で、貝原がたばこに火をつけた。

私は、ここが喫煙席であることに気がついた。顎を少し引き、テーブルに目を伏せた姿勢で、貝原は黙々とたばこを喫った。言うことを考えているようにも見えたし、ただ話すのをためらっているようでもあった。

いずれにしろ、喫煙者が年々減りつつある今では、滅多にお目にかからなくなった光景だった。ほんのひと昔前までは、たばこをこうして間を持たせるための道具に使う男がいたものだった。

貝原は、たばこの先端を灰皿に擦《こす》りつけるようにして消した。

「実は、昨夜、絵里奈が来た」

「昨夜、ですか？　何時頃？」

「もう十時近かったな。そして、これを置いていった」

そう言いながら、体を斜めに傾けた。

テーブルに出した手に、ボクシング・グラブが握られていた。

「去年、俺がプレゼントしてやった練習用のグラブだ。練習熱心だったんでな、余ってるお古をやっただけだが、もう使わないと言って返しに来た」

私は、貝原が電話をしてきて私と会いたがった理由を知った。

「――ボクシングをやめると？」

「だろうな」

「やめる理由は、何と？」

「それが、いくら訊いても言わなかったのさ」

吐《は》き捨ててから、貝原は顔をしかめた。

「――ほんとは、励ますつもりだったんだ。何があったのか知らんが、この三カ月、あの娘が怯えて暮らしてたのは事実だ。しかし、そんな中でも、ボクシングだけは熱心に続けてた。休むことなく通い続け、体もきちんといじめ続けていたよ。

——それなのに、俺は短気なんで、つい不愉快《ふゆかい》そうな態度を取り……、最後にはきつい言葉も浴びせかけてしまった……」

話しながらたばこのパックを探り、その尻を掌に打ちつけてフィルター部分を外に出すと、次の一本をつまみ出した。ふっと顔を上げ、

「すまん、たばこは、いいか？」

「やってください。俺もかつては喫っていた。別段、禁煙したわけじゃない。遠慮なく喫える場所が減ってしまったので、億劫になっただけだ」

貝原は薄く微笑んだ。

火をつけ、煙を肺の奥深くまで吸い込んで吐き出した。

「あの娘は、すっかりやつれている感じだった。なんというか、ダウン間近のボクサーさ。絵里奈って娘は、たとえそんな時でも、凛《りん》とし、相手を睨みつけてやがる。だが、俺にゃわかるんだ。そんな時、あいつはもうぎりぎりの状態だってことがな。昨夜が正にそうだった」

「——」

「あいつに何があったのか、わかったのか？」

「わかりました」

私は、この数日で自分が出くわしたことを、かいつまんで話して聞かせた。漆原

智古が実の妹にどんなことをしたのかについてはぼかしたが、たぶん察しがついただろう。

私が話し終えてもしばらくは、貝原は何も言おうとはしなかった。

「――あいつが暮らすシェアハウスに連絡をしたが、戻っていなかった。あんた、あいつの居所を知ってるか？」

やがて、小さな声で訊いた。

「いや。昨夜は、義父のところに泊まるはずだったんですが」

「保証人の男か？」

「そうです」

「あいつに会う予定は？」

「見つけて会いますよ」

「それなら、このグラブを、もう一度渡してやってくれないか？　そして、きついことを言って悪かった、待ってると、そう伝えて欲しい」

「わかりました」

「すまんな、感謝する。ほんとは俺が自分で行くべきなんだろうが、大きなタイトル戦が近くてな」

私はグラブを受け取った。

「絵里奈と話したのは、それだけですか？　何か、それ以外の話は？」

「いや、それだけだ。ろくすっぽ話す間もなかった。表に車が待っていて、俺にグラブを突き返すようにすると、それに乗っていってしまったんだ」

「――タクシーってことですか？」

「いや、レンタカーだった。若い男が運転していたよ」

「知った顔ですか？　何か特徴は？」

「初めて見る顔だった。歳は三十前かな。ひょろっとして、なんとなく頼りなさそうな感じのやつだった」

「短髪の痩せた男でしたか？」

「ああ、そうだ。誰か、心当たりがあるのか？」

私はうなずき、携帯電話を抜き出した。

店内が空《す》いていることと、テーブルに携帯禁止のマークがないのをいいことに、その場で藤岡の携帯にかけたが、つながらなかった。

シェアハウスにかけてみると、今度は四度目のコールでつながった。

「もしもし」としか応じなかった。男の声だった。

「鬼束といいます。住人の藤岡さんをお願いします」

丁寧にそう切り出すと、相手の声のトーンが変わった。

「ああ、先日の探偵さんですね。あの時は、バイトで急いでたんで失礼しました」

あの日、テレビの前でフライドチキンを食べていた男だ。

「藤岡は、いないんですよ。昨夜出てったきり、まだ戻りません。美貴ちゃんに頼まれたとか言って、出ていきましたよ。おっと、美貴ちゃんじゃなくて、絵里奈っていうんですって。驚きましたよ、藤岡君から聞いて。でも、いずれにしろよかったですね、見つかって」

「そうですね。どこへ行ったかは、わかりませんか？」

「それは聞いてないけど、レンタカーを使ってるんじゃないかな。近くで、二十四時間オープンのレンタカー屋を知ってるかって訊かれたんですよ」

「二十四時間の――？」

「あ、言い忘れましたが、電話があったのは、昨夜の八時過ぎでしたから。いや、九時近かったかな」

「その後、藤岡君から何か連絡は？」

「いや、俺は聞いてないですけれど。大方、深夜のドライブでも楽しんでるんじゃないですか。それとも、どこかでしっぽりと」

「藤岡君たちから何か連絡があったら、俺に知らせてくれないか」

「何かあったんですか？　いいですよ。連絡があったら、すぐに知らせます」

私は自分の携帯番号を告げた。

「よろしく頼む」

電話を切った私を、貝原が黙って見つめてきた。

もう一度、藤岡の携帯にかけた私は、電話をくれと伝言を残した。

32

川崎市高津《たかつ》区にあるマンションだった。玄関口に現れた女は冴《さ》えない顔をしていた。化粧慣れした顔が素《す》っぴんでいるためにそう感じさせるのかもしれないし、もしかしたら寝起きなのかもしれない。眉がほとんど存在しない顔には、長年にわたって水商売を続ける間につちかわれた険《けん》があった。店に出る時には、化粧と笑顔で、それを見事に隠してしまうのだろう。歳はたぶん四十前後。三井《みつい》容子《ようこ》という名前だった。

「何の用かしら？　もうあの店は閉めたのよ」

ドアノブをしっかりと握り、ドアの隙間をみずからの体で埋めるようにして立った女の語気には、友好的な感じはいっさいなかった。ドアチェーンをかけずにドアを開けたのは、不用心なわけではなく、人を追い返すのにチェーンなど必要としない自信があるのだ。

「だが、店で人が死んでいたことを聞いたのでは？」

「ニュースで見たわ」

「死んでた男のほうは、店のオーナーですね？」

「そうよ」

「吉崎愛菜とは、親しかったですか？」

「知り合いよ。オーナーの彼女だもの。でも、それ以上の関係はないわ。あんた、誰なの？　刑事さん――？」

「申し遅れました」私は、名刺を差し出した。「時間は取らせませんので、少し話を聞かせて貰えませんか？」

「――何を訊きたいのよ？」

「愛菜さんと漆原さんの関係について」

「私、何も知らないと言ってるでしょ」

なにがしかを知る人間の口調だった。

私は素早く頭を働かせた。この手の女の口を開かせるのが難しいことはわかっていた。しかも、商売柄《がら》、嘘をつくのが上手い。結局、策をめぐらすよりも、この女の感情に賭《か》けてみることにした。

「俺は吉崎愛菜という女性を救いたかったが、できなかった」

そう話の口火を切って、顔に痣を作った愛菜を自宅から連れ出し、漆原智古を取り除いてやることを約束して、ラブホテルに匿《かくま》ったことを説明した。しかし、愛菜はみずから漆原のもとへと戻り、そして、殺害されてしまったのだと話して聞かせた。

三井容子は、私の話を黙って聞いた。

そうする間に、顔から眠たげな表情が消えた。それ以外の変化はなかった。

「馬鹿みたい……。だから、あんな男と離れたほうがよかったのに。馬鹿な子……。中へ入ってちょうだい。鍵はちゃんと閉めてきて」

彼女は言って背中を向けた。

よく片づけられたリビングのソファに置かれていたペルシャ猫のぬいぐるみが、おもむろに頭を上げてあくびをした。私と飼い主が玄関口で話す間に、興味を持って出てくることもなく眠りつづけていた猫が、客人に対して見せた最初の反応だった。

「もう、おばあちゃんだから、歩くのも大変。あまり、脅《おど》かさないようにしてね」

容子は気《け》だるげに言い、猫の隣の席を私に勧めた。

ソファの前には背の低い座卓があり、容子はそのテーブルの向こう側に胡坐《あぐら》をかいて坐った。自宅では身なりにこだわらないらしい彼女は今、グレーのスエットの上下に、よれたピンクのカーディガンを着ていた。胡坐をかいて坐ると、胸のふくらみよりも腹のほうがずっと目立った。

「馬鹿な子なのよ、愛菜ちゃんって。役者志望で、田舎《いなか》から出てきたそうよ。それが、あんな男に捕まっちゃった。あの子が何をやってたかは、知ってるんでしょ？」

本人から聞いた、と私は答えた。

「あんなビデオに出たって、それで将来が開けるわけがないのに、これで自分が何かになれるかも、なんて馬鹿な想像をしたこともあったんですって。そんな意味じゃ、あの子とオーナーは、どこか似た者同士だったのかもね。あの男も、やっぱり馬鹿。酔ってくると、映画の話ばっかり。それも、半分以上は、眉唾もの」

私はひとしきり容子の話を聞いてから、やんわりと切り出した。

「ふたりが薬に手を出してたと聞いて、どう思いましたか？」

容子は苦笑した。

「いいわよ。もっとはっきりと聞いて。知ってたのかどうか、私もお仲間なのかどうかを知りたいんでしょ。でも、私は絡《から》んじゃいない。場末《ばすえ》の雇《やと》われママだけれど、一応はこれでも堅実にやってるの。今、息子が専門学校に通って、調理師の勉強中よ。夜はファミレスの調理場でバイトをしてる。私ね、ちゃんとした母親でいたいのよ。だから、変なものには手は出さない」

「しかし、漆原たちがヤク中だったことには薄々気づいてた？」

「いいえ、知らなかったわ。本当よ。愛菜ちゃんとは、ほんの何度かしか会ったことはないし。あなただって、あるんじゃない？　この人、どっか変だなって思っても、それ以上は疑ってかからないってこと」

私はうなずいた。仕事以外のシチュエーションでは、できるだけそうしたいと思っていた。

「まだお店を開けていた頃のことを、ひとつ思い出して欲しいんです」

そう切り出し、日付を告げた。

「その夜の八時過ぎに、お宅の店から、オーナーの漆原智古の自宅へ誰か電話をかけてるんです。従業員だろうか。それとも、誰か客が電話を借りたんだろうか？」

「ちょっと待って。そんなことあったかしらね。店の電話を使うなら、私に断ると思うんだけど。いえ、必ず断ってるはずよ。オーナーに……。それ、確かなの？」

「確かです」

「思い出せないな。八時過ぎって、店がざわついてくる頃だから。――それって、大事なことなの？」

　私が大事なことだと答えると、彼女は「ちょっと待ってて」と言い置き、他の部屋に行った。

　ずいぶん使い込んでいるふうの鞄を持って戻ってきて、中から小ぶりの手帳を取り出した。お客について、帳簿や売掛帳の類《たぐい》とは別に、心覚えのメモをつけておくのは、長年水商売をやっている女の心がけのひとつだ。真剣な顔で、ページをめくる。

　やがて、合点《がてん》した顔を上げた。

「ああ、わかったわ。田中先生よ」

　私は胸騒ぎを覚えた。

「県会議員の田中誠司ですか？」

「そう。オーナーの弟なの」

　もちろん、知っていた。しかし、本人は、もう長いこと兄とは会っていないと言っていた。

「ふたりは、親しいんでしょうか？」

「兄弟だもの。内心でどう思ってるかはわからないけれど、それなりにね。漆原さんがあのビルで店を始めることにしたのも、弟さんの口利《くちき》きだったのよ。あのビルのオーナー、田中先生と親しいの。だから、相談を受けて、かなりいい条件で貸してあげたみたい。そして田中先生は、店を守《も》り立てるために、県議会のあととかに仲間内で来たりもしてくれてたわけ」

　私は、引っかかりを覚えた。

「だけど、変だな」

「何が？」

「田中誠司本人に話を聞いたんだが、ほんとに兄を毛嫌いしている感じがしたんです」

　女は、短く笑った。酸いも甘いも嚙み分ける人間の顔だった。

「だから、内心でどう思ってるかはわからないって言ったでしょ。先生は、漆原さんに借りがあるのよ。っていうか、母親にね。なんかすごいお母さんで、三度も四度も結婚してるんだけど、三人目の亭主が政治家なの」

「漆原良蔵か」

「知ってたんだ」

「名前だけ。――もしかして、田中誠司が議員になるのに、漆原良蔵の口利きがあったとか？」

「難しいことはわからないけれど、何かやっぱりあったみたいよ。それと、漆原良蔵が亡くなった時、母親とうちのオーナーは、かなりの遺産をせしめたのよ」

「その一部が、田中誠司に回ったんですね」

「この話は、これでお終《しま》い」

「わかりました。そうしたら、話を戻しますが、田中誠司が漆原にかけた電話の内容は、わからないだろうか？」

「わからないわ、そんなことは。お客さんのプライベートだもの」

「田中議員はその夜、ひとりで来たんですか？」

「いいえ、連れがあったけれど」

「どんな連れです？」

「困ったな。そういうことは、話さないようにしてるのよ。わかるでしょ。信用が第一だから」

「あなたから聞いたことは、絶対に秘密にします」

「そう言われてもね……。まあ、いいわ。大正興業《たいしょうこうぎょう》っていう地元の土建屋《どけんや》の人間よ。個人名までは勘弁してね」

「その時、何か気になる話は？」

私は食い下がってみた。

「そういう質問には答えられないわ。って言いたいところだけれど、なかった。ただの馬鹿話ばかりよ。産業道路の近くに、ショッピングモールができるみたい。その関係の会合があったそうよ。大きな仕事になるんでしょ。みんな浮かれて、盛り上がってた」

「産業道路のどの辺りなんだろう？　川崎市？」

「そう。池上新町《いけがみしんちょう》のどこかみたい」

聞き覚えのある地名だった。手帳のページを繰っても出てこなかったが、そうするうちに、どこで目にしたのか気がついた。

「ちょっと失礼します」

私はそう断って、今度は牛沼康男の手帳を取り出してめくった。前夜、何度も読み返していたため、目がその箇所を覚えていた。几帳面な細かい字で、番地まで含め、池上新町の住所が書かれていた。

関連すると思われる記述は、何もなかった。しかし、私は、あの家族写真を撮った時、池上新町に住んでいたと、田中誠司が言っていたのも思い出した。

「正確な住所はわかりますか？」

「それはわからないけれど。ネットで調べれば出るんじゃない。地元ではもう、口コミで広まってるみたいよ」

私は礼を言って腰を上げた。

「ところで、どうして店を閉めることになったんです？　何らかの理由で、お客が離れてしまったとか？」

「それはちょっと、話しづらいな」

容子は顎を引いて考え込んだが、それは話し出すための軽いポーズに見えた。

「死人の悪口を言うみたいで悪いんだけれど、店を閉めることになったのは全部、漆原さんのせいよ。漆原さんって、ああいう性格でしょ。私も時々、手を焼いたんだけど、秋口に、ビルのオーナーと喧嘩《けんか》になっちゃったのよ。ここだけの話、オーナーが安く貸してくれるので、今度は私が別の階で店をやることになってるの。仕事のできる女の子には、もう内々に話して約束も取ってるわ」

話すうちに勢いづいたらしく、最後にはいくらか下顎を突き出し、得意げに鼻孔《びこう》をひくつかせた。

「そういえば、ママさんはどんな縁《えん》で、あの《ペペ・ル・モコ》を引き受けたんです？」

玄関で靴を履《は》きながら訊いた。

「あら、オーナーのことを訊きに来たので、てっきり知ってるのかとばかり思ってた。あの店は、AV女優が隣に坐るのが売りだったのよ。漆原さんの企画倒れで、そういう女の子はあまり集まらなかったけれどね」

言いたい意味を考え、妖艶な笑顔と結びつけ、それ以上確かめるのは遠慮した。

33

議員事務所の出入り口に現れた米田は、目に冷たい光を宿したままで愛想笑いを浮かべた。

「田中議員にお会いしたいのですが。五分で結構ですので、お願いします」

「約束がない方は、困ります」

「お兄さんや妹さんのことで、いくつかお訊きしたいことがある。警察に事情を訊かれていて大変なところかもしれないが、ほんとに五分で結構ですので」

私が声を高めて言うと、事務所にいた数人のスタッフが何事かという目を向けてきた。奥のドアが開き、田中誠司が姿を見せた。

「どうされましたか、鬼束さん？」

「絵里奈さんが心配で、やって来ました。彼女は、昨夜、お義父さんのお宅を抜け出したのではないですか。それに、少し、あなた御自身についても伺いたいことがあります」

「まあ、入ってください。私の部屋で話しましょう」

誠司は私を手招きした。余裕のある落ち着いた仕草だったが、政治家は大概《たいがい》、いつでもそんな仕草をするものだ。

私は事務所を横切り、誠司の部屋に入った。応接ソファを勧められて坐ると、早速口を開いた。

「絵里奈さんは、昨夜、お義父さんのお宅を抜け出したんですね？」

「そのようですね……」

「で、今はどこに？」

「ええと。たぶん、もう戻っていると思うが」

議員は立ったままで答えた。

「わからないんですね？」

無言で、答えなかった。

「心配ではないんですか？」

「無論、心配ですよ。義父たちがちょっと目を離した隙に、姿をくらましてしまいまして、心配して、連絡を待っているところです。だが、あの子だってもう子供ではないし、首に縄をつけておくわけにもいかないでしょ」

口とは裏腹に、心配するよりもむしろ不快げな様子のほうが勝《まさ》っていた。

「警察には？」

「そんな、大げさな。妹のためにも、騒ぎを大きくしたくはないんですよ」

「だが、妹さんは実の兄に監禁され、乱暴された。精神的に、大変に不安定になっているはずです」

「それはわかりますよ。だから、うちに連れてきたんだし、義父にも世話をお願いしたんです。そうして責められても、困りますよ。あの子だって、もう子供じゃないんだ。きっとじきに戻ります」

「彼女の携帯には、かけてみましたか？」

私は引き下がらなかった。

「もちろんですよ。だが、電源が入っていなくて、つながらない。あなたは、このことをどこからお聞きになったんですか？」

「ボクシングジムの会長が連絡をくださいまして、先程、会ったところです」

「ジムの方が……？　なぜ？」

「彼女にあげた練習用のグラブを、昨夜遅くに返しに来たそうです」

私は言葉を切り、相手の反応を見た。田中誠司は、職業的な取り澄ました表情の中へと逃げ込んでしまい、心を閉じたままだった。

「シェアハウスで共同で暮らす若者のひとりに頼んで、レンタカーを借りて貰い、一緒に行動してるようです。練習を積んできたボクシングジムに行って、ボクシングをやめると告げたことまではわかってますが、その後の行動がわからない。こういったことは？」

「――いえ、初耳でした。そのシェアハウスの若者とは、どういう関係なんでしょう？」

「私も詳しくは知りません」

「その彼の連絡先は？」

「彼の携帯にもメッセージを残してある。何か言ってきたら、お知らせします」

「ありがとうございます。そうしたら、用件がそれだけでしたら、お引き取りいただけますか？」

この男は、結局最後まで自分は坐らないつもりなのか。

「まだあります。田中さん、あなたに訊きたいことがある。あなたは、兄の智古さんとはもう長年会ってないと仰ったが、嘘をつきましたね。智古さんが経営していた川崎のクラブの雇われママに会ってきました。あのビルのオーナーに口を利いて、店をいい条件で借りてあげたのは、あなただと言ってましたよ。それに、兄さんの店を引き立てるため、時にはお忍びで遊びにいらしていたこともあったと聞きました」

「――それは、兄弟ですから」

「なぜ、長年会ってないなどと、嘘をついたんです？」

「今、その話をしなければなりませんか？」

「ええ、私はぜひ伺いたい」

「私には、議員としての立場がある。それだけのことです。前科のある兄の面倒を見てましたなどと、おおっぴらに言うわけがないでしょ」

「牛沼康男とも長年会ってないと言ったが、それも嘘ですか？」

「それは本当です」

「ひとつ嘘が発覚すれば、他にも嘘をついていると疑われるのを覚悟したほうがいい。私はマスコミの一員でもないし、あなたに答弁を求めたわけでもない。調査の一環として質問したんですよ」

「牛沼さんとは、会ってなどいませんよ。本当です。嘘はない」

「それじゃ、質問を変えます。あなたが《ぺぺ・ル・モコ》からお兄さんの自宅にかけた電話の内容を教えてください」

私はそう突きつけた上で、正確な日付と時間を告げた。

「何を言ってるのか、わからない……。何の電話です？」

議員然とした態度の中に、ほころびが見えた。誠司はハンカチを出そうとしてやめ、手の甲でさり気なく額の汗をぬぐった。

私は続けた。

「昨日、話した通り、牛沼康男は漆原智古の自宅に盗聴器を仕掛けてました。盗聴器を入手したのは絵里奈が行方知れずになる四、五日前です。牛沼が山名信子さんが自殺した新聞記事を持っていたことと併《あわ》せて考えると、やつはおそらく絵里奈から頼まれ、信子さんの自殺絡みで漆原智古を調べることにしたのでしょう。山名信子が無理やり撮影されたビデオが流通してしまうのを防ごうとしていたのかもしれない。だが、その結果として、やつは何かもっと重要なことを盗み聞きしてしまった。そして、そのために口を塞《ふさ》がれた」

「その言い方は、聞き捨てならないな。そうしたら、この私も、牛沼さんが殺害されたのに関係してると言うんですか?」

「それはわからない。だが、あなたがかけた電話が関係してる。それは確かだと思ってます。違うのならば、それを証明してください。《ペペ・ル・モコ》からの電話で、何を言ったんです?」

「何も言ってない。内容をあなたに話す必要などない」

「次は、警察が訊きに来ますよ」

「脅してるつもりか」

「予想を述べてる」

お互いに激しい口調になりかけた時、部屋のドアが突然、引き開けられた。一応ノックはあったものの、ドアが開くのとほとんど同時だった。

青い顔をした米田が飛び込んできた。

「何だね――。来客中ですよ。なんでもないんだ。向こうへ行っててくれ」

迷惑げに言葉を吐《は》きつける田中をなだめるように、米田は両手を前に突き出した。

「お話し中、すみません。ですが、先生、大変なんです。警察から連絡がありまして、妹さんが逮捕されてしまったようなんです」

「逮捕……」

困惑してかすれ声を出す田中の前で、私は立った。

「何があったんです？」

「わかりません……。どこかに不法侵入し、関係者に暴力をふるったというようなことを聞きましたが、それ以上の詳しい話は、どうも……」

「口をつぐめ。彼に説明する必要はない。家内にすぐ連絡をしてくれ。それと、慈慧寺の祖父にも頼む。私は出かける準備をする。鬼束さん、そういうことですので、お引き取りください」

「私も一緒に参ります」

私は言った。歓迎されていないのも、拒《こば》まれることもわかったが、引き下がるつもりはなかった。

34

議員の威光を最大限に発揮《はっき》すべき時だった。担当所轄である川崎臨港警察署の生活安全課の部屋で、田中誠司は腰を低く保ちつつ、それとない威圧感を示し、彼の秘書である米田のほうは、開口一番、平身低頭に詫びた。

応対に出た担当課長は、たっぷりと肉がつき、好々爺《こうこうや》のごとき風貌の男だった。有吉《ありよし》と名乗った。

「いやあ、わざわざおいでいただいて、かえってこちらこそ申し訳ありませんでした」

この男はこの男で社交性を発揮し、低姿勢を保っていた。

「本来ならば、軽い騒ぎ程度のことだったのかもしれんのですが、妹さんはボクシングをやってらっしゃるんですね。見事なパンチが、相手の顔面やらボディーやらに命中しちゃいましてな。ひとりは、鼻が折れてしまったんです」

穏《おだ》やかな表情で告げ、太鼓腹《たいこばら》の肉と腰骨の間のわずかな隙間に食い込んだベルトを、くいくいっと左右に動かしながら持ち上げた。

「ほんとに、何とお詫びを申し上げていいかわかりません」

米田が再び腰を折る。

「先方にもお詫び申し上げたいのですが、今はどちらに？」

「病院です」

「どちらの病院か、お教えいただけますか？　早速、私どものほうからお詫びに伺います。それと、先方の方のお名前も」

「ま、ま、あまりあわてずに」

「処分は、どのようになるのでしょうか？　できるだけ穏便《おんびん》にお願いしたいのですが」

米田は、引き下がらなかった。謝りつつも相手に迫るという、ある種の人間にしかできない芸当を始めた。

「私どもも、そのつもりなんですよ。議員の妹さんには、何の前科もありませんし、身元引受人も、こうしてしっかりした身分の方だ。ですから、被害者との間できちんとお話をつけてくだされば」

黙って話を聞く私にとっては、かつて比較的見慣れた光景だった。警察官は基本的に毎日、多忙で、相手をしなければならない悪党はたくさんおり、みずから骨を折って直さねばならない社会のほころびはあちこちに存在している。

善良な娘が、しかも議員の妹となれば、穏便に済ませる方向を探るのが中間管理職の職務のひとつなのだ。

「まあ、とにかくちょっとお坐りになりませんか？」

課長は、部屋の片隅の応接ソファを勧めた。

「ちょっといいでしょうか。絵里奈さんと一緒に、藤岡という青年がいたと思うのですが――？」

私はさり気なく話に割って入った。

「ああ、いましたよ。彼にも来て貰ってます。彼の場合、暴力はなかったのですが、不法侵入のほうは妹さんと同罪でしてね」

「どんなところに入ったんです？」

「なあに、何の変哲もない空き屋《あきや》ですよ。面白半分だったんでしょうね。なぜ入ったのか訊いても、大した答えは返ってきませんし」

「場所はどこです？　池上新町では？」

「その通りです。巨大なショッピングモールの建設予定地でしてね。既に一部は取り壊されて、更地《さらち》になってますよ。まだ立ち退《の》きが終わらない区画があるんですが、ふたりが忍び込んだのは、その一角の一軒です」

話を聞きながら私は、田中誠司の反応に注意を払っていた。田中の表情に何の変化もなかったが、私の視線を意識しているのは明らかだった。

「課長、電話です」

部屋の奥から部下が有吉を呼んだ。一番奥の机の横に立ち、右手に受話器を持っていた。机の配置からして、有吉の机らしかった。

有吉は、ちょっと失礼と我々に断り、遠ざかった。やりとりは長くはかからず、じきに戻ってきた。

「被害者から連絡がありました。自分たちも落ち度があったのだから、治療費さえ持って貰えれば、それで終わりにしたいとのことでした。よかったですね」

議員と秘書は、恵比寿《えびす》顔の課長が言うのを聞いて胸を撫で下ろした。

「先方というのは？」

私が訊いた。

「大正興業という会社の社員です。あの辺りを開発してる業者ですよ。じゃ、ちょっとお待ちください。今、妹さんたちを呼んできますので」

有吉は、私たちを残して廊下に出ていった。

「田中さん」私は一呼吸置いて、田中誠司に話しかけた。「あなたが《ぺぺ・ル・モコ》から兄の智古に電話をした時、あなたは大正興業の人間と一緒だったそうですね」

「そうだったかな。覚えてませんね」

「まだ十日ほどしか経っていないのにですか?」

「もう、その話はいいでしょ。しかも、どうしてこんな場所で蒸し返すんです?」

「妹さんのパンチを食らったのも、大正興業の人間だった。彼らは、加害者があなたの妹さんだと知ったので、わざわざ自分たちのほうからこうして警察に連絡をしてきたように思うんですが」

「知りませんよ。そう思うなら、先方に確かめてみたらいいでしょ。もう、この話題はやめてください。不愉快ですよ」

廊下を近づいてくる足音がして、その中にはスニーカーの床に張りつくような足音も交じっていた。

有吉に連れられて、絵里奈と藤岡が姿を現した。女性警官がひとり、一緒だった。

絵里奈は部屋に入って兄の姿を認めるなり、ぷいと横を向いた。藤岡は肩を落とし、誰とも目を合わせないようにして小さくなっていた。

「絵里奈、心配したんだぞ」

兄が、妹に駆け寄った。

「さ、刑事さんたちにお詫びを申し上げるんだ。義姉《ねえ》さんだってすごく心配してる。じきにここに着くはずだから、みんなで一緒に家に帰ろう」

「私、兄さんの所には帰らないわ。自分の家があるんだもの。藤岡君に送って貰って、そこに帰ります」

「馬鹿を言うんじゃない。おまえはまだ、心身ともに、普通の状態じゃないんだ。こんな時のために、家族がいるんじゃないか」

「もう子供じゃないのよ。放っておいて」

田中はさらに口調を荒《あら》らげそうな気配だったが、秘書にそっと制され、冷静さを取り戻した。部屋に居合わせた捜査員たちは、誰もがちらちらとこちらの様子を窺っているし、有吉も何か言いたいのを堪《こら》えるような顔をしている。

「とにかく、表へ出よう。課長さん、お世話になりました」

礼儀正しく頭を下げ、妹を促して歩き出す。私と藤岡が、少し遅れてそれに続いた。

だが、兄妹の言い争いは、署の前の駐車場に出るとすぐに再燃した。

「どこに行くんだ。車はこっちだぞ」

遠ざかろうとする妹を、兄があわててとめた。

「私、藤岡君と一緒に帰ると言ったでしょ。藤岡君、車のとこまで戻りましょ」

「勝手な真似は許さないぞ」

「父親みたいな口を利かないでよ。いったい、何様⁉　私の保護者のつもりなの」

「俺はおまえの保護者だぞ。そうだろ、絵里奈。兄さんと一緒に帰ろう」

「いやよ。それなら私、鬼さんと行くわ」

「何を言ってるんだ、おまえは……」

「この人、信子さんのもめ事を解決してくれたのよ。私のことも助けてくれたわ。兄さんに、何ができたのよ⁉」

「俺たちは、兄妹なんだぞ……」

「私、この人と行くって言ってるでしょ」

「聞き分けのない子供のようなことを言うんじゃない。鬼束さんだって迷惑してる」

「ここで立ち話をしてるよりも、どこか暖かい所にでも入りませんか。おふたりに伺いたいこともありますし」

一応そう申し出てみたが、兄のほうがすごい顔で睨みつけてきた。

罵声《ばせい》は浴びなかった。田中誠司の視線が私の斜め後方へと動き、少し遅れて絵里奈が見る先も動いた。

「お義父さん――」

田中が呼びかけた。

振り返ると、玄関前の駐車場に停まった車から、老人と女とが連れだって降りたところだった。田中修平と、まさ子という名らしい田中誠司の妻だった。

ふたりは足早に近づいてきた。

「遅くなってしまってごめんなさい。お義父さんをピックアップしに回ってたので」

「こっちこそ、忙しいところを悪かったな。お義父さんも、年末のせわしい時期に、すみません」

「なんの、可愛い娘のためだ」

老人は言い、絵里奈の前に立った。「話を聞いて、心配したぞ。何があったのかは知らないが、他人様《ひとさま》に暴力をふるう目的でボクシングをしてきたんじゃないんだろ」

絵里奈は黙ってうつむいたままだったが、緊張や反抗が和らぎ、その分、甘えるような表情が生まれていた。兄を前にしていた時には、ついぞ見せなかったものだった。

「兄さんのところは、いや。お祖父《じい》ちゃんの家になら、戻ってもいいけれど……」

「わかった。祖父ちゃんがついててやるから、少しのんびりしよう。だけど、もう勝手に抜け出したりしないでくれよ」

田中修平が、孫娘――であり、戸籍上は娘である絵里奈の背中を、そっと押す。

私に軽く会釈をして歩き出した。

絵里奈は、藤岡と私を振り返った。あの強い目で私を見たので、口を開くと思ったが、開かなかった。何かが重たい澱《おり》となり、胸の中によどんでいるように感じられた。

「藤岡君、つきあってくれて、ありがとう。色々と、迷惑をかけてしまってごめんなさい」

藤岡に詫びを言い、疲れた様子で歩き出す。野生の小鹿のような印象はすっかり鳴りを潜めてしまっており、私にはそれは、あってはならないことのように思われた。

私は絵里奈に走り寄った。

「会長にグラブを返したそうだな。なぜなんだ？」

「どうして知ってるの？　会いに行ったの？」

「会長から、連絡があった。心配してたぞ。ボクシングをやめるのか？」

「わからないわ……。でも、そういうことになるかもしれない」

「なぜなんだ？　ボクシングが好きなんだろ」

「あんなの、人を殴《なぐ》るだけのスポーツよ。殴って、殴られて、いいことなんかないわ」

どうしてそう思うようになったのかとは、訊けなかった。

「鬼束さん、悠長《ゆうちょう》に話をしている時じゃないんだ」

兄の誠司が、私の前に立ち塞がった。

「我々は行きますので、もうこれ以上はつきまとわないでください。じゃ、私が運転するから、みんな、一緒に行こう。米田さん、申し訳ないが、あなたは家内の車を運転して、ついて来てくれますか」

「承知しました」

「田中議員、あとひとつだけ」

私は、誠司を呼び止めた。

「今日は、お母さんはどうされたんですか？」

不快そうに振り向いた。

「助川さんのところですよ。足を怪我したと言ったでしょ。母は今日も、介助で行ってます」

吐き捨てるような口調だった。

一家は田中誠司の運転する車に乗り、その後ろに秘書が運転する車がつき従う格好で、警察署の駐車場を出ていった。

「心配をかけてしまったみたいで、すみません」

遠ざかる車を見送り、藤岡が詫びた。

「なあに。警察に捕まるのは、初めてか？」

「もちろんですよ」

「一度ぐらいは、経験さ。レンタカーは、どこにあるんだ？」

「警察に捕まった傍のコインパーキングに入れてます」

「池上新町だな。じゃ、行こう。送るよ。きみらが捕まった現場を見てみたいんだ」

私は自分の車に向けて藤岡を促した。

「順を追って話してくれ。シェアハウスの友人に聞いたんだが、昨夜、彼女から呼び出しを受けて、レンタカーを借りたそうだな」

車に乗ったが、まだエンジンをかけないままで訊いた。

「そうです」

「そして、どうしたんだ？」

「慈慧寺というお寺の傍まで、絵里奈さんを迎えに行きました。さっきの人、彼女の義理のお父さんで、あそこの住職ですよね」

「そうだな。で、そのあとは？」

「ボクシングジムまで走って、絵里奈さんが会長さんと会ったあと、昨夜はずっと、大田区の羽田《はねだ》の辺りを回ってました」

「なぜ？」

「ちゃんと説明してはくれませんでしたけれど、たぶん、ずっと昔、子供の頃に暮らしてた家を探してたんだと思います。だけど、夜間だと場所がよくわからなくて、それに彼女がすごく疲れた様子だったので、泊まれるところを見つけて泊まりました。変なことは何もしてないですよ。ネットカフェって手もあったけれど、そこだと彼女が充分に休めない気がして。それで、そうしたんです――」

「で、今朝《けさ》は？」

「もう一度羽田の辺りを走り回ったあと、池上新町に行きました。車で走り回ったり、車を駐めて歩き回ったりして、あの空き家に行き着いたんです。そしたら、彼女が中に入ってみたいって言い出して。とめたんですけれど、無理でした」

「彼女は何も話してはくれなかったんだろ。それなのに、なぜ、子供の頃に暮らしてた家を探していると思ったんだ？」

「――それは、彼女が住所を知らなかったから。目印になる駅とか、バス停とか、公園とか、そういうところにまず行って、そこから自分の記憶をたどって探してたからです。住所がわかってるなら、そんなふうにしないでしょ。町名とか、何丁目とか、そういうことぐらいは覚えてたのかもしれないけれど、あとは目印になる場所から、自分の記憶だけを頼りに探してるみたいでした。それって、子供の頃の記憶だと思うんです」

私はうなずき、後部シートへと体をひねり、そこに置いてある鞄を取り上げた。

武藤がファックスしてくれた、戸籍のコピーを取り出した。

大田区の羽田には、麗香、智古、誠司、拓郎、絵里奈の全員が、一時期住民票を置いていた。

「大田区は記載があるけれど、池上新町はないんですね」

一緒に戸籍を覗き込んでいた藤岡が言った。

「戸籍の附票には、住民票の住所が記載される。たぶん、住民票を移さなかったんだろうさ」

私はそう推測を述べ、車のエンジンをかけた。ここからならば、池上新町はすぐ目と鼻の先だった。おぼろげに、事件の概要が見え始めていた。

35

産業道路から海側へ折れた。その時点で、記憶にわずかなうずきがあった。助手席に坐る藤岡の案内でさらに路地へと曲がり、路肩に寄せて車を停めた時には、デジャブに似た感覚が起こっていた。自分は、ここに来たことがある……。

私はその感覚を確かめるために車を降り、目の前の景色を見渡した。冷たい風が吹いていた。大型ショッピングモールの建設予定地とのことで、年代物の一軒家やアパート、それに小規模の工場などの建物が、ごっそりと立ち退きになっていた。まだ、中には灯りがともり、人がとどまって暮らしていると思われる家屋もあったが、大半は打ち捨てられた空き家で、吹き抜ける北風の音が物悲しく聞こえた。

産業道路に近い一角は、一定区画が既に取り壊されており、そこだけ空が広かった。たぶん、大型の工場か倉庫か、とにかく広い敷地を持つ施設があったのだろう。そこを中心に、周囲の土地も買収し、一層広大な商業施設を造り上げる計画らしい。

産業道路の上を走る高速道路と、そこを行く車の列が広範囲にわたって見えた。振り返ると、反対側には、京浜《けいひん》工業地帯の一角をなす工場群が、空の端っこを様々な形に切り取っていた。

　リモコンキーで車をロックした。自然と足が前に出た。既に立ち退きになっている空き家の一軒を目指していた。

　案内も請《こ》わずに進む私に、藤岡が事問いたげな顔を向けてきた。

「俺は、ここに来たことがある」

　私は言った。「絵里奈の父親の牛沼康男を逮捕した時、やつは盗品の宝石のいくつかを妻にプレゼントしていた。そうした品を押収し、事情聴取を行うために来たんだ」

　戸籍の附票にあったのは大田区の羽田の住所だったが、間違いない。あの日、私が来たのは、ここだ。

「絵里奈ときみが忍び込んだのは、あの家だろ」

　門も垣根もない年代物の一軒家を、私は指差した。

「そうです」

　二間と台所程度しかないと、一見してわかる家だった。下見板の外壁が、積年の汚れでくすんでいた。白内障《はくないしょう》の眼球のように濁《にご》った窓の曇りガラスは、あちこちが割れ、内側からベニヤ板で補修してあった。

　屋根のセメント瓦《がわら》は塗装が剝《は》げてひび割れ、雨どいは一部がはずれてたわんでいる。屋根の端っこの、他よりも少し低くなった部分がトタン張りなのは、確かあとから増築された様子の風呂場だった。

　私は空き屋に近づいた。それにつれ、ひとりの女の顔が、記憶の暗闇から段々と明るい場所へと現れてきた。

　およそ二十年前の麗香だった。

　自分の亭主が窃盗の常習犯であることを知って驚愕し、その亭主から貰った宝石類をすべて出して見せるようにと要求されてうろたえ、さらにはそれらを没収《ぼっしゅう》されることで悲嘆《ひたん》にくれた女の顔だった。

　いや、違う。あれは、悲嘆にくれた顔なんかじゃなかった。あの時、彼女は、みずからのプライドを傷つけられて、怒りに打ち震えていた。それは、プレゼントの宝石を持ち去る私への怒りだったのか。自分を騙して結婚した、十五歳も年上の亭主である牛沼康男への怒りだったのか。それとも、みずからの愚かさへのものだったのか……。

　私は辺りを見回し、住所表示を確かめた。それは、牛沼康男の手帳に記された住所と一致した。牛ヤスは、ここに来たのだ。

　窓に顔を寄せたが、曇りガラスのために中が見えなかった。割れた窓に打ちつけられたベニヤ板の隙間を探すが、なかなか見つからない。

「きみらは、どうやって中へ入ったんだ？」

「台所の窓からです。割って、鍵を外しました」

「見せてくれ。こっちか？」

私は藤岡の案内で家の角を折れ、隣家との隙間を抜けて家の裏側へと回った。そこには大人の胸ぐらいの高さに、一間幅の窓があった。

「もしもし。ここで何をしてるんだね？」

すぐに威圧的な声をかけられて振り向くと、いかつい男が立っていた。ヘルメットこそかぶってはいなかったが、ドカジャンの下に、いかにも工務店っぽいグレーの制服を着ている。

藤岡が、私の背後に回り込むようにして後ろに下がる。私は男の制服の胸に、丸に大と書かれたロゴがあるのを見つけた。男には藤岡を見知った様子はなかったので、絵里奈と一緒の時に出くわした男たちとは別人なのだろう。

「調査員の鬼束と申します。ここを管理してる方ですか？」

こういう場合は、丁寧に下手《したて》に出るに限る。

「そうだが。ここに何の用だね？」

男はあくまでも、高飛車だった。

「こちらのお宅のことを調べてまして。どなたがお住まいだったか、御存じですか?」

「さあ、そういったことはわかりませんねえ。うちはあくまで、ここら一帯を管理してるだけだから。それよりも、あんたたち、ここで騒ぎを起こした女の仲間じゃないのかね?」

「何のことでしょう。よくわからないが」

私はポケットから札入れを出し、中から福沢諭吉を抜き出した。さてさて、どこまで自腹を切るつもりだ。

「五分ほどでいいんだ。中を見せて貰えないだろうか?」

札を四つに折り畳み、男の腰の辺りに向けて差し出した。

「——こんな空き家の中を見て、どうするんだ?」

「調査のために必要なんだ。あんたに迷惑はかけない」

男は、ちらっと藤岡を見た。日本人の多くは、こうした金を受け取ることを疚しく思う。微笑ましい国民性だ。

「——ほんとに五分だけだな」

私はうなずき、男の手に福沢諭吉を握らせた。

「俺はちょっとあっちに行ってる」

男が言い置き、遠ざかると、私たちは改めて台所の窓と向き合った。引違《ひきちが》いに近い部分の窓ガラスが割れていた。そこから手を突っ込んで中から鍵を開けたのだ。

私たちも同様にすると、足をかけてまたがり、向こう側へと乗り越えた。閉め切っていた場所に独特の埃《ほこり》臭さとかび臭さが鼻をついた。

藤岡がハンカチで口と鼻を覆うが、私は略した。

台所の向こうの部屋に歩いた。窓から西日が射しており、部屋全体が単色に染まり、自分たち自身が一瞬、古い写真の中に入り込んでしまったような錯覚を覚えた。


写真の部屋だ。間違いない。

部屋の窓寄りに立ち、ポケットから写真のコピーを抜き出して、目の前の景色と照らし合わせた。だが、そうするまでもなく、既に確信を得ていた。家具はすべてなくなっていたが、壁や柱はそのままだった。かつてカレンダーがかかっていた位置にも、今は何もかかっていなかった。

「そうか、ここで撮られた写真があったんですね」

隣に立ち、私の手元を覗き込んでいた藤岡が言った。この男は、少女がひとりで写った写真しか見ていなかった。

「そうしたら、絵里奈さんは、この写真を撮った場所を確かめたくて、かつて自分たちが暮らしていた家を探していたんだ。そうでしょ？」

「そういうことだろうな。彼女は、ここで、何をしたんだ？」

「何って、それは特には何も……。入って部屋を見回したらすぐに、管理してる人たちに見つかってしまいましたから」

「それにしても、ただ入ってぼうっと立ってただけじゃないんだろ」

「――それはそうですけど」

藤岡はつぶやくようにして応じ、ゆっくりと部屋を見回した。

やがて、汚れて埃の積もった畳にじっと目を落とした。


私たちが窓を乗り越えて戻ると、さっきの男が少し離れたところからこっちを見ていた。私は窓を元通りに閉め、男のほうへと近づいた。

「ちょっと伺いたいことがあるんですが」

切り出すと、金を受け取った引け目のせいか、周囲に目を配りつつ、「何です？」と幾分丁寧に応じた。

私は牛ヤスの写真を男に見せた。ドヤのロッカーで見つけた、履歴書用のスピード写真だった。

「この男を、ここらで見かけたことはありませんか？」

「いやあ、知らないいな。一々、人の顔なんか覚えてないしな」

「もっとよく見て貰えませんか？」

福沢諭吉はまだ効果を発揮しており、男はもう一度写真をじっくりと眺めたが、結局、首を振るのは変わらなかった。

「いや、見たことないよ」

「そうですか。ありがとうございます。ところで、胸のマークは大正興業のロゴですか？」

私は、念のために確認した。

「ああ、そうだよ」

藤岡を促して車へと戻り、ロックを解除して運転席に坐った。

「じゃ、レンタカーを駐《と》めた場所を教えてくれ。送っていくよ」

助手席に坐った藤岡は、もじもじし、ためらいがちに口を開いた。

「鬼束さん、俺、戸籍ってあんまり見たことがないんです。さっきの絵里奈さんたちの戸籍を、もう一度、見せて貰ってもいいでしょうか。――実は、ちょっとひとつ、気になったんですけれど」

「何がだ？」

私は鞄から戸籍のコピーをもう一度出し、広げて藤岡に差し出した。

藤岡が初めから順にめくる。何枚かめくったところで手をとめて、眉間《みけん》にしわを寄せた。前に戻ったり、次の一枚をめくったりした挙句、遠慮がちに私を見た。

「鬼束さん、ここって、何か変じゃないですか――。他と違ってるんですけれど」

藤岡が指し示す箇所に目をやって、私は一瞬、息を呑んだ。

「これは……」

刑事だった頃から数えると、限りないほどの数の戸籍謄本を見てきた。被疑者が確定した時点で戸籍を請求することが定められているし、それ以前でも、誰かにこれと目星をつけた時には、当然、戸籍を請求するのが捜査の常套《じょうとう》手段なのだ。

それ故にこそ、いつしか戸籍を読むことに慣れきっていたのかもしれない……。武藤がパソコンに送ってくれた戸籍を確かめた時も、昨夜、自宅にファックスされているのを読み返した時も、完全にこの点は読み飛ばしてしまっていた。

確かに変だ。いや、普通はあってはならないことだ。

私は戸籍のコピーから顔を上げ、古い空き家を見つめた。空き家の内部と、そこで撮影された写真とを思い浮かべた。

頭の靄《もや》が晴れていくようにして、おぼろげな答えがひとつの明確な像を結んだ。私が今、想像した通りだとしたら、警察がいくら失踪人や事件被害者の中にあの写真の少女に該当する人物を捜そうとしても、見つからないはずだ。

そんな少女は、元々存在しなかったのだ。

「きみは今日は、時間は大丈夫なのか？」

「ええ、それは大丈夫です。元々、絵里奈さんにずっとつきあうつもりで、バイトは休みを貰ってますので」

「そうしたら、レンタカーをここに移動させ、俺が戻るまでの間、あの空き家を見張っていてくれ。そして、もしも誰か中に入る者がいれば、携帯でこっそりと写真を撮っておいて欲しいんだ。できるか？」

「わかりました。それで、鬼束さんはどうするんですか？」

「確かめるべきことを確かめ、それから、餌《えさ》を撒《ま》く」

私は携帯を出し、まずは調査員の武藤にかけた。

本業の最中なのだろう、武藤はすぐに電話に出たが、「ちょっと待ってくれ」と言い置き、どこかに場所を移ったらしかった。

「今度は何だ？」

「今から言う土地の持ち主を、過去にさかのぼって調べて欲しいんだ」

「どれぐらいまで、さかのぼるんだ？」

「できれば、二十三年前」

「住所を言ってくれ」

私は目の前の土地の住所を告げた。

次に電話をかけた相手とは、武藤ほど友好的な関係になかった。

「頼みたいことがあるんだ。《ぺぺ・ル・モコ》が入った商業ビルの周辺の防犯カメラをもう一度チェックするように、向こうの警察に言ってくれないか」

前置きもせず切り出すと、新宿署の綿貫は不快さ全開の声を出した。

「鬼束さん、いい加減にしてくれないか。所轄違いなんですよ。そんなことを言っても、取り合ってなど貰えない」

「俺が言うよりもマシだろ」

「もう何度も言ってるはずだ。我々は、目の前の事件で忙しいんです」

「誰がなぜ合成麻薬を砕いたのかがわかった」

不快さは相変わらずらしかったが、私がそう告げると、一応は話を聞く気になってくれたようだった。

36

空き家の傍で、車の暖房をオンにしたまま相手の到着を待った。周辺の家のほとんどが立ち退き、街灯の灯りがあるだけだったので、都会の夜の八時とは思えないほどあちこちに深い闇がはびこっていた。寒風の中を歩く人の姿もなく、アイドリングに文句が出るとは思えなかった。

午後八時十分。約束の時間から少し遅れて、これと思う車が近づいてきた。完全に接近するのを待ち、私はエンジンを切って車を降りた。

私の車の鼻先に駐車した田中誠司は、不機嫌を絵に描いたような顔で車から降り立った。相変わらずの仲の良さで、秘書の米田を連れてきてはいたが、秘書のほうは運転席に残り、降りたのは田中誠司だけだった。

「こんなところに呼び出して、いったい何の用なんです？」

私は来てくれたことに礼を述べると、コートのポケットから戸籍のコピーを出し、喧嘩腰で言い立てる田中に向けて差し出した。

「あなたの兄の智古さんは、生まれた時に戸籍を登録されなかった。あなたの実父である田中修一さんが麗香さんと結婚した時、長男には戸籍がないことに気づき、実に誕生から三年も遅れて出生届を出したんだ。そうですね？」

「いったい何なんですか、藪《やぶ》から棒に」

田中誠司は、トレンチコートのポケットに手を入れたままで動かなかった。私の手にある戸籍のコピーを、受け取るつもりはないらしい。

「慈慧寺に行き、あなたの祖父であり義父でもある田中修平さんに会って、話を聞いてきましたよ。お義父《とう》さんから、何か連絡があったのでは？」

そう話題を振ると、

「いや」

と首を振りつつも、やっと戸籍のコピーを手に取る気になったようだ。

「ほら、ここを見てください」

私は「出生日」の欄を指差した。そのすぐ横には、「届出日」と「届出人」の欄がある。戸籍法によって、新生児が誕生した時、出生から二週間以内に届け出をすることが義務づけられている。

「しかし、漆原智古の場合、届け出がなされたのは、出生から三年も経ってからのことでした。そして、これは、あなたの実父である田中修一と麗香が婚姻手続きを行った日、及び、それに伴って長男の智古が田中修一の養子として迎え入れられたのと同じ日だった」

そう説明しながら、該当箇所を示して見せた。

ちらりと田中誠司の顔を盗み見たが、唇を引き結んでじっと戸籍のコピーを見つめるばかりで、何か言おうとはしなかった。私は続けた。

「届出人は、田中修一となっていました。これを見て、私は、もしかしたらお父さんが麗香さんとの婚姻届を出す時になって、長男の智古には戸籍がないことに気づき、一緒に出生届を出したのではないかと推測しました。田中修平さんに確かめたところ、その通りでしたよ。修一さんから相談を受けて、役所に行く時、修平さんも一緒に行ったので、間違いないとのことでした」

田中誠司は戸籍のコピーを私に返し、平手で口の周りを擦《こす》った。言うことを探すというよりは、みずからの内面をじっと見つめるような顔をしていた。

私はもう少し続けることにした。

「相手の男についても、何か知らないかと訊いてみましたが、詳しいことは何も御存じではありませんでした。ただ、赤ん坊が生まれる間際に、どこかへ消えてしまったらしい、と言っていました」

一拍、置いた。

「それから、あなたのお母さんは、当時、田中修平さんから、どうして長男が生まれた時にきちんと出生届を役場に出さなかったのかと訊かれて、うっかりしてたと答えたそうです」

「だから、そんな話をここで持ち出して、いったい何のつもりだと言ってるんだ⁉」

ついには胸の中で何かが爆《は》ぜたようで、田中誠司は激しい声で私をさえぎった。

私は、空き家を指差した。

「私はここに、写真の少女が瞑《ねむ》っていると思っている」

それだけを投げ出すように告げて黙り、相手の反応を待った。県議会議員を務める男は、私を睨みつけたままで何度か呼吸した。

「馬鹿馬鹿しい」やがて、吐き捨てた。「何を言ってるんだ、あなたは」

予想したよりもずっと静かな口調であり、その顔には見事な冷笑があった。

「鬼束さん、あなたの考えてることはわかりますよ。長男の智古は、生まれてから三年経ってから出生届が出された。だから、うちの母には、他にも出生届を出さなかった子供がいたはずだ。そう勘繰っているんだ」

「人は同じ過ちを繰り返すものだ」

「特にうちの母のような人間ならばね。そう言いたいんでしょ。わかりますよ。息子から見たって、母は決して立派な人間じゃありません。しかしね、私の母なんですよ。そんな侮辱《ぶじょく》は許さない。兄の出生届が三年遅れて出されたことは、知っています。しかし、兄が生まれた時、母はまだ二十歳《はたち》前だった。赤ん坊が生まれたというのに、相手の男はどこかに消え失せてしまい、母は必死で兄を育てたんだ」

「苦労話はどうでもいい。私は、あの写真の少女の話をしている。彼女はお母さんが産み落とした長女で、そして、あなたたちの妹だ。そう確信しています。これが私のただの妄想《もうそう》かどうかは、あの空き家の床下を掘り起こしてみれば、はっきりします。あそこには、あなたの妹さんが瞑ってるはずだ。どう考えても、それしかあり得ない。そして、牛沼康男はそのことに気づいたから、長男の智古によって殺されたんです」

「馬鹿馬鹿しい」と、田中は繰り返した。「何の証拠があって言ってるんだ?」

「牛沼が少女の写真と一緒に残した手帳には、ここの住所が書いてありました。やつは、この場所に関心を持っていたんです。刑務所を出たり入ったりし、長年、あなた方家族と音信不通だった牛沼が、実の娘である絵里奈にどうしても会いたいと思って行方を捜し始めたことが、今度の事件の発端《ほったん》だったはずだ。やつはプロの空き巣狙いの腕を発揮して、漆原智古のマンションに忍び込み、盗聴し、智古が大事にしているアルバムを見つけた。短い間とはいえ、智古とも一緒に暮らしたことがあるの牛沼は、元々、智古の妹に対する異常な執着に気づいていたのかもしれない。アルバムを見つけることで、やつはそのことを思い出した。さらには、あなたから兄の智古にかけた電話を盗み聞きしてしまい、ここに妹が埋められていることまで知ったんだ」

「馬鹿馬鹿しい」と、三度目。他の言葉を知らないらしい。

田中誠司は、あくまでもうそぶいた。

「あなたは、私がいったいどんな電話をしたと思ってるんだ」

「推測するのは簡単です。ここら一帯の買収が終わり、近いうちに取り壊しが行われる。その前には、妹の遺体を掘り起こして、見つからないようにしなければならない。そんな内容の電話だったんでしょ」

「言いがかりも大概にしてくれ。あなたが言ってるのは、何もかもがただの憶測に過ぎない。そんな話ならば、これ以上つきあってはいられない。私はもう行きますよ」

「まだ話は半分も終わっていませんよ。田中さん、あなたは一昨日の夜、兄の智古から呼び出されて、漆原智古と吉崎愛菜のふたりが死体で見つかった《ペペ・ル・モコ》に行きましたね。警察に頼み、あの店が入ったビルの周辺にある防犯カメラを詳しくチェックして貰ったところ、あなたの姿が確認されました。それに、漆原智古の携帯の発着信履歴には、あの夜、あなたに電話した記録が残っていた。あなたは智古に呼び出されて、あの店に行ったんだ」

　表情はほとんど変わらなかったが、体に力を込めたことが見て取れた。それは、これまでにはなかった反応だった。首筋に、青い血管が浮いている。

「確かに店が入ったあのビルまでは行きましたよ。しかし、ビルの中までは入っていない。兄に言われて非常階段を上がったが、鍵が開いていなかったので、そのまま引き揚げた。それだけだ」

「つまらない嘘はやめることだ」

「ほんとだ。話をちゃんと聞きたまえ。あの夜、兄はうろたえて私に電話をよこした。そして、店に隠れているが、到底逃げ切れないので、助けてくれと泣きついた。私は関わりになどなりたくなかったが、仕方なく出向いたんだ。エントランスから入ってエレベーターを使うと、ビルの防犯カメラに映ってしまうから、非常階段から来いと言われた。ビルの下に着いて電話をしたら、自分がこっそり非常口のキーを開けておくとのことだった。だが、非常口の上り口から電話をしても、出なかった。怪訝《けげん》に思いつつ非常階段を上がったが、非常口のドアはロックされていて開かなかった。今から思えば、兄はきっとその時には、吉崎愛菜ともども死んでいたんだ。通話記録だって、ちゃんとそうなってるはずだ」

「非常口から入れと言われたのは本当でしょう。あなたは、そして、中に入ったんだ。兄の智古がロックを外して、あなたを招き入れた。つまり、その時には、智古はまだ生きていた」

「違う。入ってなどいない。いったい何の証拠があってそんなことを言ってるんだ?」

「吸殻がまったく入っていなかったガラスの灰皿です」

「――?」

田中誠司は、虚《きょ》を衝《つ》かれた様子で黙り込んだ。だが、意味をまったく解《かい》さない人間の反応とは違った。

「警察に調べて貰ったのは、防犯カメラの映像だけじゃありません。吉崎愛菜と漆原智古の死亡推定時刻についても、解剖を行った監察医にもう一度詳しく問い合わせて貰ったところ、ふたりの死亡推定時刻には、わずかなずれがある可能性を指摘されました。吉崎愛菜のほうが、漆原智古よりも一時間ほど早く亡くなっていた可能性がある」

「――」

「あなたは、兄から、逃げる手助けをしてくれと頼まれてあそこへ行ったわけじゃない。クスリでラリッて、吉崎愛菜を絞殺してしまったので、始末する手伝いをしろと言われて駆けつけたんだ。無論、あなたは関わりたくなかったはずだ。しかし、駆けつけた。それにはいくつかの理由があったでしょう。あなたが政治家になった時、おそらくは母親の口利きで、漆原良蔵の世話になっている。この男の遺産の一部を、母と兄の厚意であなたの思い通りに使うこともできた。あれほど毛嫌いしていた兄が川崎で店を開けた時に、あなたが色々と便宜を図ったのは、そういったことへの恩返しでしょう。しかも、今回はもっと切羽つまった理由もあった。そうしなければ、ここの床下に埋めてある死体の話を警察にバラすと脅されたからだ。私はあなたが牛沼康男の死体遺棄、もしくは殺害そのものにも、何らかの形で関与している可能性を疑っています。あなたは兄に脅されて、それも手伝ったのではないですか？」

「やめろ！　やめてくれ。もういい加減にしろ！　あなたの想像力には感服《かんぷく》するが、何もかもただの推測に過ぎない」

私は、やめなかった。

「テーブルにはふたつの灰皿が載っていた。同型の灰皿です。その一方はたばこの灰と吸殻で満杯だったが、もう片方は空《から》で、使われた形跡がなかった。しかし、よく目を凝らしてみたら、合成麻薬の破片がわずかに残っていた。そこで、合成麻薬を砕いたんです。だが、不思議なことに、漆原智古も吉崎愛菜も、それを摂取していない。妙な状況です。誰が何のためにそんなことをして、そして、砕かれた合成麻薬はどこへ行ったのか。この奇妙な状況の説明は、ひとつしかない。あなたは兄を合成麻薬の過剰摂取に見せかけて殺害するつもりだった。何かの飲み物に混ぜて、兄にこっそりと服ませるために、合成麻薬を砕いたんだ。吉崎愛菜が絞殺された死体を目にして、このまま兄を生かしておいては、自分自身が取り返しのつかないところまで深く巻き込まれ、破滅してしまうことを恐れたんです。だが、言い争いになったのか、あるいはあなたの中で長年にわたる兄への怒りが爆発したのか、途中で状況が変わり、あなたは兄を刺殺した。そしてあなたは兄の死体を、既に絞殺されている吉崎愛菜の死体に載せ、彼女の手にナイフを握らせて、彼女と兄とが争い、双方が亡くなったように見せかけた」

「それこそただの推測に過ぎない。あなたはかつて刑事だったそうだが、警察を辞めたのも、もっともだ。そんな憶測で追い詰められたら、かなわない」

「あの空き家の床を引き剝がし、床下を掘ればはっきりする。そこに、確固たる証拠が埋められているはずだ」

「やりたければ、やればいい。私はもう行きますよ。馬鹿らしい、こんなところに来るのではなかった」

　田中誠司は車に戻りかけたが、秘書が運転席から降り立つのを見て足をとめた。緊張気味に顔を硬直させた米田の視線に促され、田中もまた暗がりに立つ男たちに目をやった。

　男たちは四人。ふたりは新宿署の綿貫と藤木で、あとのふたりは神奈川県警の刑事だった。

「私がした話は確かにほとんどが推測に過ぎないが、しかし、店の付近の防犯カメラにあなたが映っていたのは、紛《まぎ》れもない事実です。警察にも、私の推測は話してあります。彼らは、非常に興味を示してくれました。明日には、ここを家宅捜索する令状も下りるでしょう」

私は努めて冷ややかに告げた。

田中誠司が、怒りで顔をどす黒く変えた。目を剝き、何か汚《きたな》い言葉を吐こうとする自分を、必死で抑えているのかもしれない。だが、その表情には、狼狽と恐怖が混じっていた。

四人の刑事たちが、県議会議員に近づいた。

「少し署でお話を伺いたいので、御協力をお願いします」

告げる役割は、神奈川県警の刑事が務めた。ここは、彼らの縄張りなのだ。

「わかりましたよ。参りましょう。だが、私には何も疚しいところはない」

田中は高らかに宣言し、

「弁護士を呼ぶぞ。米田君、すぐに顧問弁護士に連絡をしてくれ」

秘書に命じると、みずから先に立って歩き出した。

「どっちですか？　どこに行けばいいんだ」

県警の刑事のひとりが、先回りして走り出す。

「今、車を回します。少しお待ちください」

何歩か進んだところで、田中はぴたりと足をとめ、私のほうを振り返った。

「鬼束さん、あなたは何もわかってはいない」

そこでやめるつもりだったのだろうが、それでは気が済まなかったらしい。

「正義漢ヅラをして、ただ引っかき回しているだけだ」

私は黙って田中の目を見つめ返した。

37

日付が替わるまで待ち続けるつもりだった。それでも動きがなかったら、みずから動く覚悟をしていた。犯罪行為になるが、警察官には不可能でも探偵にはできることがある。

だが、結果的には十一時過ぎに動きがあった。男の影がひとつ、眼下の駐車場に現れた。ほぼ時を同じくしてそこに車が一台停まり、中から別の人影が降り立った。ふたりは、連れだって歩き出した。

車道を横断し、物陰に身を潜めた私のほうへと近づいてくる。向こうは街灯で照らされており、私の場所からはふたりがよく見えるが、彼らが暗闇に身を潜めた私に気づくことはなかった。

私はしばらく待ってから、身を屈めてこっそりと移動を始めた。相手が目指す場所はわかっていた。

ふたりは、私が思った通りの場所にいて、思った通りのことをしていた。近づき過ぎないようにして、さらにしばらく様子を窺った。

やがて私は、暗がりから出た。それ以上、目立たないようにして接近するのは不可能だった。

墓石の間を近づく私に、まずは田中修平が気がついた。今夜の彼はドカジャンを着て、毛糸の帽子をかぶっていた。冷える夜なのだ。

田中が驚いて腰を伸ばし、一緒にいる助川麗香も私を見た。ふたりとも驚愕しているのは確かだったが、表情は微妙に違っていた。田中には悲しみが感じられる。だが、麗香の顔にあるのは、紛れもない憎悪だけだった。

「写真の少女の名前を教えてください。そこにいるのは、彼女ですね」

私は田中が抱えた木箱を目で指した。骨壺《こつつぼ》を納める木箱だった。布で包まれ、さらにその上から透明なビニールでぴたりと覆われていた。ふたりは、田中修一の墓の墓石をずらし、中の納骨棺から大事そうにそれを取り出したところだった。

「もう、白骨化しています……」

僧侶は苦しげに言い、

「見つけた時には、既に白骨化していました」

少ししてそう言い直した。

「何に納めればいいのか、わからなかった。この木箱が、この子の棺桶《かんおけ》のつもりです……」

私に向けられた視線はうつろで、焦点が微妙にずれていた。私以外の誰かがもっと手前にいて、その人間に向かって語りかけているみたいだ。たぶん、みずからに語り聞かせているのだろう。

「彼女の名前を教えてください」

私は、もう一度同じ頼み事をした。

「ちゃんと名前を知りたい」

田中修平が、ちらりと麗香に目配せした。おそらく、母親の口から告げることを期待したのだ。

だが、彼女はかたくなな態度で視線をはねのけ、固く引き結んだ唇を開く気配はなかった。

「真理絵《まりえ》です。真理に、絵里奈の絵と同じ絵です」

田中が言った。つぶやくような声だった。

「真理絵さんは、あなたのお嬢さんですね？」

私は麗香に視線を移して訊いたが、今度は彼女は顎を引いてうつむくことで、私の言葉をはねのけた。

田中修平が、はっとした様子で周囲を見回した。米田か誰かを通して、あの空き家でのやりとりや、義理の息子である田中誠司が警察へ連れていかれたことなどを聞いたにちがいない。

「警察はいません。ひとりで来ました。あなたたちの口から、真実を聞きたいと思ったので」

田中がため息をついた。

細く、長く、息を吐いた。

「なぜここにこの子がいるとわかったんですか……？　あなたは、あの家の床下にこの子が瞑《ねむ》っていると主張した。そんなふうに聞いたのですが……」

「最初はそう思いました。しかし、あの家の土地を過去に所有していた人間を調べて、はっとしました。漆原良蔵の名前があったんです。期間は、麗香さんと秘密の関係にあったとされる頃から、三年前まで。もっとも、その時にはもう本人は亡くなっていたので、土地の所有権は妻である麗香さんに相続されていた。そうですね？」

麗香はまた何も答えなかった。

「そして、麗香さん、あなたはあの土地を三年前、あそこら一帯を開発する業者に売り払っている。それで、もうあそこに死体はないと確心しました。漆原良蔵が買う前の所有者は、自分の土地に建てた家を人に貸していた。これは推測ですが、あなたたち家族は、牛沼が盗みの常習犯として逮捕され、大家から立ち退きを迫られたのではないですか。そして、真理絵さんの死体をあそこの床下に残したままで家を出ざるを得ず、その後、次の住人が入ってしまったんです。あなたは、もしもいつか地面が掘り返されたらと思うと、気が気ではなかった。だから、漆原にねだって土地を入手し、こっそりと真理絵さんの死体を掘り起こした。では、その死体をどうしたろうと考えたら、先日、絵里奈さんとふたりでここらを歩いた時に目にした光景を思い出しました。墓地の真ん中を突っ切る道に、拡張工事が施されていますね。道の向こう側は駐車場を削れば済むことだが、こちら側は、何列かにわたって墓石を移動させなければならない。この墓も、そうですね。道路の拡張計画が伝えられた時に、その遺骨をさらに別の場所に移されてしまっていたのならばお手上げでしたが、死体を供養《くよう》するつもりでお墓に納めたのならば、疑いが持ち上がらない限りは、少しでも長くここに眠らせておこうと考えたのではないかと思いました」

「そうしたら、あなたは私たちを動かすために――？」

「明日、あの家の地面が掘り起こされて死体が見つからなければ、疑いの目がここに向くかもしれないと恐れ、行動を起こすだろうと思いました。それに、あの場所で田中誠司さんが私の質問にどう答えるかも知りたかったんです」

私は口を閉じ、相手が何か言うのを待った。促したり、水を向けたりするよりも、ただ黙って待つのが必要な時に思えた。

「――私が真理絵という少女の存在を知ったのは、拓郎が亡くなる間際でした」

やがて、田中修平はやっと口を開き、苦しげに言葉を押し出した。疲れ果てた人のように、何度か荒い呼吸を繰り返した。

「――あの子が僧侶の道を選んだのも、心のどこかには、亡くなった妹への供養の気持ちがあったのかもしれません。いや、きっとあったのでしょう。病床《びょうしょう》で、あの子は私と誠司を枕元に呼び、誠司の許しを得た上で、私にすべてを打ち明けました。そして、あの家の床下に瞑っている妹の死体を、きちんと供養して欲しいと頼みました」

「しかし、これはきちんとした供養なんかじゃない」

相手の言葉をさえぎらないように気をつけたが、きつい言い方になってしまうのをとめられなかった。

田中はまたあの悲しげな目で私を見た。麗香のほうは、相変わらず顔を伏せたままだった。

「わかっています……。だが、誠司には誠司の立場がありました。あの子は、やっと政治家としてのスタートを切ったばかりだった。拓郎の気持ちはわかったし、幼くして亡くなった真理絵という娘への不憫さももちろんあったが、それだからといって、誠司の将来を台無しにするわけにはいかなかった。それに、あなたがさっき指摘されたように、あそこには住人がいて、地下を掘り返すことはできませんでした。あなたの想像した通りですよ。この女《ひと》が男を口説いて土地を取得し、やっと掘り起こすことができた。私は真理絵を供養し、そして、修一や拓郎と一緒に瞑らせたんです」

麗香が、ふて腐れた様子で顔を上げた。

「ちょっと、そうやって勝手にべらべら喋らないでよね。私は何ひとつ悪くないわ。何もかも智古が悪いのよ。あれは、一家全員に迷惑をかけて生きてきたろくでなしよ」

「なぜあなたは、真理絵さんの出生届を出さなかったんです？　智古の時と同じで、うっかりしたんですか？」

私は訊いた。半ば相手の言葉をさえぎるようになってしまった。

麗香は一瞬、気圧《けお》されたらしいが、すぐに一層激しい憎悪がみなぎった。

「あんたにとやかく言われる筋合いはないわ。私は必死で生きてきた。亭主が死んでしまったあと、必死で子供たちを育てたのよ」

「必死で子育てをした母親が、子供の出生届を出し忘れるわけがない。しかも、長男の智古と、長女の真理絵と、あなたは二度にわたって同じ過ちを犯している」

「あんたに責められる筋合いなんかないと言ってるでしょ。あんたが、うちの家族をめちゃくちゃにしたんじゃない。あの時のあんたの顔を、私は決して忘れないわよ。あんたさえ現れなければ、私たち一家は幸せに暮らしてたんだ」

それはまったくの偽《いつわ》りだったが、この女の中では真実なのだろう。

かつて、この女が見せた憎悪に満ちた表情がよみがえり、目の前の顔に重なった。あの日、彼女は、これまで自分が信じてきた世界が崩れ去るショックと、自分を支えてきたプライドが壊れるショックを同時に味わい、行き場のない憤怒《ふんぬ》に身を焦《こ》がしながら、手にした貴金属類を私に差し出したのだ。

「母親であるあなたに訊かねばならないことがある。真理絵さんは、どんなシチュエーションで亡くなったんです？」

「私は何も知らないわ――」

「そんな言い方が通ると思ってるのか。幼い子供が亡くなった原因は、親であるあなたの育児放棄にある」

「違うわ！」

「違わない！　母親としての責任を放棄したから、あなたの娘は亡くなったんだ」

「違うわ。違う。あれは事故だったのよ。私は何も悪くない。私はいつでも精一杯にやってきた。あんたに、いったい何がわかるのよ」

「もう、いい加減にしないか、麗香さん」

　私はまだしばらく、この女が何を言うかを黙って聞いているつもりだったが、田中修平がとめに入った。

「それよりも、鬼束さん。教えて欲しい。これからあなたは、どうするつもりです？」

「警察に通報し、真実を明らかにします。その箱に入った骨をＤＮＡ鑑定にかければ、血縁関係のあることが証明される」

「それで、どうなるんですか？　この子は不憫だが、もう二十年近くも前に亡くなってるんですよ」

　私は気色《けしき》ばんだ。

「失礼だが、私にはそれは、僧侶の言葉とは思えません。真理絵という少女は、間違いなくこの世に生を享《う》けた人間です。それが、こんな扱いを受けていいわけがない。彼女には戸籍もなければ、生きた証《あかし》もない。まるでこの世にいなかった者のように扱われ、家族全員から忘れられようとしている。そんなことが許されるわけがない」

「仰ることはわかる。しかし、そこを曲げてお願いしたい。真理絵は、決して誰からも忘れ去られてなどいません。そればかりか、今でも形を変えて、家族の中に生きている」

言われた意味がわからなかった。

「どういうことですか、それは？」

尋ねると、田中はなぜか困惑を露にした。つい口を滑らせた失敗を悔やみ、焦っているように見えた。

「あなたは先程、真実と仰った。だが、真実とは、いったい何です？」

「真実とは、人の最後の拠《よ》り所です。私はそう思って仕事をしている」

「拠り所というならば、時には真実に目をつぶったほうがいい時もあるはずです」

「偽りの上には、どんな拠り所も築けませんよ」

「――」

黙り込んだ田中の顔を見るうちに、察しがついた。そうか、この男は、私と同じことに気づいている。いや、私以上に何かをはっきりと知っているのか。

「今、誠司さんには、漆原智古を殺害した容疑がかかっています」

「何ですと……」

「彼の姿が、現場付近の防犯カメラに映っていました」

「それは、秘書の米田さんから聞いたが……。しかし……、あり得ない……」

「それ以外に、もうひとつあります。吉崎愛菜と漆原智古のふたりは折り重なった状態で見つかったが、ふたりの死亡推定時刻には微妙なずれがある。吉崎愛菜のほうが、漆原智古よりも一時間ほど早く死んでいた可能性があるんです。もしもそうならば、不自然極まりない。漆原が愛菜に刺された挙句、最後の力を振り絞って彼女のことを絞殺したという仮説が成り立たなくなります」

「そんな話は聞きたくないわ。この疫病神《やくびょうがみ》！　もう、私たち家族のことに、首を突っ込むのはやめにしてちょうだい！」

麗香に怒鳴りつけられ、私はいったん話をやめた。

田中が動いた。

「麗香さん、鬼束さんとふたりで話をしたい。あなたは、しばらく車に戻っていてくれないか」

墓地の中を突っ切って延びる車道に面した駐車場を指差した。静かだが、威厳ある声であり、麗香はさっきまでのようにはねのけることができなかった。

義父を睨み、おそらくは私にしたのと同様に罵声を浴びせかけようとして思いとどまり、くるりと背中を向けた。足早に墓石の間を下りていく。

私は彼女が充分に遠ざかるのを待ってから、改めて口を開いた。

「田中さん、率直に訊きます。漆原智古を殺害したのは、絵里奈さんなんですか？」

田中がはっとして、私を見た。

だが、何も言わずに顔をそむけ、墓石の向こうにそびえる寺の屋根の辺りへと目をやった。薄ぼんやりとした雲が空を覆い、月の見えない夜だった。

「――鬼束さん、あなたはなぜ、絵里奈に疑いを？」

苦いものを呑み下したような顔で、訊いてきた。

「現場には、合成麻薬をすり潰した痕跡がありました。誠司さんは、合成麻薬をこっそりと、大量に、漆原智古に服ませようとしていたのだと私は踏んでいます。しかし、結果的には、それは行われなかった。もしも漆原智古を刺殺したのが誠司さんだとすれば、途中で気が変わって殺害方法を変更したことになるが、これは現実的ではない気がしました。私の推測では、こうです。漆原智古は、吉崎愛菜とふたりで合成麻薬を楽しむうちに、ついかっとなって彼女を殺害してしまった。処置に困り、電話で弟の誠司さんを呼び出した。誠司さんは仕方なくやって来たが、もう内心でうんざりしていた。それで、兄が合成麻薬を誤って大量に摂取したように偽装して、殺害することに決めた。だが、兄に隠れて合成麻薬をすり潰している時、さらにもうひとりが店に現れた。絵里奈さんも、漆原に脅されてそこに呼び出されていたんです。漆原はビルの非常口を中から開けて、彼女を招き入れた。そして、そこで言い争いが起こるか何かして、彼女が兄を刺殺してしまった。誠司さんは、妹を庇うために、既に死んでいる吉崎愛菜の上に漆原の死体を載せ、さらには彼女の手に凶器のナイフを握らせた」

私が話し終えても、田中は何も言わなかった。

「田中さん。庇おうとして、庇いきれるものではないんですよ」

私が、低いが怒気を込めた声をぶつけると、田中は突風に吹かれたような顔をした。

やがて、苦しげに言葉を押し出した。

「あの夜、誠司に連れられてここに来た時、絵里奈の服は血だらけでした……。兄の智古を刺した時に浴びた血痕でした……。私はあわててふたりを自分の書斎に招き入れると、家の者に決して近づかないよう言い聞かせました。そして、絵里奈の服を脱がせ、顔や手についていた血を綺麗に拭き取りました。代わりの服を着せ、落ち着くのを待って、誠司とともに帰したんです。しかし、どうしても誠司の家は嫌だと言って、もう一度ここに戻ってきた。あなたが絵里奈と会ったのは、その時です」

「血のついた服は、どうしましたか？」

田中は、悲しげに私を見た。

「ハサミで小さく切り、ゴミとして出しました」

「絵里奈さんが兄の智古を殺害したと、彼女自身の口から聞いたのですか?」

「あれは、話ができるような状態ではありませんでした……。だが、その場に居合わせた誠司から、詳しく話を聞きました。その場で起こったことは、およそあなたが今仰った通りです。ただ、絵里奈があそこに行ったのは、兄の智古から呼び出されたわけではなく、智古が誠司にかけた電話のやりとりを、こっそりと聞いてしまったようです。絵里奈は、それで、誠司のあとを尾けたんです。ビルの近くの公衆電話から智古に連絡をし、非常口を開けさせて入ってきた。誠司は、その時点で初めて気づき、驚いて絵里奈を追い返そうとしたのですが、あっという間に智古を刺してしまったそうです」

「母親の麗香は、このことを——?」

「母親なんですよ。もちろん、知っています。私と誠司で話しました。鬼束さん、私は正直に答えました。その上で、改めてお願いします。何もかも胸に納めて、口口をつぐんでいていただけませんか。、ただでとは言いません。それ相応の謝礼はお支払いします。もしかして、牛沼が死んでしまいまでは、あなたは依頼人がいないのですか?」

私は黙って僧侶を見つめ返した。意識したわけではないが、目に軽蔑の色が出てしまったのだと思う。

　しかし、田中はたじろがず、気圧されることもなかった。

　それが、私には不可解だった。

「あなたが私をどう思おうと構わないし、あなたが仰りたいことはわかっているつもりだ。だが、絵里奈に、これ以上辛い思いはさせられない。それが、誠司とふたりで出した結論でした。誠司ならば、警察の取調べにだって堪《た》えられます。呼び出されて出向いていったが、非常口から中へ入れなかったので引き揚げた。そう主張し続けて堪えるはずです」

「そんなふうにして絵里奈さんを庇って、それでどうなるんです？」

「どうにもなりはしない。それはわかっている。だが、これ以上、あの子を、辛い目に遭わせるわけにはいかない。わかってください、鬼束さん。もう、あの子は充分に苦しんだ。あの子の手から、もう一度自分の人生を奪うわけにはいかないんです」

「あなたは、何を言ってるんだ……？」

　問いかけが口をついて出た。田中から漂う異様な熱意にたじろぎ、気圧されていた。

「もしも絵里奈が逮捕されたら、あの子は到底、堪えられない。あの子は、この世からいなくなってしまうにちがいない。鬼束さん、私が無理なことを言っているのはわかっている。だが、吉崎愛菜という女性は元々麻薬中毒だったのではありませんか。それに、彼女は智古に殺害されて、もうこの世にはいない。警察の見立ての通りで、何がいけないんでしょう。吉崎愛菜が智古を刺殺し、みずからも智古の手で絞殺されたことにしてください。どうしてそれではいけないんです。お願いします」

「話にならない」

怒りを抑え切れなかった。

「真実をねじ曲げることはできない」

「愛情があれば、できます」

「戸籍もなく亡くなった真理絵という少女は、どうなるんです」

「だからこそ頼んでるんです。真理絵はもう戻らない。この上、絵里奈まで失うわけにはいかない。あなたは、何もわかっていないんです」

「話は終わりです。失礼します」

「鬼束さん。私は、警察には何も話しませんよ。あなたとこういう話をしたことも否定する」

「警察だって馬鹿じゃない。現場を詳しく再検証すれば、いくらあなたや誠司さんが否定したところで、真実を立証する証拠を見つけます」

「真実よりも大事なものだってある！」

僧侶の言葉を背中でさえぎり、墓地のひな壇を下りかけた時、悲鳴が聞こえた。

下の駐車場で、庖丁《ほうちょう》を握りしめた女が腕を振り上げ、麗香に襲いかかっていた。

38

ひな壇の坂道を、転がり落ちそうな勢いで駆け降りた。

「絵里奈、やめろ！　馬鹿な真似をするんじゃない！」

私は叫んだ。

庖丁を握って襲いかかっているのは、絵里奈だった。振り下ろした庖丁が、体を庇う上腕部を切りつけ、麗香がまた悲鳴を上げた。

ひな壇の下に達した私は、墓地の中を突っ切って延びる車道に飛び出しかけて、踏みとどまった。駐車場は、道の向こうだった。時間が遅いために道は車が減っていて、先日のような数珠つなぎの状態ではなかったが、それでも一定間隔で通過している。

だが、娘に追われた麗香には、走行車を気にする余裕はなかった。

助けを求めて右手を差し出し、私のほうへと駆け寄ろうとした麗香の体に、乗用車が激突した。大きな音がし、麗香の体がひしゃげた。車が人をはねる瞬間《ま》を目の当たりにするのは、初めてだった。最初の数メートルは宙《ちゅう》に浮き、その後、バウンドするのが見えた。想像をはるかに超える速度で、麗香の体が車道を転がった。体中の骨を粉々にしながら、滑り、転がり、道幅を広げるために架設された工事用のフェンスや夜間照明などをなぎ倒した挙句、まだ工事の手が及んでいない道の先のガードレールにぶつかり、そこを大きく凹《へこ》ませてとまった。

「ああ、くそ、なんてことだ!」

私は思わず口走り、携帯を出して救急車を呼んだ。オペレーターの質問に答えて現在地と通報者名、それに目にした状況を述べつつ、頭の隅で思っていた。助からない。既に死んでいるにちがいない。

それを確かめるよりも先にすべきことがあった。麗香をはねた車は、衝突のショックでハンドルを取られ、車体の半分以上を対向車線に突き出して停止していた。後続車も、対向車も、ともに立ち往生《おうじょう》して団子《だんご》状態になりつつあった。

母親が車にはねられたショックで呆然と立ち尽くしていた絵里奈は、車の間を縫《ぬ》って道を横断する私を見ると、猛烈な勢いで逃げ出した。駐車場を横切り、緩やかな上りとなった車道の端っこを駆けていく。道路拡張工事を行う夜間作業員たちが、庖丁を手にした女に驚き、道を譲る。

「待て――。待ってくれ、絵里奈！」

私は追った。

絵里奈が道を斜めに横切り、走行車がクラクションを鳴らした。そこはまだ車が団子状態で道に詰まるよりも手前で、走行速度を緩めて徐行運転に入ろうとしているところだった。

私はゆるゆると進む車の隙間を縫い、再び車道を横断し直した。

「絵里奈――！」

もう一度呼びかけたが、彼女は振り向きもしなかった。

野生動物にも似たあの軽やかな動きで車道の端っこを走り、先日、ふたりで横断した横断歩道にたどり着くと、階段へと折れて上り出した。

車道で既に彼女から後れを取り始めていた私は、階段ではただ距離を離される一方だった。階段は、丘の斜面を埋めて立つ家々の間を右に左に曲がっており、彼女はすぐに見えなくなってしまった。

絵里奈が無意識に目指す場所には、なんとなく察しがついていたが、断定することはできなかった。こんな時の人間は、理屈に合わない行動をするものなのだ。そもそも理性で判断するとしたら、彼女は階段を上るのではなく駆け降りて、駅のほう、寺の正面の国道のほうを目指すのが自然なはずだった。それなのに、わざわざ車道を斜めに横断したのは、あの公園のあの場所が頭をよぎったからにちがいない。しかし、階段を上りつめれば今度は、そんなところを目指したところでどうにもならないと思うかもしれない。やがて、どこを目指してもどうにもならないと気づいた時、最悪の破局がやってくる。

それだけは避けねばならなかった。

昨日、一緒にここを上った時に絵里奈から運動不足を指摘されたのが、もう遠い昔のようだった。私は息を切らして階段を上りきった。

公園の入り口に走り込む前に、念のために左右の道を見渡した。公園の敷地を取り囲む形で、車がなんとかすれ違えるぐらいの幅の生活道路が延びている。暗い街灯に照らされた道に、絵里奈の姿は見えなかった。

私は公園に駆け込んだ。雑木林を左へ駆けた。じきに土地の起伏が始まり、ジョギングロードがその低い部分を回り込んでいたが、真っ直ぐに雑木林の中を駆け上った。その起伏を越えた向こうが児童公園で、人気《ひとけ》がない公園の先には、街の夜景が広がっていた。

家々やビルの窓が、冬の冷たく澄んだ大気の中で青白く光っていた。遠く離れた国道を行く車が、ヘッドライトとテールライトの二色の列をなし、逆方向へと流れていた。慈慧寺の屋根が黒かった。その手前には、今なお団子状態で動かない車の列が、もうずいぶんと長くなっていた。

深夜の公園はひっそりとして、ジャングルジムや滑り台、ブランコなどの遊具が冷え冷えと佇《たたず》んでいた。

そんな公園のベンチに、ぽつりとひとつ坐る影が見えた。

私は緩やかな斜面を下り、彼女のほうに近づいた。

「絵里奈――」

声をかけると私を見た。表情がうつろで、何も目に入ってはいないようだった。

「庖丁を捨ててくれ」

庖丁を、今なお右手に握り締めていた。

絵里奈はちらっと手元に目を落とした。何か問いたげにもう一度私を見たが、何も言いはしなかった。

だが、私がもっと近づこうとすると、

「来ないで！」

と、甲高い声を出して立ち上がり、庖丁を体の前に突き出した。

「ねえ、あの人はどうなったの……？」

じりじりと後ろに下がりながら、訊いてきた。

「救急車を呼んだ。もう手当を受けてるにちがいない」

私は嘘をついた。車が団子状態で連なってしまったために、救急車が近づくのは難しい。そもそも、彼女の母親は、すでに救急隊員を必要とはしない状態である可能性が高い。

絵里奈は私の答えの真偽《しんぎ》を確かめようとして、ひな壇状に連なる墓地のほうに顔を向けた。だが、ここからでは車道の詳しい様子まではわからない。

その代わりに、墓石の間の歩道を駆けのぼってくる制服警官たちの姿が見えた。五、六人はいる。彼らに交じり、田中修平《しゅうへい》の姿もあった。

私に向き直った絵里奈は真っ青《さお》な顔をし、少女のように怯え切った目をしていた。その目が、私の記憶を刺激した。私はつい最近、こんな目をした少女と会っている。——そう思った瞬間、本能的に答えを悟っていたのかもしれない。しかし、理性はただ混乱するだけだった。

「なんで警察が来るの。私、何も悪いことはしてない。あなたが警察を呼んだの？　どうして呼んだのよ⁉」

「庖丁を捨ててくれ。一緒に警察へ行こう。きみに悪いようにはしない」

「いやよ……。私、警察なんか行かないわ。私は何もしてない。悪いのはみんな、母さんと兄さんたちよ。智古兄さんと誠司兄さんと、拓郎兄さんが悪いのよ。みんなして私を埋めたんだ」

「――」

「あなた、いったい誰なのよ。私、絵里奈なんかじゃない。どうしてそんなふうに私を呼ぶの！」

「絵里奈……」

私はつぶやき、前に出た。

無意識に足が出てしまっていた。

「近づかないでって言ってるでしょ」

彼女は私に背中を向けて逃げようとしたが、もう警官の中の足の速い連中が墓地を上りきり、公園周辺の生活道路を横断し、児童公園への斜面を上ろうとしていた。

踵《きびす》を返した絵里奈が、私のほうに逃げてきた。私が行く手に立ち塞がると、庖丁を振り上げた。目が吊り上がり、別人のような顔つきになっていた。

私は右に左にと下がりながら攻撃を避けた。振り上げようとする右手首を摑んでひねり上げると、彼女は滅茶苦茶な言葉を喚き始めた。

力を込めて庖丁をもぎ取った私は、その瞬間、彼女の手首を押さえた手に鋭い痛みを覚えた。もう一方の手で、絵里奈が爪を立てて引っ掻いたのだ。

それでも押さえたままでいると、噛みつかれた。

私は堪《たま》らず手を放した。

後退《あとずさ》った私を睨み、甲高い声で罵倒し続けながら、彼女は私に襲いかかってきた。私は右手に彼女から奪い取った庖丁を握っており、左手一本で応戦しなければならなかった。

顔といわず、手といわず、爪を立てて引っ掻こうとする攻撃を避けるうちに、周囲を警官たちが取り囲み、荒れ狂う娘にいつでも跳びかかれるように身構えた。

「お願いです。乱暴はしないでください。どうか、その子に乱暴しないで。お願いだ！」

田中修平が喚くのを、私は意識の周辺で聞いた。

「大丈夫だ。誰も手出しをしないでくれ！」

私は大声を出し、警官の足元へと庖丁を投げ捨てた。腕を摑もうとしてまたもや引っ掻かれ、手の甲に鋭い痛みを感じた。それに構わず、娘の体に手を回し、腕の中に抱え込んで力を込めた。

「大丈夫だ……。落ち着くんだ。落ち着いてくれ……」

喚き、体をばたつかせて暴れる彼女に言い聞かせた。娘の体は小さかった。腕の中に抱えると、背丈は私の胸ぐらいしかなかった。きついトレーニングによって出来上がった強靭《きょうじん》な筋肉が、腕や背中を覆っているのはわかったが、それでもこうして両腕で抱え込んでいると、小さくてか弱い存在に感じられてならなかった。

この娘は、違う……。

さっき本能が見つけた答えを、理性もはっきりと認めていた。

この娘は、違うのだ。絵里奈ではない別人だ。

貸倉庫で名越というデブを鮮やかに殴りつけた時のフットワークも身のこなしも、今の彼女には何もなかった。私を引っ掻き、噛みついたのは、ボクシングのトレーニングを積んだ人間ではなかった。

愛情を込めて抱き締めた。その状態でひたすら待った。それ以外にはできなかった。

私は右手をそっと動かし、掌で娘の頬に触れてみた。頬は涙で濡れていた。興奮による熱が顔の奥のほうに溜まっているのはわかったが、頬は北風を受けて氷のように冷たかった。

しゃくり上げる娘に対して、恐る恐る訊かざるを得なかった。

「きみはいったい、誰なんだ……？」

39

「牛沼康男《うしぬまやすお》が逮捕された翌年に、誠司と拓郎のふたりは私のところへ来ました。今から思えば、その時に、絵里奈も一緒に引き取ればよかったんです」

田中修平は語り始めた。

私たちふたりは、前に通されたのと同じ田中の書斎で向かい合って坐っていた。警察に一通り事情を説明して聞かせ、翌朝、再び警察署を訪れる約束をして解放され、時間は深夜の二時を回っていた。あれだけの騒ぎがあったのだから、田中の娘や、赤ん坊を連れて里帰りをしている孫娘もおそらくは寝られずに起きているはずだった。それが気配でわかったが、ふたりとも書斎に近づくことはなかった。

さっきの現場には救急車が到着したが、麗香が病院に搬送されることはなかった。生体反応が確認できず、救急隊員ではなく警察の仕事の範疇《はんちゅう》となったのだ。私が感じた通り、ほぼ即死と判断された。轢《ひ》いてしまった運転手の不幸を、私は思った。

「だが、この間も話した通り、麗香はあの子だけは手放そうとしませんでした。誠司や拓郎とは違って、私たちに会わせようともしなかった。私たちのほうでも遠慮もあったし、もっといえば、心のどこかで、余計な口出しまではできない気がしていたんです」

私は黙ってうなずいた。

誠司と拓郎の父親は、田中修平の亡くなった息子であり、ふたりとは血のつながりがあるが、絵里奈は違う。はっきりいえば、赤の他人に過ぎないのだ。

「しかし、それが間違いでした。誠司たちがうちに来てから、絵里奈が来るまでのおよそ十年間、あの子は、母親の麗香と長男の智古と三人だけの生活を続けたんです。その間に何があったのか、具体的にはわかりませんが、ひどい有様だったことはわかる。母親は何人もの男とくっついたり離れたりを繰り返している女で、兄は異性に対して異常に執着し、意のままに独占しようとするような男でした。絵里奈が十五の時です。誠司と拓郎のふたりが、あの子をうちに連れてきました。そして、一緒に暮らしたいと頼みました。もちろん、私に否《いな》やはなかった。拓郎は僧侶になって私の跡を継ぐことを望み、既に仏教系の大学に入学していました。誠司のほうは、母親の三人目の亭主である漆原の口利きで、有力な国会議員の秘書になっていました。私の妻はもう身まかっていましたが、娘が離婚し、孫娘を連れてここにおりました。相談したら、歳の離れた妹のつもりで接してくれるとのことでしたので、そんなふうにして、新しい生活がスタートを切ったんです。

絵里奈は、いい子でした。天真爛漫《てんしんらんまん》といえばいいんでしょうか。心の真ん中に、社会の色々なしきたりや、人間同士の余計な慮《おもんぱか》りに束縛《そくばく》されない自由さがありました」

「同感です」と、私は相槌《あいづち》を打った。きちんと自分の気持ちを伝えるべきだった。

田中は一度口を閉じ、静かな目で私を見た。

「それはあの子が生まれながらに持った性格だったんでしょう。そして、その伸びやかさを失わずに生きていたのは、本当に芯が強かったからだと思います。私は、そのことに感動します。気高《けだか》いものを見せて貰ったと思っています。しかし、絵里奈がそうした資質を失わずに生きていくには、たったひとりで、みずからの気持ちの中に、他人にはわからない葛藤や苦しみ、辛さを抱え込んでいなければならなかった。その結果として、あの子はいつの間にかもうひとつの人格を、自分の中に創り上げてしまったのだと思います。防衛本能だったのではないでしょうか……」

田中は応接テーブルを見回した。

喫煙者でないらしいことは、今まで会ううちに察しがついていた。喉が渇《かわ》いているのかもしれない。声が、いくらかかすれていた。

「——あの子がうちに来て、半年ほどが経ったある日のことでした。うちが経営する幼稚園で遊ぶ子供らを眺めているうちに、突然、絵里奈の調子がおかしくなったんです。いきなり怯えて、泣きじゃくり出しました。私には、何が起こったのかわからなかった。一緒にいた私の娘もすっかり驚いてしまい、ふたりして母屋《おもや》のほうに連れ帰ろうとしましたが、絵里奈はお尻をぺたりと地面につけ、両手をばたばたさせて、抱え起こされるのを拒みました。大人には、あんなふうに泣くことはできません。信じられないことですが、私がいつも相手にしている幼稚園の園児そのままでした」

田中は、私の手の甲に目をやった。絵里奈が爪を立てて引っ掻いた痕がずっとひりひりしており、私は時折、半ば無意識に、その周りを触っていた。たぶん、この男もその時、絵里奈に引っ掻かれたのではなかろうか。

「ちょっと待ってください。絆創膏《ばんそうこう》があります」

私は遠慮したが、田中は書棚へ歩くと、本の隙間に載せてあった絆創膏の箱を持って戻ってきた。

「おっちょこちょいで、よく小さな傷を作るんで、置いてあるんですよ。さ、遠慮なく使ってください」

礼を言い、受け取った。

田中は、少し間を置き、改めて口を開いた。

「その時は、ちょうど園児の何人かが、園舎の縁の下から這《は》い出てきたところでした。うちはわざと昭和の木造の建物を東北地方から移築し、園舎として使っているんです。園児の体の大きさならば、縁の下に潜り込めるようになっていて、蜘蛛《くも》の巣まみれになりながら潜って遊ぶ子が、毎年必ず、何人かいるんですよ。絵里奈は、そうした園児たちを見ているうちに、突然、様子がおかしくなったんです」

ふっと言葉を切り、私に事問いたげな目を向けた。

私はおそらくこの男の言いたい意味を理解したはずであり、そのことをこの男も察したにちがいない。

「——その夜、帰宅した誠司と拓郎のふたりに、私は昼間起こったことを説明して意見を求めました。絵里奈が急に別人のようになってしまったことを告げると、ふたりはショックを受け、青くなりました。そして、自分たちが知ることを打ち明けてくれたんです。あろうことか、兄の智古が、長期にわたり、絵里奈に性的虐待を加えていた可能性があるとのことでした。もっとも、誠司たちも、長いことそれに気づかずにいたそうです。母親の麗香から、絵里奈の様子がおかしいと相談されて初めて知り、すぐに妹を智古のいる家から連れ出したんです」

「性的虐待が行われていた期間は？」

「おそらくは三年ほど。誠司が絵里奈からさり気なく聞き出したところによると、絵里奈が中学に上がった頃から、智古の態度が段々とおかしくなったようです

「……」

「それは確かですか？」

「確かです。幸い兄の智古には、未成熟な子供を性的対象とする嗜好はありませんでした。智古と絵里奈は、ちょうど一回り、十二歳違います。絵里奈が女っぽい体つきになるにつれて、異常な執着が抑えきれなくなったのではないでしょうか……」

「なぜ警察に届け出なかったんです？」

「そうする気持ちもありました。しかし、できない事情もあった……」

「誠司さんに反対されたんですね？」

田中は目を伏せ、うなずいた。

「――絶対に表沙汰《おもてざた》にすることはできないと、誠司から言われました。表沙汰になれば、自分だけではなく、自分に目をかけてくれている漆原良蔵の評判にも傷がつくと」

「絵理奈の身より、誠司さんの立場や評判を気にしたんですね」

田中は悲しげに私を見た。

「――それに、その直前には智古は、女性の親指を切り取って警察に逮捕されていました。これ以上のスキャンダルを表沙汰にすることはできないと言われ、私にはどうにもできませんでした。だが、違う考え方をすれば、これで絵里奈を智古から完全に引き離せると思ったんです」

私は、気がついた。

「漆原智古が出所した時、絵里奈さんがあなたの家を出てひとり暮らしを始めたのも、そのためですか？」

「そうです。あの男が刑務所で更生するとは思えませんでした。むしろ、閉塞《へいそく》された空間での抑圧された生活は、あの男を一層ねじ曲げるように思われました。幸い、私どもと暮らすようになってから、絵里奈の精神状態は段々と落ち着きはじめ、一年ほど経った頃からは、例の発作《ほっさ》も出なくなっていましたが、あの男が現れたら、元に戻ってしまうかもしれない。絵里奈を手元から放すのは不安でした。しかし、それ以上に、あの男ともう一度再会することで、絵里奈が元に戻ってしまうことが怖かったんです。絵里奈も二十歳になっていました。ここにいて、智古の影に怯えて暮らすよりも、ひとりで新たな生活を始めることを、あの子自身も望みました。出所してきた智古は、絵里奈の行方を知りたがりましたが、私たちは頑として教えませんでした。これ以上、絵里奈にまたつきまとおうとするならば警察に駆け込むと言うと、さすがのあの男もおとなしくなりました。母親の麗香が金を出してやり、ビデオの制作会社や店をやらせたのにも、あの男の気持ちを絵里奈からそらす狙いがあったのではないでしょうか」

「しかし、漆原智古は山名信子さんと偶然に再会し、彼女と同じ職場に絵里奈さんが働いていることを知ってしまったわけですね」

「そうです。巻き込まれ、智古の異常な怒りを買うことになってしまった信子さんという女性にも、すまなかったと思っています。彼女と絵里奈とが同じ職場で働いていると知った時の智古の怒りは、正に異常だったそうです。自分だけがのけ者にされている、という感じがしたのかもしれません。絵里奈は仕方なくすぐに仕事を辞め、借りていた部屋も引き払って引っ越しました。あの男の目の届かない遠くに移り住むことも考えたのですが、あの子はどうしても今のジムでボクシングだけは続けたいと言い張りました。それで、偽名でシェアハウスの部屋を借り、ジムのオーナーの方にも、もしも本名の絵里奈の名を言って問い合わせてくる人間がいたとしても、突っぱねて欲しいと頼みました。――だが、智古はあの子の居所を見つけ出し、拉致してしまいました。それは、あなたが知る通りです……」

「牛沼康男は、絵里奈の状態には気づいていたんでしょうか？」

「多重人格のことをお訊きになっているのでしたら、わかりませんが、気づいてはいなかったように思います。私は何も話しませんでしたし、牛沼さんのほうから何か訊いてくることもありませんでした」

「牛沼殺しについて、あなたが知っていることを話してください。盗聴によって智古と誠司さんの電話のやりとりを聴いたことで、牛沼は智古を問い詰めたんですか？」

「そうです」

「電話では、どんなやりとりをしたんですか？」

「智古が不用意に、真理絵は拓郎とともに瞑っているといったことを匂わせてしまったんです。問い詰められ、かっとした智古は、牛沼さんのことを――」

「誠司さんは、智古に言われ、牛沼の死体を処分するのを手伝ったんですね？」

わざと断定的にぶつけてみると、田中ははっとして悲しげに私を見つめた。こうした目で見られることには、決して慣れたりできないものだ。

この点については、警察の捜査を待つことにして、私にはもうひとつ、確かめねばならないことがあった。

「それにしてもやはり、わからないんです。絵里奈の中に、姉の真理絵の人格が形成されたのは、なぜだったのでしょうか？　さっき、あなたは、智古は幼児性愛者ではないと仰いました。彼の部屋には、幼い真理絵の写真を大量に収めたアルバムが残っていましたが、それが妹に対する異常な執着を示しはしても、そこに性的衝動や、サディズムの衝動があったのかどうかまではわからない」

田中は、不安そうに私を見た。

「何を仰りたいのでしょうか……？」

「絵里奈はさっき、こう叫びました。『私は何もしてない。悪いのはみんな、母さんと兄さんたちよ。智古兄さんと誠司兄さんと、拓郎兄さんが悪いのよ。みんなして私を埋めたんだ』。おそらくは、亡くなった真理絵という少女の人格がそう叫ばせたのでしょう」

「――」

「彼女は、わずか五、六歳かそこらで亡くなってしまった。母親の麗香は、それをすべて智古のせいだという言い方をした。長男の智古が、何らかの邪《よこしま》な気持ちの末に妹を殺害したと主張したいようだった。だが、あの叫びは私に疑問を投げかけました。真理絵という少女が死んだのは、本当に智古だけの責任だったのでしょうか。本当にそうならば、誠司さんや拓郎さんも真理絵が亡くなったことを、もっと早い段階であなたに打ち明けていた気がするのですが」

「仰る通りです……。今さら責任を問うても仕方がないのだと思いますが、母親の麗香にこそ最大の責任があると思います。真理絵という長女が亡くなったのは、何も智古だけの責任ではありません。むしろ、母親の育児放棄をこそ責めるべきでしょう。私の息子が亡くなったあと、牛沼康男と結婚するまでの間、あの女は自堕落《じだらく》

それはなかったことでも、真理絵の出生届を出さなかったことでも、それは
はっきりしていたようです。夜の仕事をしていたそうですが、仕事じゃない時でも飲み歩
き、明け方になるまで家に帰らず、昼間も子供たちの面倒をろくろく見ようともし
なかったと聞きました。そんな母親のもとで、子供たちは肩を寄せ合って暮らして
いた。適当に食費が置かれているだけで、時にはそれさえ忘れられることもあった
そうです。智古は気まぐれでいい加減な性格だったので、おのずと誠司が下の子の
面倒を見ることが多かった。しかし、子供のできることにはやはり、限りがある。
ある日、誠司たち三人は、妹の真理絵が死んでしまって冷たくなっているのに気づ
いたんです。智古はじき高校生でしたが、誠司と拓郎はまだ小学生でした。夜遅く
に帰宅した麗香は、これを知って青くなり、子供たち三人に、妹を家の床下に埋め
てしまうように命じました。長男の智古が、母親と一緒になってそうするように主
張し、誠司と拓郎のふたりは従うより他なかったそうです」
「なぜ病院や警察に届けようとしなかったんでしょう?」
「私が麗香本人に気持ちを聞いたのは、ずっとあとになってからなので、どこまで
本当のことを言っていたのかわかりませんが、怖くてパニックになってしまった。
それに、息子たちの将来を思うと、事を公にしたくなかったと抗弁しました」
「その時、誠司さんはまだ小学生だったと仰ったが、正確にはいつなのですか?

誠司さんがあなたと暮らすようになったのは、確か彼が中二の時だと仰ってましたね」

「真理絵が亡くなったのは、誠司たちがうちに来る二年前です。誠司と拓郎のふたりが麗香のもとを離れて私の家に来ることを望んだのも、このおぞましい記憶から逃れたい気持ちがあったからだと思います」

　私は手帳のメモを確かめた。

「牛沼康男が逮捕されたのは、誠司さんたちがお宅に行く前年で、その時、絵里奈は四歳でした。姉の真理絵が死んだ時には、絵里奈は三歳。母親と兄たちとが姉を埋めるのを目撃し、覚えていたということですか？」

「真理絵の存在を覚えていました。一緒に遊んだり、食事をしたり、可愛がって貰ったことを覚えてたそうです。ですが、母親と兄たち三人で口裏を合わせ、絵里奈から訊かれる度に、おまえに姉などいなかったと教えていたそうです。そのうちに絵里奈からは何も言わないようになったので、忘れたものとばかり思っていたそうですが、おそらくは幼児の潜在意識に刷り込まれていたのではないでしょうか」

　そうした幼児の記憶がトラウマとなり、兄たちふたりがいなくなってからの十年に及ぶ生活の中で、絵里奈の気持ちを蝕《むしば》んでいったということなのか……。

「牛沼が逮捕される前年でしたら、真理絵が死んで埋められたあの家に、やつも一緒に暮らしていたはずです。突然、真理絵がいなくなったことを、やつにはどう話したんでしょう?」

「あの人には、真理絵の実の父親がやって来て引き取ったと言ったそうです。誠司によれば、牛沼は仕事と称して家を空けることが多かったし、たまに戻っても愛娘《まなむすめ》の絵里奈を猫可愛《ねこかわい》がりするばかりで、上の子供たちにはあまり関心を示さなかったので、大した疑いも持たなかったそうです」

「真理絵の本当の父親は?」

「それについては、麗香がその頃つきあっていた男の誰か、ということしかわかりません」

田中修平は大きく長いため息をつき、それにつれてしぼんで小さくなったように見えた。

目の下に隈ができていた。動作のひとつひとつがひどく緩慢で、疲労が重たく絡みついていた。もう話を切り上げ、解放されたがっている。

だが、田中はみずからを奮い立たせるようにして、もう一度、口を開いた。

「子供というのは、親の影響を強く受けてしまうものです。決して智古という男に同情はできないが、あの男があんなふうになってしまったのは、母親の麗香に原因があった。考えようによっては、絵里奈と智古のふたりは、ふたりとも麗香という母親の犠牲者だ。私はそう思っています。こんな言葉を使うのは嫌なのだが、絵里奈と智古は、たぶん合わせ鏡なんですよ」

「合わせ鏡とは、どういうことです――？」

「ふたりは、ふたりしておかしくなった。麗香と智古と絵里奈の三人で暮らした十年の時間の中で、ふたりの人格は徐々に破壊されていった。私が最も堪えられないのは、そのことなんです。鬼束さん、あなたがどう考えていらっしゃるかわからないが、智古だって違う環境で育ったならば、あんな人間にはならなかったはずです。あの男が部屋に持っていた大量の真理絵の写真を、世間はきっと執着というでしょう。あなたも、誠司も、そう言ったが、私は違うと思う。あれは、あの男の良心であり、後悔ですよ」

「――」

「わかりませんか。あの男は母親の留守中に、誤って妹を死なせてしまったんですよ。長男として、それをずっと悔やみ続けていたのだと私は思います。そして、亡くなった妹の写真を、大量に身近に置いたんです」

「しかし、あの男は、真理絵の代わりに絵里奈に性的虐待を」

「いいえ、智古がそういう邪な感情を持つようになったのは、絵里奈が発育してからのことです」

「そうか。真理絵は智古にとって性的な対象ではなかった。絵里奈は、自分が真理絵でいる間は、兄の邪な衝動から逃れられた。だから、智古が異常になればなるほど、絵里奈の中の真理絵も大きくなった。合わせ鏡とは、そういうことですか？」

「私はそう理解している。そうすると、真理絵の人格はあくまでも受け身であり、絵里奈にとっての避難場所のはずなんです。しかし、智古に監禁され、凌辱され、ついにその人格に攻撃性が加わってしまった。違うでしょうか？　私には、そういうふうにしか理解できません。鬼束さん、これぐらいでいいでしょうか。申し訳ありませんが、疲れてしまいまして……」

明日、この男は早朝から警察に出向き、改めて細かく事情を訊かれることになっていた。警察は、田中誠司や漆原智古との関連で、この住職の立場をどのように捉え、どのように扱うべきかについて、まだ模索しているのだろう。

私が礼を述べて腰を上げると、田中はふっと顔を上げた。

「絵里奈は、このあと、どうなるのでしょう？」

「私にも何ともわかりません……。どこまで情状が酌量されるか。いえ、それ以前に、犯行に及んだ時の彼女の精神状態がどういったものだったかについて、長い時間を費やして判断する必要があると思います」

田中も応接椅子から立ち上がった。

だが、それが私を玄関まで送るためではないことは明白だった。大柄な老人ではあったが、私と比べると拳ひとつ分ほど低いところに両眼がある。その両眼にいま宿っているのは、怒りなのか、憎しみなのか、敵意なのか。いずれにしろ、温和な感情でないことは明らかだった。

「鬼束さん、あえて言わして貰うが、あなたが真理絵の写真を見せたことが、きっかけになったのではないかと私は思っています。いや、引き金というべきでしょうか。きっかけは確かに、智古があの子を監禁し、凌辱したことでしょう。しかし、あなたから真理絵の写真を見せられ、『これは私だ』と答えた時、絵里奈の中で、見えない引き金が引かれたんです」

私は、反射的に目を伏せた。

この老人の私に対する感情がほとばしった瞬間だった。今までは、それが抑えられていただけだ。

ただの一方的な断定に過ぎなかった。

だが、その言葉は思いもしなかったほどの衝撃で私を襲っていた。

他でもなくそれは、私自身がさっきから何度となく自分に問い続けていたことだったからだ。私が彼女の過去をほじくったことが、絵里奈のトラウマを刺激してしまったのではないか……。あの貸倉庫に囚《とら》われているのを救った時、彼女の中に眠った真理絵としての人格は、まだ完全には目覚めていなかったのではないか……。私が見せた写真こそが、心の闇に眠ったものを呼び起こすきっかけになったとはいえまいか……。彼女があの写真を見て、これは自分だと答えたのは、そのためだったのではないだろうか……。

私はあの時、助手席に坐る絵里奈に対して覚えた違和感をはっきりと思い出していた。今から思えば、彼女は明らかにおかしかった。あの時、私の隣に坐っていたのは、絵里奈だったのか。それとも、真理絵だったのか。どこまでが絵里奈で、どこから先が真理絵だったのだろう。だが、記憶をたどり、それを判然とさせることが、何か意味があるのだろうか。

「これが、あなたが知りたがっていた真実です」

そう吐き捨てる田中修平を、私は黙って見つめ返した。

「責める口調に聞こえたのならば、申し訳ない。しかし、もう一度あなたに、私は同じことを訊きたい。真実とは、人の最後の拠り所ですか?」

「そうです」

私は頭を下げ、書斎を出た。

廊下を通り、玄関へと向かう私を、田中修平は送ろうとはしなかった。

靴を履き、同じ屋根の下で息を潜める人たちの迷惑にならないようにと玄関ドアをそっと閉め、冷たい夜の中へと歩き出した。

コインパーキングへと歩き、支払いを済ませて車に乗った。

エンジンをかけ、走り出してもなお、田中修平に対して言えなかった言葉がひとつ、胸の中にわだかまっていた。

私は、こんな真実を知りたかったわけではないのだ。

40

約束を果たせなかったことを告げて差し出したグラブを、貝原博は悲しげに見つめた。しばらく受け取るのをためらっていたが、結局は手を出し、受け取った。私が持っているよりも、自分が持っているべきだと判断したのだろう。

私がジムを訪ねた時、バンタム級の日本一を懸《か》けたタイトルマッチのために、挑戦者が練習中だった。それは貝原がずっと目をかけてきた選手であり、この試合に勝ってベルトを手にすれば、貝原のジムにとっても創設以来の快挙となるとのことだった。

そんな練習中にもかかわらず、何分かの立ち話の時間を、貝原は逮捕された教え子のために割いてくれた。

彼は忙しそうであり、気持ちの大半は大事な試合を控えた挑戦者へと振り向けられてはいたが、かといって絵里奈への誠実な気持ちが削《そ》がれていたとはいえないだろう。

41

ヤクザの友寄《ともより》は私の頼みを聞いて、漆原智古が貸倉庫に保管したAVを処分してくれていた。ほんとは漆原のベンツも裏ルートで売り払って貰いたかったのだが、牛沼康男の死体を遺棄した時の防犯カメラに映っていたので、手を出すのは危険すぎた。

かなりの手数料をせしめたはずだが、無論、それについては私は何も問わなかった。ヤクザは慈善事業じゃない。

山名信子の母親に金を渡す時に述べる口実に頭を悩ませていたが、実際にはそんな必要はなかった。娘を亡くし、孫娘を抱えて必死で生きていこうとしている女には、生ぬるい口実など要らなかった。

42

仕事の報酬《ほうしゅう》は何もなかった。

〈了〉

本書は、二〇一八年九月にPHP研究所から刊行された『絵里奈の消滅』を改題し、加筆・修正をし、文庫化したものです。

この物語は、フィクションであり、実在の人物、団体等とは一切関係ありません。

著者紹介
香納諒一（かのう　りょういち）
1963年、神奈川県生まれ。早稲田大学第一文学部卒。出版社勤務のかたわら、91年、「ハミングで二番まで」で第13回小説推理新人賞を受賞。92年、『時よ夜の海に瞑れ』（祥伝社）で長編デビュー。99年、『幻の女』（角川書店）で第52回日本推理作家協会賞（長編部門）を受賞。
主な著書に、『完全犯罪の死角　刑事花房京子』（光文社文庫）、「さすらいのキャンパー探偵」シリーズ（双葉文庫）、『約束　K・S・Pアナザー』（祥伝社文庫）、『新宿花園裏交番　坂下巡査』（祥伝社）、『熱愛』（PHP文芸文庫）などがある。

PHP文芸文庫　名もなき少女に墓碑銘を

2021年11月18日　第1版第1刷

著　者　香納諒一
発行者　永田貴之
発行所　株式会社PHP研究所
東京本部　〒135-8137 江東区豊洲5-6-52
第三制作部　☎03-3520-9620（編集）
普及部　☎03-3520-9630（販売）
京都本部　〒601-8411 京都市南区西九条北ノ内町11
PHP INTERFACE　https://www.php.co.jp/
組　版　朝日メディアインターナショナル株式会社
印刷所　大日本印刷株式会社
製本所　東京美術紙工協業組合

　ISBN978-4-569-90172-5

熱愛

香納諒一 著

刑事くずれの探偵・鬼束啓一郎は、謎の殺し屋〝ミスター〟を追ううちに、裏社会の抗争に巻き込まれていく。ハードボイルド小説の傑作。

PHP文芸文庫

官邸襲撃

高嶋哲夫 著

日本の首相官邸をテロ集団が占拠。女性総理と来日中のアメリカ国務長官が人質となるなか、女性ＳＰがたった一人立ち向かう！

PHP文芸文庫

蒼の悔恨

堂場瞬一 著

神奈川県警捜査一課、「猟犬」と呼ばれる刑事・真崎薫。連続殺人犯を追い、雨の横浜で孤独な戦いが始まる。堂場警察小説の新境地。

PHP文芸文庫

青の懺悔

堂場瞬一 著

県警を去り、探偵事務所を構えた真崎薫の前にかつての友人・長坂秀郎が現れる。その再会は事件の始まりであった。シリーズ第2弾。

PHP文芸文庫

矜持《きょうじ》

警察小説傑作選

大沢在昌／今野 敏／佐々木 譲／黒川博行／
安東能明／逢坂 剛 著 西上心太 編

おなじみの「新宿鮫」「安積班」から気鋭の作家の意欲作まで、いま読むべき警察小説の人気シリーズから選りすぐったアンソロジー。

PHP文芸文庫

逃亡刑事

中山七里 著

警官殺しの濡れ衣を着せられた、千葉県警捜査一課警部・高頭冴子。事件の目撃者の少年を連れて逃げる羽目になった彼女の運命は？